W0291229

L'HOMME QUI APPORTE LE BONHEUR

Titre original :
Der Mann, der das Glück bringt
C. H. Beck Verlag, Munich

Avec le soutien de la Fondation suisse pour la culture Pro Helvetia.

© Cătălin Dorian Florescu, 2016.
© Éditions des Syrtes, 2024, pour la traduction française.

Éditions des Syrtes, 14, quai Bezanson-Hugues
1204, Genève, Suisse
www.editions-syrtes.com

Cătălin Dorian Florescu

L'HOMME QUI APPORTE LE BONHEUR

Roman traduit de l'allemand (Suisse) par
Élisabeth Landes

ÉDITIONS DES SYRTES

J'étais seul moi aussi,
Enfermé en moi-même.

Meša Selimović, *Le Derviche et la Mort*

Premier chapitre

Le fleuve accueillait les morts en douceur, comme s'il avait su que ce n'étaient pas des morts comme les autres. L'East River, parfois si impétueux, déroulait dans l'aube un vaste ruban de plomb. Il était patient, il ne voulait pas s'ingérer dans les affaires des hommes. Il n'aurait plus les morts du ghetto ce jour-là, mais il en aurait d'autres. C'était quasiment certain.

Sur les rives de Manhattan il y avait toujours quelqu'un pour s'en remettre à lui : un désespéré, un épuisé, un fou. Ou pour lui en remettre d'autres, victimes d'une agression ou d'un règlement de comptes. Le fleuve n'était pas difficile. Quelques jours plus tard il relâchait les corps et les rejetait à terre, des quais du port affairé au sud à la rive sableuse et aux appontements vermoulus de la Bronx River.

Ce n'était pas à lui de se soumettre mais aux hommes puisque c'était ici précisément qu'on avait bâti une ville. Et à présent il s'accordait une pause et observait, impassible, l'équipage du vapeur porter à bord les petits cercueils blancs. C'est à peine si on les distinguait de l'épaisse couche de neige qui recouvrait la ville depuis la veille au soir.

Les hommes étaient habitués à ce travail. Deux fois par semaine le bateau transportait les nouveaux morts du ghetto à Hart Island. Leurs mains étaient rompues à cette tâche, qu'ils accomplissaient diligemment. Le capitaine, un personnage rustre et revêche, les observait du bastingage. Lui aussi avait l'habitude — de les exhorter à aller encore plus vite. Et grand-père — un garçon de quatorze ou quinze ans —, celle de regarder le vapeur se détacher du quai et s'ébranler pesamment, pour mettre le cap sur le cimetière des pauvres.

Mais la plupart du temps il n'accordait au bateau qu'un regard furtif. Il avait mieux à faire, il lui fallait amasser quelques *cents* pour remplir son estomac qui criait famine. D'un petit pain rassis fourré d'un hareng, d'un sandwich aux cornichons, de quelques *knishes,* ces rissoles consistantes aux pommes de terre, ou d'un bortsch roboratif sur Orchard Street, dans le quartier juif.

À l'instar du fleuve, il n'était pas difficile. Peu lui importait qui le nourrissait — Irlandais, Italiens, Juifs — pourvu qu'il ait quelque chose à se mettre sous la dent. Et quand il lui restait six *cents* le soir, pour passer la nuit au foyer des crieurs de journaux, c'est que la journée avait été bonne. Elle n'était parfaite que lorsqu'il pouvait s'offrir aussi du tabac à chiquer.

Grand-père n'aurait jamais avoué que la vue du vapeur lui faisait quelque chose, quand ce dernier longeait les rues de l'East Side, lesté de son chargement dérisoire — ou précieux. Simple question de point de vue.

Ce n'étaient que quelques morts de plus, ils ne portaient pas de noms illustres, et parfois n'en avaient pas du tout, lorsqu'ils étaient morts à la naissance, non baptisés. Souvent aussi ils ne laissaient personne sur le quai. Comme ils ne pouvaient même pas s'offrir la mort, c'est la Ville qui payait leur enterrement rudimentaire. Pour une fois, une unique fois, les morts y trouvaient leur compte.

Quand il cirait des bottes au bout de Delancey Street, chantait les rengaines du jour au coin d'une rue entre Union Square et Chatham Square ou vendait ses journaux devant les fabriques et ou les synagogues, le bateau n'était qu'un lointain souvenir. De même quand il se battait pour un mégot de cigarette ou un fond de bière devant l'un des innombrables tripots. Rien qu'un souvenir, mais un souvenir indélébile.

Aucun des garçons n'aurait avoué qu'il se laissait impressionner par ces transports, mais chaque fois ils se trahissaient. Ils regardaient un peu trop longuement ou crachaient leur tabac avec une indifférence un peu trop marquée, après avoir marmonné : « Ça vous arrive plus vite qu'on ne croit. »

Régulièrement les morts de l'East Side passaient devant eux. C'était comme ça, point. La vie était déjà assez compliquée, on n'allait pas, en plus, l'encombrer de la mort. Il n'empêche que, si on l'avait questionné en tête à tête, grand-père aurait peut-être convenu que sa hantise c'était justement cela : finir là où allait ce bateau. Mais personne ne le questionnait. Il n'y avait personne. Il était seul.

« *Volevo an impressive funerale* », dirait-il encore, une fois vieux, dans son étrange salade linguistique. Un fiacre noir aux parois de verre à travers lesquelles on le verrait couché sur de la belle étoffe dans son plus beau costume. Et derrière lui, une fanfare. C'est ainsi que les Irlandais et les Italiens traversaient le ghetto avec leurs morts. Leurs derniers sous y passaient — quand ils en avaient. C'est ce qu'il aurait voulu lui aussi, mais qu'il n'a pas eu. À la fin, c'est seuls et à pied que nous avons suivi, ma mère, Pasquale et moi, son modeste cercueil.

Le 1er janvier 1899, à mi-chemin entre le Brooklyn Bridge et Rutgers Slip où il se baignait dans le fleuve l'été, grand-père contemplait l'agitation qui régnait sur le môle. Il aurait bien ri, si on lui avait affirmé que l'East River n'était pas un fleuve mais un bras de mer très étiré. Les habitants du ghetto le voyaient tous comme un fleuve, celui auquel ils remettaient leurs ordures, leurs excréments, leurs morts.

Qui les lavait, et au bord duquel ils allaient parfois s'asseoir quelques instants, pour échapper à la promiscuité de la ville.

Grand-père était content, le dernier jour de l'année il avait écoulé pas mal de journaux dans le bas de Broadway, alors que s'y étaient faits rares ses principaux clients : les vendeurs ambulants qui avaient toujours besoin de papier d'emballage. La violence du vent avait découragé la plupart d'entre eux, qui ne s'étaient même pas déplacés.

Il s'était époumoné à crier « Sensationnel ! », ce qui faisait presque toujours son petit effet. Grand-père n'était pas regardant quant aux sensations qu'il proclamait régulièrement. Quand il vendait dans Elizabeth Street essentiellement peuplée d'Irlandais pauvres, la sensation portait sur ces Anglais qui opprimaient l'Irlande. Dans Mulberry Street, la sensation — un attentat contre le roi, la sécheresse, une épidémie dans le vieux pays — était du fait sur mesure pour les Italiens. Sur Orchard Street, en revanche, il importait de médire du tsar.

Son chef, Paddy-un-œil, l'avait instruit :

— Pour un meurtre ici en ville, tu cries une fois : « Sensationnel ! » Moscou et Kiev chassent les Juifs de la ville ? Une grande famine sévit en Russie et décime les Juifs ? Tu y vas de deux « Sensationnel ». Et le jour où il ne se passe rien, de trois : il faut bien vendre !

Les occasions de clamer le sensationnel étaient innombrables. Seuls les morts du ghetto ne faisaient sensation pour personne.

Paddy-un-œil n'avait que deux ou trois ans de plus que lui, mais c'était un grand expert du sensationnel. On l'appelait Paddy-un œil non parce qu'il était borgne — il lui manquait seulement trois doigts — mais parce qu'il disait à un garçon qui n'avait pas écoulé son lot de journaux : « Pour cette fois je veux bien fermer un œil, mais la prochaine fois n'oublie pas que j'en ai deux. Alors, décarcasse-toi. » Avec lui chacun avait droit à une deuxième chance.

De Paddy-un-œil les garçons ne craignaient guère les taloches, car il levait rarement la main sur eux. Pourtant on avait la main leste dans le ghetto. Que ce soient les policiers, les gars plus âgés, les marchands dont ils pillaient les charrettes. Le père, pour peu qu'on ait un vrai père. Et qu'il n'ait pas filé depuis longtemps vers l'Ouest, après avoir épluché les affiches qui promettaient des pépites d'or grosses comme la tête.

Plus que les coups, ils craignaient de perdre les bonnes grâces de Paddy-un-œil et de se retrouver sans emploi. De ne plus se voir attribuer les meilleurs emplacements, au coin des rues animées ou devant des restaurants connus comme le Delmonico's ou le Lüchow's. Ce qui signifiait crever encore plus de faim. Et ce qui vous attendait après, on le voyait deux fois par semaine remonter le fleuve en crachotant bruyamment.

Si grand-père était un crieur de sensations non dépourvu de talent encore que dilettante, Paddy-un-œil était, lui, la puissance occulte qui régnait sur tout ce qui, de près ou de loin, rapportait de l'argent dans la rue : contrebande de cigarettes, trafic d'alcools, vente de journaux et jeux de pile ou face. Si jeune qu'il fût, Paddy-un-œil avait tout d'un « vieux renard ».

Le seul qui surpassait en prestige Paddy-un-œil Fowley pour les petits gars des rues était Houdini. Ils adoraient ce magicien qui, en un rien de temps, se libérait de ses menottes. Pour lui ils allaient jusqu'à se priver de manger, afin de mettre de côté les dix *cents* du billet dans un théâtre miteux de la Bowery ou à l'Huber's Museum d'Union Square. Ceux qui étaient fauchés contemplaient les affiches du petit homme râblé : *Houdini – L'incontestable roi de la menotte!* Comme si quelqu'un avait jamais voulu lui contester son titre ! Bouche bée, ils le regardaient.

Quand les gamins qui avaient de l'argent sortaient du théâtre, les gamins sans le sou les assaillaient. S'ils ne racontaient pas, ils prenaient une raclée. S'ils racontaient mal, c'était pareil. Ils inventaient donc sur Houdini des histoires à dormir debout. L'un prétendant que le magicien lui avait passé les menottes sans qu'il s'en aperçoive. Et l'autre rajoutant : « Et pas qu'à toi, il les a passées à tout le public. » Après quoi on hochait la tête avec componction et crachait par terre.

Un Houdini ne se laissait pas pincer par la police. Un Houdini se sortait de toutes les situations. « Être un Houdini » ou « être comme Houdini » en disait gros. C'était avoir plus d'un tour dans son sac. Ne pas se laisser marcher sur les pieds. Être malin. Très malin. Un Houdini ne finirait jamais sur le bateau de l'Assistance aux pauvres.

Grand-père lui aussi avait un surnom, on l'appelait L'Allumette. Non parce qu'il était très maigre, ils l'étaient tous. La plupart d'entre eux devaient s'acheter des bretelles pour empêcher leur pantalon de glisser, le commerce des bretelles allait bon train dans le ghetto. Non, grand-père, tout simplement, s'enflammait vite.

La neige qui avait commencé à tomber au début de cette soirée de la Saint-Sylvestre avait transformé le ghetto. Les décharges, les tas d'ordures, les puisards, la boue, les détritus des marchés de plein air, tout ça reposait sous une couche immaculée qui épaississait à vue d'œil.

Il neigeait sur les chapeaux noirs des Juifs orthodoxes, les haredim, et les foulards des Italiennes qui cherchaient encore un reste de farine ou d'huile et quelques vieilles patates pour leurs beignets, leurs *sfingi*. Il neigeait sur les échelles de secours, les stores des magasins et les perrons si vivants l'été, quand on désertait les logements étouffants. Il neigeait obstinément sur les devantures des boutiques, les paniers et les bacs, les robes et les costumes exposés dehors. Ces innombrables choses dont on avait aussi besoin dans le ghetto.

Il neigeait sur les putains d'Allen Street qui se risquaient dehors malgré le froid pour racoler le client. Et qu'il s'agisse de Juifs pieux, d'Irlandais saouls ou de simples curieux qui habitaient au-delà de la 14ᵉ Rue et venaient s'amuser ici, elles leur prodiguaient pareillement leur bénédiction. « Vous ne voulez pas venir prier avec moi ? » leur criaient-elles sans faire de distinction. Quand elles se promenaient l'été à l'ombre du métro aérien, elles laissaient tomber un mouchoir et celui qui la ramassait pouvait venir faire la prière avec elles. Mais par ce temps épouvantable elles ne se montraient qu'un instant et rentraient vite se mettre au chaud dans leur vestibule.

Il neigeait sur les images de San Rocco et de la Madonna del Carmine, les crucifix, les cierges et les rosaires des Italiens, les livres de prières, les talits et les menoras des Juifs en vente sur les étals. Il neigeait impitoyablement, très démocratiquement, la neige recouvrait tout le monde, de Battery à Inwood. Le vent s'engouffrait dans les rues encaissées, comme aspiré par l'organisme d'un géant gisant à terre. Comme un poison.

Ce vent éprouvait durement hommes et bêtes. Mais tandis que les gens se repliaient dans leurs séjours douillets, les chevaux restaient patiemment au bord des rues. Peu à peu leur dos, leur tête et leurs naseaux se couvraient de neige, ainsi que les charrettes qu'ils tiraient derrière eux à longueur de vie. Les bêtes étaient paisibles, elles avaient survécu aux tracasseries des humains, elles survivraient à celles de la nature. Elles épiaient le souffle du vent. De temps à autre elles fouettaient l'air de la queue, fermaient leurs yeux bienveillants, et leurs oreilles pointues frémissaient comme si elles s'efforçaient d'épier encore mieux.

Leurs propriétaires se pressaient dans les tavernes de Mulberry Street et les bouges de la Bowery. Pour les pauvres aussi la Saint-Sylvestre avait son importance, surtout pour eux, même. C'était une des rares occasions de tout oublier quelques heures durant. Et pour les ivrognes une énième bonne raison de boire. Tandis que le jour déclinait et que la ville se préparait à la fête, on commençait dans l'East Side à oublier et à boire. Ou à boire et oublier, selon ce qui, des deux, allait le plus vite.

À ce moment-là grand-père avait traversé la Bowery depuis longtemps et s'était enhardi à pousser jusqu'au bas de Broadway. Il ne le faisait pas souvent, il ne se sentait chez lui que dans le ghetto. C'était son territoire, là il connaissait les règles, là il était un Houdini. De l'autre côté, à Broadway, sur la Cinquième Avenue et dans les quartiers du Nord, il était en pays étranger. Il n'était jamais allé à l'étranger, mais c'est sûrement comme ça qu'on devait s'y sentir On avait les deux pieds dans le même sabot et l'air idiot. À quelques centaines de mètres, de l'autre côté de la Bowery, on était déjà dans un autre monde.

Les femmes portaient des robes de soie, de velours et de brocart, des étoffes aériennes couvertes de dentelles, des ceintures de satin noir, des écharpes de gaze soyeuse. Les hommes, des hauts-de-forme de feutre blanc ou de paille jaune clair à large ruban noir moiré. Des manteaux de loutre à col de zibeline. Quand ses semblables à lui étaient affublés de casquettes crasseuses, de pantalons informes, de vestes déguenillées, et souvent n'avaient même pas de chaussures.

— Si tu veux y aller cirer les bottes ou vendre tes journaux ne crache pas ton tabac dans la rue. Mes gars ont du style. Entre dans un bar, où tu trouveras des crachoirs. Et surtout ne jure pas. De l'autre côté, les gens sont très pieux. Et maintenant file et arrange-toi pour vendre un peu, nom d'Dieu !

Ainsi leur parlait Paddy-un-œil.

En cheminant vers Downtown, grand-père n'avait guère vendu de journaux. Il ne s'était pas passé grand-chose, aussi, ces derniers temps. On ne pouvait pas se fier au monde, il vous laissait toujours en plan quand la faim était à son comble. Les dernières vraies sensations, il les avait criées en novembre. Le 26 de ce mois-là, le *SS Portland* avait coulé en faisant route vers le cap Cod et les cent quatre-vingt-douze passagers et membres de l'équipage s'étaient noyés. Et le 5 avait eu lieu à Berlin la première d'une pièce d'un Allemand qui s'appelait Hauptmann. Grand-père savait prononcer « Berlin », mais pas « *Fuhrmann Henschel*[1] », et il avait donc arpenté l'immense salle de l'Atlantic Garden en criant : « Sensationnel ! Sensationnel ! Hauptmann à Berlin ! Une première incontestable ! »

Il n'avait guère eu de succès, la plupart des clients étant désormais italiens là-bas, mais il en avait récolté au nord, sur la Deuxième Avenue. Ce jour-là il y avait vendu presque une centaine d'exemplaires. Hauptmann semblait y être populaire, et grand-père, quant à lui, l'aurait bien gratifié chaque mois d'une première imprononçable.

Mais les gros titres de la sensation numéro 1 remontaient au mois d'octobre. L'arrivée de Theodor Herzl à Jérusalem avait mis tout le ghetto en émoi. Les Juifs lui avaient arraché les journaux des mains. Ils l'avaient étreint, embrassé, lui avaient glissé des friandises. En une demi-heure il avait gagné de quoi s'offrir un festin au Dolan's : œufs durs, langue marinée, bœuf salé aux haricots, tourte aux huîtres, café, cigare. Ce jour-là il avait bu dans une véritable chope à la santé de l'entreprenant M. Herzl, au lieu de vider le fond d'un fût.

Mais la seule nouvelle, hélas peu spectaculaire, de décembre était celle d'une machine qui avait atteint les soixante-trois kilomètres à l'heure. Le *Times* l'appelait *automobile*, et ce n'était pas ce qui avait fait vendre l'édition du jour. Paddy-un-œil était furieux, mais que pouvait un honnête crieur de journaux à ce fiasco, si le monde ne

1. Gerhardt Hauptmann, *Le Voiturier Henschel, pièce en cinq actes*, traduit de l'allemand par Jean Thorel, Paris, Plon, 1901. Drame naturaliste. *(N. d. T.) (Sauf indication contraire, toutes les notes sont de l'éditeur.)*

lui fournissait pas quelque honnête nouvelle ? La faute en revenait au monde, et non à lui. N'empêche que Paddy-un-œil n'avait rien voulu savoir, il ne lui avait même pas laissé son pourcentage sur sa maigre vente. « Bon Dieu, tu m'prends pour Houdini ou quoi ? Si tu fiches rien, t'auras rien non plus. » Il était comme ça, Paddy Fowley. Si le monde ne donnait pas de son plein gré, à eux de le presser pour en tirer quelque chose.

Arrivé dans le sud de Broadway, grand-père avait faim. À vrai dire la faim ne le quittait pas, il avait très faim ou il avait un peu faim, mais toujours il avait faim. Les garçons des rues pouvaient échapper au policier, aux coups du père, de l'amant en titre de la mère ou à l'Aide à l'enfance qui les attrapait de temps à autre, mais aucun d'eux n'échappait à la faim.

« Nous ferons de toi un être humain digne de ce nom », disaient les gens de l'Aide à l'enfance. Or, s'il était sûr d'une chose, c'était bien d'être un humain. La condition humaine n'avait pas de secret pour lui. Et il les laissait causer, tout en cherchant à récupérer quelque chose de comestible. Ils lui donnaient à manger, puis il s'envolait de nouveau.

Ils voulaient faire de lui un véritable Américain, mais ça aussi il l'était depuis longtemps. Aussi loin que remontaient ses souvenirs, il vivait de ce côté de l'océan. Ce qu'il y avait eu avant il l'ignorait. Il se rappelait vaguement avoir entendu dire qu'il était né là-bas de l'autre côté, en Europe. Seulement, où ? On lui avait conté tellement d'histoires sur « là-bas » que tout se mélangeait dans son esprit.

Quand un Rital se vantait qu'en Italie on supportait mieux la faim qu'en Amérique et que les propriétaires terriens y étaient encore pires qu'ici les Astor et les Vanderbilt, il le croyait et se voyait facilement né à Pietramelara. De parents qui auraient vécu et crevé de faim dans d'étroites ruelles caillouteuses près du Monte

Maggiore. Et se seraient peut-être hâtés à sa naissance vers l'église de San Rocco, pour demander au saint de le protéger des maladies.

Et quand on lui racontait le miracle de Notre-Dame du Mont-Carmel à Palmi où, pendant trois jours, la statue de la Sainte Vierge avait remué les yeux et son visage changé de couleur, il se disait qu'il était bien possible que les siens aient assisté à cela. « Comment faisait la Sainte Vierge avec les yeux ? » demandait-il, chaque fois, au garçon italien qui, chaque fois, répondait : « Comme ça », en imitant la Vierge Marie.

Et quand le minuscule Berl qui boitait — le meilleur crieur de journaux de toute la bande — lui narrait son périple à travers la Galicie, à trois ans avec ses parents, pour aller prendre le train de Hambourg à la frontière prussienne, grand-père répétait avec application « Ga-li-cie ». Comme pour tester si la Galicie lui irait. Un moment il pensa d'ailleurs avoir peut-être fait ce voyage lui aussi. Mais il écarta cette idée : « Juste idiot ! »

Et quand, dans la cave à charbon de la poste où ils pouvaient dormir grâce aux relations de Paddy Fowley, ce dernier racontait la faim de ses parents, une faim irlandaise cette fois, il se sentait complètement irlandais. Mais cette idée-là aussi il la repoussait. Il y avait trop de bonnes histoires pour se fixer sur une seule. Quand un garçon lui demandait ce que c'était, en fin de compte, son histoire à lui, il haussait les épaules. Et si l'autre ne lâchait pas l'affaire, il lui mettait une beigne. Grand-père, on le sait, s'enflammait vite.

Il se disait qu'un jour il prendrait le temps d'imaginer une bonne histoire. Une histoire qui deviendrait alors la sienne. En attendant, ça lui suffisait de savoir qu'il était un humain et un Américain. Un Américain affamé. Et il y avait une troisième chose qu'il savait : qu'il n'était pas un fils. Quand il se pressait certaines nuits contre le dos de son voisin de lit dans un hôtel minable à cinq *cents* la nuit, sans pouvoir dormir à cause de la chaleur ou du froid, il pensait : « Bon Dieu, un gars comme moi c'est pas possible. Mais d'où est-ce que je sors ? » Il avait beau se creuser la tête, aucun père, aucune mère ne lui venait à l'esprit.

Peut-être était-il tombé de la Lune, il avait entendu dire qu'un homme habitait là-haut. Quand il s'imaginait en train de tomber de la Lune pile sur New York, son corps s'alourdissait et ses yeux se fermaient lentement. « Un peu plus et je serais tombé dans la mer. Devant Coney Island peut-être », grommelait-il encore en glissant un bras sous sa tête. Il tombait, il tombait, et Coney Island grossissait à vue d'œil, les dunes de sable surgissaient devant lui ainsi que la grande roue du parc d'attractions de Steeplechase dont il avait vu une photo dans le journal. Il voyait les hôtels de luxe à l'est, et West Brighton délabré, grouillant de bouges, de champs de courses, de dancings et d'établissements de jeux dont il avait aussi entendu parler.

Le sommeil ne le délivrait pas, il continuait à tomber en rêve. Le vol changeait de direction, il survolait Brooklyn, et bien qu'il ne fût jamais allé à Brooklyn, ni jamais si haut, d'ailleurs, il savait que ce ne pouvait être que Brooklyn. Il reconnaissait aussi Manhattan, le New York World Building et le Manhattan Life — les gratte-ciel les plus hauts de la ville —, les métros aériens de la Deuxième et de la Troisième Avenue, les quais, la ligne compacte des immeubles de Chatham Square jusqu'à la 14e Rue. Il voyait la fumée s'élever des cheminées des maisons et les mâts, des bateaux du port. Mais chaque fois, il se réveillait avant le choc de l'atterrissage. Alors qu'il aurait tant voulu savoir s'il allait se retrouver dans l'East Side ou chez les Allemands huppés de Yorktown. Ou même peut-être chez les Astor de la Cinquième Avenue.

Grand-père comptait trouver, comme chaque année, du monde devant la Trinity Church et jusqu'à l'hôtel de ville.

Mais la neige et le vent glacial allaient peut-être réduire ses espoirs à néant. Il battait là le pavé depuis une heure, déjà huit heures approchaient, et il n'avait écoulé que neuf à dix exemplaires. Il n'osait pas revenir avec ce maigre butin à la cave de la poste, le repaire de Paddy-un-œil. Il songea même à se poster à un coin de rue pour entonner les chansons de Stephen Foster ou d'Harry Von Tilzer qui rapportaient toujours bien. Mais il ne pouvait pas rester longtemps immobile par ce froid, et sa voix, si claire et si chaude qu'elle fût, ne pouvait s'imposer contre les hurlements du vent.

Il s'était enveloppé les pieds dans de vieux chiffons, avait comblé les trous de ses chaussures avec du papier journal, et le reste de ses hardes était à l'avenant sinon pire. Car son pantalon lui arrivait à peine aux chevilles, et sa veste — de deux tailles trop grande — était raide de crasse et de pluie. Il la portait en toute saison et toute situation. Pour le foulard et la casquette il avait tabassé un gars plus jeune. Grand-père les lui avait arrachés comme des trophées.

Il s'était leurré, il y avait encore moins de gens dehors qu'il ne l'avait craint, et ça n'allait pas s'arranger apparemment. Dans une rue adjacente il entra dans un Cheap Charlie's où on lui servit un thé sucré avec du gin en échange d'un journal. Et après lui avoir lancé un coup d'œil compatissant, le vendeur lui remit une rasade d'alcool dans son thé. Si bien qu'il avait certes chaud, maintenant, mais que la tête lui tournait.

— Il faut que tu sois ou bête ou désespéré, mon gars. Comment se fait-il que tu vendes le journal d'hier ? Le soir du Nouvel An, les gens n'ont que faire des nouvelles de l'avant-veille. Tout le monde pense au lendemain, dit l'homme en poussant vers lui la bouteille de gin.

— Il n'y en avait plus d'autres. C'était ça ou rien, répondit-il.

Puis le silence s'installa. Grand-père n'osait pas bouger, espérant se faire oublier. Le menton appuyé sur ses mains, l'homme contemplait les bourrasques de neige. Des gens élégants passaient de temps en temps, les hommes tenant d'une main leur haut-de-forme sur leur tête, les femmes relevant un peu leurs jupes pour avancer plus facilement dans la neige. Elles étaient toutes habillées à la dernière mode, mais grand-père ne s'était jamais intéressé à la dernière mode. Elle ne faisait pas sensation chez lui, il ne vendait pas devant Bloomingdale's sur Lexington Avenue. Le gros de ses clients se contentait de coton sommairement tissé.

Des fiacres, des tramways, des omnibus passaient, la chaussée était gelée, les cochers devaient souvent descendre tirer les chevaux par la bride pour les faire avancer. Ni l'homme ni le garçon n'avaient envie de mettre fin à ce moment paisible, le poêle diffusait une agréable chaleur qui les assoupissait. La lampe à gaz dispensait plus d'ombre que de lumière sur ces deux êtres que, contrairement aux autres, rien ne paraissait presser. Le garçon ne voulait pas se retrouver les poches vides devant Paddy-un-œil, en tout cas pas encore. En ce qui le concernait, cette trêve aurait pu se prolonger jusqu'au printemps.

Mais vers dix heures du soir, l'homme s'ébroua. Il plaqua ses mains sur ses reins en s'étirant.

— Il faut que je te mette dehors, maintenant. Rentre chez toi, qu'il ne t'arrive pas la même chose qu'à mon cousin Robby à Thanksgiving !

Grand-père n'avait pas besoin de lui demander ce qui s'était produit ce jour-là, il s'en souvenait parfaitement. En ce jour de novembre, une tempête de glace avait fait quatre cent cinquante-cinq morts.

Une fois dans la rue, il jeta un regard de regret sur la boutique. L'homme tirait deux sacs de paille de sous le comptoir pour en faire un matelas de fortune. Puis il ôta ses chaussures, glissa quelques bûches dans le poêle et s'allongea. Il se couvrit de son manteau, éteignit la lampe à gaz d'un dernier geste, puis il disparut presque entièrement sous le comptoir. À la faible lueur du réverbère grand-père pouvait voir le dos de l'homme. Il l'envia, ça ne lui aurait pas déplu de s'allonger là et de se verser un coup de gin de temps à autre. Mais bon, il s'agissait maintenant de veiller à ne pas finir comme le cousin Robby.

Pour une fois il eut de la chance, car devant la Trinity Church, un cocher qu'il connaissait bien attendait le chaland. Il cirait souvent les chaussures de ses clients là-haut, à Union Square. C'était un Allemand bougon, souvent mal luné, que tout le monde appelait Gustav sans savoir si c'était vraiment son nom. Il ne réagissait quasiment jamais lorsqu'on l'appelait ainsi. Gustav et le capitaine du bateau qui transportait les morts nécessiteux à Hart Island étaient les seuls Allemands qu'il connût. Tous deux ils étaient sombres et renfermés, comme si l'épreuve du mal et de l'adversité avait irrémédiablement marqué leurs traits.

Le capitaine, on voyait à peu près pourquoi. Quand on transportait la mort d'un lieu à un autre, qu'on vivait constamment en sa présence, qu'on gagnait même son pain grâce à elle, ça faisait forcément de vous quelqu'un de bizarre, vous aigrissait. Et puis c'était peut-être aussi un peu la faute des gens. Où qu'ils aillent, ses hommes et lui, on les évitait. Les vieilles se signaient. Dans les bars on les reléguait dans les recoins les plus sombres, et personne ne leur adressait la parole.

D'aucuns prétendaient qu'ils puaient la mort dont ils vivaient. Se commettre avec eux c'était risquer d'être en contact avec elle. La provoquer quasiment. Alors qu'elle était déjà bien assez proche. Ce n'était même qu'une question de jours pour certains. Qu'ils fussent depuis des mois ou quelques heures en Amérique, la plupart des gens avaient quitté les forêts de Russie ou de Galicie, les plateaux d'Irlande ou la terre sèche du Sud italien dans l'espoir d'obtenir un peu plus de la vie. La superstition avait été du voyage.

Broadway était joliment bien éclairé, M. Edison avait fait du bon travail. Cette lumière chaude et douce avait beaucoup étonné les gens, au début. Quelques années plus tôt ils s'attroupaient encore par douzaine sous chaque réverbère pour commenter l'effet de la nouvelle lumière, c'était aussi stupéfiant qu'une nouvelle prouesse d'Houdini.

Gustav trônait sur le siège du cocher, enroulé dans un tas de couvertures. Ils défiaient le froid, lui et son cheval, une robuste bête à robe brune. Tout ce qu'on savait de Gustav c'est qu'il avait eu deux fils et qu'il chérissait l'Empire allemand.

— M. Gustav, cria grand-père en sautillant sur place, frigorifié. L'empereur se porte comme un charme. Je tenais à vous le dire.

Pas de réponse.

— M. Gustav ! cria grand-père plus fort.

Il espérait que le vieil homme lui prendrait un journal. C'est alors seulement qu'il entendit les ronflements du cocher, couverts par les hurlements du vent. C'était bien la seule personne de New York à pouvoir dormir dehors par un temps pareil. Grand-père joua sa dernière carte :

— M. Gustav, réveillez-vous ! Hauptmann à Berlin ! Un évènement incontestable ! L'empire tout entier se réjouit !

Il dressa l'oreille, mais ne perçut qu'un faible grognement et un infime sursaut. Il avait tiré en vain sa dernière cartouche. Gustav semblait comme gelé sur place, et peut-être l'était-il effectivement. Seul le cheval tourna la tête vers lui, comme pour le mettre en garde contre le fouet de son propriétaire, qu'il connaissait bien.

Faute de lui vendre un journal, peut-être pourrait-il au moins se chauffer dans sa voiture jusqu'à ce que la rue s'anime, un peu avant minuit. Il secoua la neige qui collait à ses vêtements et ouvrit doucement la porte du fiacre, mais alors qu'il était déjà sur le petit marchepied, il entendit gronder une voix puissante :

— Si vous voulez qu'on vous amène quelque part, montez. Mais si vous avez une sottise en tête, abandonnez ou vous commencerez mal l'année.

— Mais M. Gustav, c'est moi, le marchand de journaux.

— Je connais beaucoup de marchands de journaux. La plupart sont des vauriens.

— Je suis le cireur de chaussures d'Union Square.

— Il y a beaucoup de cireurs de chaussures à Union Square

— Je suis celui à qui vous flanquez des raclées, quand il essaie de piquer la bourse de vos clients.

— Ah, pourquoi ne l'as-tu pas dit plus tôt, mon gars ? Monte.

Grand-père hésita un instant, dans le fiacre il serait piégé. Mais il était trempé, il se gelait et il n'avait nulle part où aller. De peur que Gustav ne change d'avis, il sauta enfin dans le fiacre et referma la porte derrière lui. Ce n'était pas vraiment une chaude place au coin de l'âtre, mais on était à l'abri du vent et au sec. Il entendit la pesante personne de Gustav descendre du siège du cocher et, un instant plus tard, le ventre imposant de l'Allemand s'introduisait péniblement par l'ouverture exiguë.

Gustav prenait presque toute la place, son corps massif l'écrasait. Mais voilà que le cocher se penchait sans mot dire et sortait une caisse de sous la banquette avant. Et grand-père comprit alors son bonheur, car dedans, il n'y avait pas un mais deux œufs durs, pas une mais deux cuisses de poulet, et avec ça du pain, du tabac, une pipe et deux bouteilles de bière blonde.

— Mange ! lui intima Gustav en poussant la caisse vers lui.

De toute manière grand-père n'aurait pu se maîtriser davantage, le parfum de la nourriture lui ôtait la raison.

Gustav le regarda manger en silence, puis il se mit à bourrer sa pipe et l'alluma. Il but d'un trait la moitié d'une bouteille de bière, puis la tendit à son visiteur.

— Est-ce que tu fumes, mon garçon ? Vous fumez et vous buvez tous, vous les gars des rues.

— Je préfère chiquer.

À intervalles réguliers des gens passaient gaiement à côté d'eux, devisant avec animation. Ils se hâtaient vers les *saloons* et les théâtres de variétés de Chatham Square. Ça faisait un bout de chemin, mais aucun d'entre eux ne songea à prendre le fiacre. La voiture était toute à grand-père. Une seule fois, quelqu'un ouvrit la porte et donna un coup de trompette. Ensuite personne ne s'occupa plus du vieux cocher et du garçon assis là tous les deux tranquillement, baignant dans l'âpre odeur de la pipe et les relents douceâtres de leurs vêtements humides.

Ils auraient pu disparaître de la surface de la Terre. Leur absence serait passée inaperçue. Un autre garçon aurait crié « Sensationnel ! » et quelqu'un d'autre aurait repris le fiacre. Peut-être le cheval se serait-il souvenu un moment de son propriétaire. Mais le garçon, même l'animal ne se serait pas souvenu de lui. Paddy-un-œil aurait regretté l'argent qu'il rapportait. Et Berl, le seul garçon bien de son entourage, l'aurait pensé couché au fond d'un des cercueils que le bateau des morts emportait régulièrement.

— Pourquoi est-ce que tu n'es pas chez toi ?

— Je n'ai pas de chez-moi, *sir*.

— Tes parents ?

— Je n'ai pas de parents.

— Où est-ce que tu dors ?

— Ici ou là. Quand j'ai six *cents*, au foyer des vendeurs de journaux de Duane Street.

— Tu sais qui étaient tes parents ?

— Aucune idée, *sir*.

— Mais tu dois au moins savoir de quel pays ils venaient.

— Je pouvais avoir deux ou trois ans, quand on m'a porté à la maison d'Irene pour les enfants trouvés. La femme affirmait m'avoir ramassé en train de pleurer au carrefour de la Bowery et de Delancey Street. À ce qu'on m'a dit. Mais on m'a dit aussi que j'avais débarqué tout nu, dans un magasin de cravates. Ou au McSorley's Saloon, *sir*, et que les hommes m'avaient assis sur le comptoir et donné un coup de bon vieux rhum à boire. Ou qu'on m'avait trouvé au dernier rang du Pastor's Theatre de la 14e Rue. Pas en train de pleurer, cette fois, mais de rire tout haut. Et que j'avais regardé tout le programme. Les garçons du foyer des enfants trouvés passaient leur temps à me servir ce genre d'histoires. Il y en a même un qui prétendait que j'étais le fils de Lottie Collins, la chanteuse, *sir*. Les garçons disaient : « Tu chantes si bien. Tu es sûrement le fils de Lottie Collins. » Quand le *Normannia* a été mis en quarantaine dans le port à cause du choléra, elle était à bord elle aussi. C'est là-bas qu'elle aurait eu les contractions. On m'en a tellement raconté que je ne crois plus rien.

— Collins ? Une sacrée bonne femme, celle-là ! Comment c'est déjà, sa chanson si connue ?

— C'est comme ça, *sir* :

A smart and stylish girl you see,
Belle of good society
Not too strict but rather free
Yet as right as right can be !
Never forward, never bold
Not too hot, and not too cold
But the very thing, I'm told,

That in your arms you'd like to hold.
Ta-ra-ra Boom-de-ay!
[…]

Je m'y connais pas mal, en chansons.

Gustav grogna quelque chose qui ressemblait à un assentiment.

— Mais l'épidémie c'était en 1892, ça te ferait à peine sept ans maintenant. C'est à peu près impossible, même si tu es gros comme un haricot.

— C'est vrai, mais je ne sais pas quel âge j'ai exactement.

— Tu parlais quoi, quand on t'a trouvé ?

— Un peu d'italien, un peu de yiddish, un peu d'anglais. Ce qu'on parle dans le ghetto.

— Tu as dû pas mal circuler, dans le ghetto.

— Ça se peut, oui.

— Quand je te regarde, je me dis que tu pourrais vraiment tout être. Tu pourrais avoir un père juif, une mère irlandaise et du sang italien dans les veines. Ou l'inverse.

Gustav rit.

— Ça se pourrait, *sir*.

— Qu'est-ce que tu sais de l'Allemagne ?

— Quelques gros titres, c'est tout. Les Allemands sont presque tous partis du ghetto pour aller dans les beaux quartiers. Les noms des ports d'où arrivent les bateaux avec les émigrants russes : Brême et Hambourg. Le *Patria* de Brême est allé mouiller en bas du port. Demain il va sûrement accoster.

— Rien d'autre ?

— L'empereur, *sir*. Un homme bien, l'empereur. Et puis Hauptmann à Berlin.

Gustav lui lança un long regard de biais.

— Tu pourrais tout aussi bien être tombé de la Lune.

— C'est ce que je me dis tout le temps.

— Tu n'as jamais eu envie de savoir qui était la femme qui t'a amené au foyer ? C'était peut-être ta mère.

— On ne peut pas retrouver quelqu'un comme ça à New York. Et si elle m'a abandonné, ce n'est sûrement pas pour me reprendre maintenant. J'ai d'autres chats à fouetter. Il faut tous les jours que je me débrouille pour trouver un peu d'argent.

Jamais encore quelqu'un ne lui avait posé autant de questions à la fois. Si le vieux se figurait qu'il pouvait lui tirer les vers du nez en échange d'un peu de nourriture et de tabac, il se trompait. Il allait sauter du fiacre et déguerpir. Mais soudain l'homme posa une question qui le surprit et éveilla son intérêt :

— Tu sais pourquoi je te bats quand tu voles, mon garçon ?

— Peut-être parce que je suis mauvais ?

— Pas parce que tu es mauvais, mais pour que tu ne le deviennes pas. J'ai eu deux fils, à une époque. L'aîné, la mer me l'a pris il y a quelques années. Il pêchait le hareng en mer du Nord. Là on ne peut rien faire. Le plus jeune avait ton âge quand il est mort. Tuberculose. Là non plus on ne peut rien faire, n'est-ce pas ?

— Rien du tout, *sir*.

— Quand Dieu a décidé que tes fils doivent crever, ils crèvent. Toute ta vie tu vas prier à l'église, et pour Dieu ça ne compte pas. Mais tu ne sais toujours pas pourquoi je te bats. Eh bien, le plus jeune volait lui aussi. Une semaine sur deux il fallait que j'aille le chercher au commissariat d'Elizabeth Street. Et une semaine sur deux je le battais comme plâtre. Pas parce que je lui voulais du mal, parce que je l'aimais. Je voulais faire de lui un être humain digne de ce nom.

Le cocher dut se racler la gorge bruyamment à plusieurs reprises et se détourna un peu. Il tortilla sa moustache et fit mine de descendre. Il ouvrit la porte, puis la referma.

— Tu trouveras une couverture sous la banquette. Tu peux t'allonger et dormir une heure. Pendant ce temps je ne prendrai pas de clients. Et voici l'argent de deux journaux. Après, tu t'en serviras pour nettoyer le sol du fiacre, il est plutôt sale. Dors tranquille, je m'arrangerai pour que personne ne te dérange.

La porte se referma sur Gustav, mais bientôt il la rouvrit :

— Et voici encore dix *cents* pour que tu puisses manger correctement demain. Cache-les bien et ne les dépense pas en bière ou en tabac.

Stupéfait, n'en croyant pas sa chance, grand-père s'allongea et se couvrit. Mais juste au moment où il sombrait dans un demi-sommeil et tombait une fois de plus de la Lune sur la Terre, la voix de basse de Gustav le fit sursauter :

— Qu'est-ce que c'est que cette histoire de capitaine[1] à Berlin ? Une guerre a éclaté là-bas ?

— Non, *sir*. C'est seulement un homme de théâtre. Une très vieille nouvelle de novembre.

La neige tombait plus faiblement à présent, seule la bise glacée continuait à souffler. Les gens affluaient maintenant de plus en plus nombreux dans le sud de Broadway. La plupart étaient jeunes, c'étaient les seuls à s'être risqués dehors par un temps pareil. Ils glissaient, dérapaient, tombaient et se relevaient gaiement. Ils soufflaient fort dans leurs petites trompettes. C'était l'habituelle excitation qui s'empare des gens avant le changement d'année. Les fiacres et les trams arrivaient en nombre pour convoyer les gens à Chatham Square ou dans le quartier des théâtres, dès que les cloches auraient sonné à la Trinity Church. Les chevaux

1. Outre qu'il est le patronyme du dramaturge Gerhardt Hauptmann dont la première du *Voiturier Henschel* faisait donc grand bruit à Berlin, *Hauptmann*, en allemand, signifie « capitaine ». Le cocher ne connaît probablement pas le dramaturge, d'où sa confusion et sa question sur une présence militaire à Berlin et une guerre éventuelle. *(N. d. T.)*

se cabraient et les cochers juraient quand des étourdis leur coupaient la route, pressés de se réfugier au sec.

Mais le garçon ne les entendait pas. Tandis que le monde se préparait à l'évènement majeur qui était la nouvelle du jour, grand-père dormait tranquillement sur la banquette d'un fiacre plus tout jeune. Son bras calé sous sa tête comme toujours, sa casquette lui couvrant le visage et sa cage thoracique se soulevant et s'abaissant régulièrement. On aurait pu croire qu'il reposait sur le matelas le plus moelleux de toute la ville, tant il avait l'air satisfait. Cet endroit sombre, ce refuge, lui appartenait à lui seul. Personne ne remarquait sa présence pas plus que celle du vieux et de son cheval qui veillaient sur lui.

Le monde les ignorait et continuait de tourner, toujours plus vite. Et tous trois — unis pour une heure entière — ignoraient le monde. Trois figures au milieu d'un spectacle qui ne leur avait pas dévolu de rôle.

— Réveille-toi, mon gars ! cria le vieux. Fais le ménage et file. C'est bientôt minuit, je vais avoir des clients.

Quand grand-père se retrouva dans la rue, Gustav se pencha et dit à voix basse mais si distinctement que, des années plus tard, il se souviendrait encore de ses paroles :

— Écoute-moi bien ! Tu es jeune maintenant, et ça ne te fait rien de vivre dans la rue. Mais dans quelques années, ce sera peut-être une autre histoire. Chez moi tu trouveras toujours une soupe et un coin pour dormir. Tu peux apprendre le métier de cocher. Bon, il n'y a pas grand-chose à apprendre et ça ne rapporte pas gros, mais on gagne assez pour ne pas mourir de faim. Tu sais où me trouver.

Personne ne prêtait attention à grand-père ou n'avait envie d'acheter le journal juste avant de sauter dans l'avenir. Il n'était plus obligé de se démener. Il avait en poche la coquette somme de vingt-deux *cents*, son corps s'était lentement dégelé, et il était repu. Une journée presque parfaite se terminait, peu lui importait qu'on la nomme

Saint-Sylvestre ou autrement. Or voici que la chance de grand-père perdura. Son avant-dernier coup de veine n'était qu'à quelques pâtés de maisons, dissimulé derrière le haut porche imposant du Club de la presse.

C'était là qu'un certain Pasquale travaillait comme portier, et il y avait une chose à laquelle grand-père croyait dur comme fer dans sa jeunesse, c'est que tous les Allemands étaient des gens sinistres et que tous les Italiens s'appelaient Pasquale. On colportait ainsi dans la ville quelques vérités immuables sur le ghetto : les Irlandais sont grossiers, tous buveurs et bagarreurs. Les Juifs sont secrets, impossibles à civiliser et nous apportent le choléra d'Europe. Les Italiens sont tous comme cul et chemise, ils sont bêtes et sortent le couteau pour un rien. Et ils se nomment tous Pasquale. Quand la police cherchait parmi eux quelqu'un dont elle ne connaissait pas le nom, elle l'appelait Pasquale.

Ce Pasquale-ci pourtant était un doux géant à l'âme d'enfant. On le surnommait Dix Fois, car dix fois il était monté sur le ring à l'Athletic Club de Coney Island, et dix fois on l'avait envoyé dans les cordes au premier round. Mais le ghetto lui avait pardonné, au plus tard lorsqu'il était devenu portier de ce fameux club où se retrouvaient les magnats de la presse et les journalistes. Qui, à part lui, pouvait se targuer d'avoir tous les jours affaire à des gens de cette importance ? Aux yeux du ghetto il y était arrivé, encore qu'après un détour cuisant.

Quand il remontait Mulberry Street après le service dans son uniforme aux boutons dorés, sa casquette prestigieuse sur le crâne, tous le saluaient avec respect. Ils l'aimaient et lui aimait le monde. Mulberry Street était un monde bien à part. Du matin au soir elle était encombrée de marchands ambulants. De vieilles femmes y vendaient de gros pains siciliens ronds et lourds sur des torchons déployés. On y exposait sur des charrettes bretelles et vêtements bon marché, articles de cuir et batteries de cuisine. Les légumes fanés étaient aspergés d'eau et astiqués pour avoir l'air plus frais. Les femmes et les enfants couraient après les charrettes de charbon pour en recueillir quelques morceaux.

Tout Italien arrivant à New York cherchait du travail sur Mulberry Street. Ce qu'avaient été les Irlandais, les Ritals l'étaient à présent : une force de travail docile, bon marché et interchangeable. Le *padrone* les envoyait trimer dans les mines de charbon de Pennsylvanie ou construire dans le Sud le chemin de fer de la côte est. On avait aussi beaucoup recours à eux dans la ville, dont ils bâtissaient les tunnels, le métro et les ponts. Ils passaient les décharges au peigne fin, collectaient et triaient les restes. Et ils veillaient soigneusement à conserver ce privilège de fouiller les ordures.

Pasquale avait encaissé des coups, mais il était arrivé par lui-même. Il n'empestait pas, ou tout au plus le parfum de ses clients. Sa carrure et son uniforme lui conféraient de l'allure. Seuls les enfants restaient impitoyables : « Pasqualino, qu'est-ce que t'es beau, quand t'es dans les cordes », criaient-ils sur son passage. Grand-père était le seul à prendre la défense du géant et à dérouiller les enfants. C'est pourquoi Pasquale décida de lui donner un coup de main, quand il l'aperçut dans la cohue devant le bâtiment, la nuit de la Saint-Sylvestre. Il l'étreignit fougueusement sans que grand-père pût s'en défendre et l'attira à l'intérieur du grand hall de marbre :

— Je te prends trois journaux, L'Allumette !

— Vraiment ? dit grand-père.

— Avec le premier, je cirerai mes chaussures ; avec l'autre, les boutons de ma livrée ; et le troisième, je le laisserai ouvert sur la table, pour faire croire que je sais lire. Tu as vendu quelque chose aujourd'hui ?

— Pas beaucoup.

— Tu vois... Et tu as mangé ?

Grand-père était prudent, d'agréables perspectives se dessinaient.

— Ben, ce qu'on trouve.

— Attends-moi ! ordonna Pasquale, avant de disparaître dans l'embrasure d'une porte derrière laquelle tintaient des bruits de vaisselle.

Grand-père inspecta la salle somptueuse avec ses deux rangées de colonnes et découvrit une porte de verre. Derrière elle retentissaient de la musique, des rires et un brouhaha de voix. Presque comme lorsque les vendeurs de journaux se serraient dans la cave à charbon pour se tenir chaud. Et que l'un d'eux — lui le plus souvent — chantait, que les autres tapaient des pieds, frappaient dans leurs mains et qu'à la fin tout se fondait dans une allégresse générale.

Bien qu'il ne sache pas très bien lire, il déchiffra le mot *vaudeville*[1] sur l'affiche à côté de la porte. Le mot était dans toutes les bouches et sur toutes les affiches. C'était le théâtre de variétés et les variétés étaient à la mode. Il y avait des douzaines de théâtres de variétés à New York, du *vaudeville* pour les riches et du *vaudeville* pour les pauvres. Mais les pauvres de son espèce n'allaient pas au *vaudeville.* Ils leur préféraient les théâtres à dix *cents* avec leurs *freak shows* et leurs monstruosités. Le monde des bossus, des borgnes, des nains, des manchots, des horribles et des grotesques. C'est là qu'ils s'amusaient et non au Herald Square Theatre où se produisait apparemment un certain Andrews. « Ann-drr-ewss » lut laborieusement grand-père. Lequel Andrews n'avait pas obtenu de place en haut de l'affiche.

Les pauvres comme lui aimaient le *fiddle*[2] irlandais et non la mandoline que jouait un dénommé Enrico Gaiqullo mentionné un peu plus haut sur l'affiche. Ses semblables

1. *The vaudeville* est très différent de ce qu'on entend par « vaudeville » en français. Le *vaudeville* américain est un spectacle de variétés qui s'est développé à la fin du XIXe siècle et au début du XXe siècle. Il comprenait une série de numéros indépendants, regroupés dans un programme : danseurs, musiciens, chanteurs, prestidigitateurs, acrobates, etc. *(N. d. T.)*

2. Violon irlandais traditionnel.

à lui n'avaient que faire des voix de basse et d'accompagnements au piano, de cet A. Pearsall et de cette Marie Budworth dont les noms s'étalaient en grosses lettres tout en haut de l'affiche. Et il y avait aussi un imitateur des chants d'oiseaux, Fred Hansell. À côté de son nom était attesté *un talent exceptionnel*, lequel ne lui avait pourtant pas épargné le bas de l'affiche.

Grand-père poussa un peu la porte. La salle était ornée de guirlandes multicolores et de fanions de papier, aux tables étaient assises des femmes en robe du soir à col montant et des hommes en frac. En regardant bien, il put apercevoir les chevilles de quelques jeunes femmes. À travers la fumée bleue il distingua aussi une petite scène sur laquelle venait de monter un vieil homme, qui se présenta comme le magicien Lefebre. Minuit approchait, il ne restait plus que quelques minutes, la plupart des gens ne s'occupaient pas de l'homme qui était perché là-haut.

Rien n'avait été ajouté sur l'affiche à côté de son nom presque illisible. Alors que la clé du succès résidait en une franche exagération, une formule racoleuse. Un crieur de journaux familier des théâtres à dix *cents* comme grand-père le savait pertinemment. En Amérique on n'arrivait à rien en se contentant d'écrire quelque part : *Magicien Lefebre, France*. Ce n'est pas comme ça qu'on allait nourrir sa famille. L'imitateur d'oiseaux, lui, avait compris la leçon, il avait tiré le meilleur parti possible de son savoir-faire inutile.

Peut-être le magicien était-il tout bonnement modeste, mais alors que fabriquait-il en Amérique ? On ne venait pas ici, on n'allait pas aux variétés pour être modeste. « En Amérique il n'y a pas de place pour la modestie. Elle vous fait crever de faim », disait Paddy-un-œil. Être modeste, il fallait pouvoir se le permettre. Ou avoir essayé tout le reste. Auquel cas on pouvait se résigner à tout et attendre la mort. Mais pour grand-père la vie était un gros titre en caractères gras. Qu'il importait de clamer haut et fort dans le monde tous les jours que Dieu faisait.

Un homme replet, débordant de vitalité, qui riait de toutes ses dents, sauta sur scène et écarta le vieux qui se préparait à entamer son premier numéro. Le public se leva comme un seul homme et commença à compter à rebours, dix, neuf, huit, sept, six… Déjà le magicien était oublié. C'est sa faute, se dit grand-père. Il faut être de son époque et, de toute évidence, c'est Houdini qu'aimait l'époque et non le magicien Lefebre.

Cinq, quatre, trois, deux, un, zéro… Les gens s'embrassaient, quand la grosse main de Pasquale se posa sur son épaule. Grand-père se retourna, effrayé, et la première image que lui offrit l'année 1899 fut une assiette de mets fumants qu'il n'avait jamais goûtés ni même sentis. Tout au plus admirés dans les vitrines de Delmonico's. Quelques instants plus tard, assis à la table de Pasquale, il engloutissait tout ça comme une bête qui craint qu'on ne lui arrache sa proie.

— Comment as-tu amadoué le cuisinier ? demanda-t-il.

— C'est un Irlandais, et il aime les Italiennes. Je connais deux ou trois filles qui pourraient le trouver à leur goût.

Quand grand-père ferma les yeux en se léchant les doigts de plaisir, ce même sentiment de bien-être qui l'avait envahi dans le fiacre de Gustav se répandit en lui. Quelque chose d'indescriptible, pour quoi il ne connaissait que le mot « extra ». Une fille pouvait être « extra » ou un verre de rhum ou un instant pareil. Tout en lui n'était que chaleur et paix, il aurait aimé retenir cet instant. L'année 1899 commençait tellement bien qu'il ne craignait plus rien. 1899 serait un évènement incontestable.

Quand il rouvrit les yeux, il vit de l'inquiétude dans ceux de Pasquale. En suivant son regard, il aperçut un homme très bien vêtu qui s'approchait d'eux. Il semblait être arrivé à l'instant, une calèche luxueuse était arrêtée dehors. Et à quelques pas de là, devant la porte vitrée de la salle de bal, attendaient des personnes que l'homme avait manifestement amenées. Du bout de sa canne celui-ci donna un petit coup sur l'épaule de Pasquale.

— Pasquale, mes amis aimeraient savoir combien de fois ils t'ont envoyé dans les cordes, dit-il d'une voix froide manifestement habituée à commander. Alors, tu te décides ?

— Dix fois, *sir*, bredouilla Pasquale.

Les gens rirent.

— C'est un score impressionnant. Est-ce que tu as pu au moins rendre quelques coups ? Je parie qu'ils t'ont mis au tapis au premier round.

— Exactement, *sir*.

C'est alors que l'homme remarqua grand-père, de sa canne il écarta Pasquale qui tentait de dissimuler le garçon derrière son large dos.

— Qui est-ce, celui-là ? Tu nourris les garçons des rues du coin à nos dépens, maintenant ?

— Non, *sir*.

— Prends garde de ne pas te retrouver bientôt à la rue toi aussi.

Puis il se tourna vers grand-père :

— Viens là, mon garçon. Tu es vendeur de journaux ?

Grand-père s'essuya la bouche en vitesse dans sa manche et se dépêcha d'obtempérer.

— Oui, *sir*.

— Et tu vends le mien ?

— C'est lequel ?

— *The Sun*.

— Surtout *The Sun*, *sir*.

— Tu vois, Pasquale, même ce garçon crasseux en fait plus que toi. Tu te contentes de rester planté là, mais lui, il vend mon journal. Et qu'est-ce que tu as là ?

— Là, *sir*, *The Tribune*. Mais hier et avant-hier c'était *The Sun*. Je le jure.

— Et combien tu en as vendu aujourd'hui ?

— Très peu, tout au plus quinze ou seize.

— Si peu ? En toute une journée ? Ou tu es bête, mon garçon, ou tu as quelque chose contre ce journal.

— Je suis sûrement bête.

— Je ne crois pas. Moi je crois que le journal est mauvais. Qu'en penses-tu ?

— Oui, *sir*. Le journal est mauvais.

— Voici un dollar, mon garçon. Je t'achète tout ce qui reste.

— Un dollar ? Mais je ne peux pas vous rendre sur un dollar.

— Ça ne fait rien. Garde le reste. Pour le plaisir que je vais avoir à les mettre sous le nez de leur propriétaire.

Sans attendre ses compagnons, l'homme pénétra dans la salle, la pile de journaux sous le bras. Avant que la porte ne se referme sur lui, on l'entendit crier : « Où te caches-tu, Thomas ? J'ai ici toute une pile de ta feuille de chou. Même les crieurs de journaux se plaignent qu'elle est invendable. Viens la chercher, avant qu'on soit forcés de nettoyer nos godasses avec. »

Le calme régnait autour de la poste, les gens s'étaient dispersés tous azimuts. De temps en temps un fiacre passait, plus rarement encore on entendait des voix, comme si la nouvelle année avait apporté le silence dans le monde. Le vent était tombé, sur les arbres, les bêtes, les hommes, dans la neige. Peut-être voulait-il reprendre des forces, après s'être déchaîné méchamment. Il avait causé pas mal de troubles, coupé le souffle aux gens qui inspiraient à fond avant d'attaquer une année de plus. Leur avait rappelé qui faisait la loi ici. Il s'était amusé à pousser devant lui les chapeaux, les papiers, les corps, comme les enfants poussent leur cerceau. Et avait enfin compris que ça suffisait maintenant.

Mon grand-père, ce garçon qui ne savait même pas s'il allait survivre à la journée du lendemain, encore moins tomber amoureux un jour, faire des enfants et avoir un petit-fils, moi, Ray, mon jeune grand-père, donc, rentra triomphalement à la maison. Il couchait souvent au foyer des vendeurs de journaux, dans le refuge pour les sans-abri d'Allen Street, ou dans un des bouges de la Bowery, pour cinq *cents* par terre ou deux sur une chaise, mais la cave à charbon de l'immense poste en face de la chapelle Saint-Paul était pour lui un peu comme une maison. Même si la poste était de l'autre côté de cette frontière virtuelle qui séparait le ghetto de tout ce qui était civilisé, propre, sûr, américain. Il y avait là une cave voûtée qu'il devait partager chaque fois avec au moins une vingtaine d'autres garçons.

Il était repu, il avait de l'argent en poche et ne redoutait plus d'affronter Paddy-un-œil. Ç'avait été une soirée renversante, miraculeuse. Au cours de laquelle personne ne l'avait frappé, personne ne l'avait roulé. Une soirée comme un gros titre dans le meilleur des journaux. Que ce fût *The Tribune*, *The Herald* ou *The Sun* lui était indifférent. Ces messieurs de la haute pouvaient nettoyer leurs godasses avec ce qui leur plaisait.

Grand-père jeta un coup d'œil prudent autour de lui, avant de pousser le portail de la cour intérieure. Il la traversa en vitesse, courbé en deux, et aux empreintes dans la neige il vit qu'on allait être à l'étroit dans la cachette. Au besoin il lui faudrait s'asseoir, les cuisses contre la poitrine et la tête sur les genoux. Il avait l'habitude d'adapter son corps à l'espace qu'on lui laissait pour dormir ; à lui faire épouser la forme de la brèche qui restait entre les autres corps.

Il ouvrit la trappe et se laissa glisser sur la rampe à charbon. Il s'attendait à ce que la pièce fût plongée dans la pénombre d'une pauvre chandelle et à être accueilli par les gémissements, les soupirs et les ronflements des garçons. Mais son lot de surprises n'était pas encore épuisé. Fond-de-culotte le saisit au collet et le remit sur ses pieds.

— Te voilà enfin. Mais t'étais passé où pendant tout ce temps ? Tu nous bousilles la jolie fête.

Fond-de-culotte devait son surnom à l'habitude qu'il avait de rappeler chaque matin aux garçons de nettoyer leur fond de culotte avant de se montrer au grand jour. Le fond de culotte et la figure, les deux étant noirs de suie. En réalité il se nommait Hugh McHugh, mais comment porter un nom pareil ? N'empêche que ceux qui se moquaient de son nom avaient affaire à ses poings, parce qu'il était au moins aussi soupe au lait que grand-père. « Je suis votre mère et Paddy-un-œil, votre père, tenez-vous un peu ! » leur criait-il.

À la faible lueur d'une lampe à pétrole grand-père distingua quinze à vingt garçons assis en rond autour de Paddy-un-œil. Ils fumaient la pipe ou la cigarette, l'air était à couper au couteau. Les garçons avaient bu, de la bière et du gin, quelques-uns étaient fin cuits, et grand-père buta sur des bouteilles vides.

— Tu avais peur de venir parce que tu n'as rien vendu, encore une fois ? lança quelqu'un dans un coin.

Fond-de-culotte contint grand-père. Mais déjà quelqu'un se levait et se dirigeait vers lui. C'était Paddy Fowley.

Grand-père n'avait jamais vu Paddy-un-œil hors de la cave. C'était comme s'il ne la quittait jamais, tapi obstinément dans le ventre de la terre. Comme en gestation dans la terre, avant de pouvoir renaître. À moins que, tout bêtement, il ne vît pas de raison d'aller à la lumière du jour. Et il n'en avait pas besoin non plus, car le monde venait à lui. Très tôt le matin, Fond-de-culotte lui apportait les journaux qui venaient de paraître, et il choisissait alors les gros titres et les sensations qu'ils faisaient répéter à ses gars.

Ce que Paddy-un-œil avait à faire à la surface de la Terre, c'est Fond-de-culotte qui s'en chargeait.

On disait que son père l'avait enfermé un an dans une cave, parce qu'il ne voulait plus mendier. Sa peau claire d'Irlandais avait peu à peu pris la couleur du décor. Tout était devenu noir, à part ses yeux bleus, qui étincelaient. Paddy-un-œil avait des gars pour chaque coin. Des Irlandais pour les rues irlandaises, des Juifs pour les rues juives, des Noirs pour les parages d'Hell's Kitchen, et des gars qu'on pouvait mettre n'importe où parce que, à l'instar de grand-père, ils parlaient un peu de tout.

— Je ne savais plus quoi raconter aux gars. Je leur ai servi tout ce que je sais sur l'Irlande. J'ai raconté comment mon père m'a coupé un, deux, trois doigts. Puis Fond-de-culotte a conté à son tour ce qu'il sait de son vieux. Tout le programme. On n'attendait plus que toi pour mettre de l'ambiance dans la fête. Sans toi on se serait endormi sans la moindre chanson. Alors, chante-nous quelque chose, L'Allumette, rends-nous heureux !

— Oui, chante-nous quelque chose ! cria-t-on.

Si Paddy Fowley était un excellent vendeur de journaux, il était encore meilleur conteur. Parfois, quand il pleuvait à verse dehors, il racontait à cinq-six mètres sous terre les paysages irlandais de son père. Ce même père qui lui avait coupé trois doigts. Ou c'était la canicule d'août, et au fond de la terre toute fraîche se déployaient dans les esprits des garçons étonnés les vertes prairies irlandaises qui avaient bruni en une nuit. Trois années d'affilée la récolte avait été fichue, et les gens de County Kerry, le comté de son père, avaient commencé à crier famine, puis à mourir.

Paddy racontait les cadavres décharnés qui jonchaient les rues et traînaient dans les maisons. Son grand-père parti à Cork chercher du travail et dont on n'avait reçu, un an plus tard, qu'une courte lettre de New York. Dans laquelle il encourageait son fils aîné à le rejoindre. Et comment son père, ses frères et sœurs et sa mère avaient fait cuire leurs dernières pommes de terre, et ensuite, réparti trois pommes de terre entre six bouches à nourrir. Son père pouvait à peine s'extraire du lit tant il était faible. Et ils buvaient du thé coupé de gin pour tromper la faim. Avec plus de gin que de thé.

Il racontait comment, à la mort des siens, son père avait rassemblé ses dernières forces pour se traîner à l'hospice des pauvres où avait débarqué le gérant du propriétaire de leurs terres, qui s'était débarrassé de lui en l'expédiant en Amérique. On l'avait emmené à Cork et il avait accosté à New York à bord du paquebot *Sir Robert Peel* après une traversée d'un mois et demi. Sur le bateau, il avait dû se battre pour une place où coucher et une assiette de soupe par jour. Le typhus s'était déclaré, seule la moitié des passagers avaient survécu au voyage.

Dehors il pouvait geler à pierre fendre, mais ici dedans, dans la chaleur de la terre, le gars racontait l'arrivée à South Street de son père qui avait erré des jours, perdu, sur les quais et dans le parc de l'hôtel de ville. Paddy savait même par cœur quelques lignes du *Herald* de l'époque : « Il est terrible de voir toutes ces malheureuses créatures jetées chaque jour sur nos côtes sans un sou et incapables de subvenir à leurs besoins. On a aperçu hier à Broadway des groupes d'Irlandais à peine débarqués qui offraient l'image même du désespoir, de la misère et de la faim. »

Les êtres décharnés et dépenaillés qu'on croisait partout dans les rues avaient longtemps défrayé la chronique à New York.

— Et il a fini par retrouver son père ? demandait chaque fois un des jeunes auditeurs.

— Tu veux dire mon grand-père ? demandait alors Paddy-un-œil, qui attendait un instant pour faire monter le suspense, avant de poursuivre : Il est allé frapper à toutes les portes en demandant après lui. Mais il ne l'a pas retrouvé. Pour le réconforter on lui offrait chaque fois un coup à boire.

— Et qu'est-ce qu'il a fait, alors ?

— Ce qu'il a fait ? Ben, qu'est-ce que peut bien faire un Irlandais seul en pays inconnu ? Il s'est saoulé. Saoulé comme nous tous.

À ce stade de l'histoire, subitement, le charme était rompu, et tout le monde éclatait de rire. Paddy avait eu un père vieux. Il était arrivé à quinze ans en 1851, et son fils n'était né que près de trente ans plus tard.

Mais il y avait encore plus magique que les récits de Paddy. Car les garçons adoraient la musique, et ils aimaient les chansons, les chansons anciennes comme les chansons à la mode. Et ils aimaient grand-père quand il se mettait à chanter. Il était peut-être le fils de personne, tombé directement de la Lune à Manhattan, il était peut-être un vendeur de journaux moyen, mais quand il chantait *On the Sidewalks of New York*, pour eux tous, le temps s'arrêtait.

Down in front of Casey's old brown wooden stoop
On a summer's evening we formed a merry group
Boys and girls together we would sing and waltz
While Jay played the organ on the sidewalks of New York
[...]

C'était la magie de grand-père, ce qui le distinguait de tous les autres. Un garçon au corps nerveux et au regard méfiant, la casquette crasseuse, éternellement affamé, mais doté d'une voix ample et chaude.

Les désirs de Paddy-un-œil étaient des ordres, grand-père concocta son programme en vitesse. Il passa en revue dans sa tête son répertoire de chansons romantiques, de *songs* sur les mères mortes et les pères disparus, les séparations et la mort. Puis il se posta au milieu de la pièce, jambes écartées, bras déployés, comme il l'avait vu faire aux chanteurs de deuxième catégorie des théâtres à dix *cents* ou au coin des rues.

Il attendit quelques secondes. Savourant déjà son triomphe imminent, il balaya la pièce du regard et vit à la lueur vacillante de la lampe briller les yeux de ses compagnons, emplis d'attente. Il s'éclaircit la voix, prit une profonde inspiration et commença à chanter :

The night that Paddy Murphy died
is a night I'll never forget
Some of the boys got loaded drunk
and they ain't been sober yet
[…]

That's how they showed
their respect for Paddy Murphy
That's how they showed
their honor and their pride
[…]

They went into an empty room
and a bottle of whiskey stole
and kept that bottle with the corpse
to keep their whiskey cold

They emptied out the jug
but still they had a thirst
Than they stopped the funeral hearse
outside Sundanse Saloon

They all went in at half past eight
and staggered out at noon
They went up to graveyard
so holy and sublime

And realized when they got there
they'd left the corpse behind...

Chacun des garçons accroupis là savait que cela aurait aussi bien pu lui arriver à lui, même Paddy-un-œil plongé dans ses pensées au milieu d'eux, qui hochait la tête régulièrement, en entendant qu'on portait un autre Paddy en terre. Un lointain écho de sa prochaine disparition. Mais la chanson plaisait beaucoup aux autres, c'est exactement comme ça qu'ils avaient pris congé de leurs amis morts, et ils chantaient le refrain à gorge déployée. Un chœur éraillé, peu exercé, accompagnait grand-père ce soir-là, et il dut donner de nombreux rappels.

Sa voix ne traversait pas la terre, elle ne troublait pas le silence des rues, elle restait prisonnière de la terre. Mais elle conférait à leur misérable logis une plénitude que seule la lumière de M. Edison aurait pu, elle aussi, lui donner. Berl dit même : « C'était électrique. » Et lorsqu'ils l'eurent dûment acclamé, il s'étendit enfin pour dormir à côté de son ami. Quelqu'un éteignit la lampe à pétrole, et Berl se pelotonna contre lui. « Tu es un vrai Caruso. Je ne l'ai jamais entendu chanter, mais ton chant sonne sûrement comme le sien. Il faut que tu fasses quelque chose de ton talent », chuchota-t-il. Paddy avait été si content de lui qu'il lui avait laissé ses gains de la journée.

Avant de s'endormir, grand-père fit défiler dans son esprit sa liste personnelle des meilleures sensations de l'année. Ç'avait été une année moyenne, mais il y avait tout de même eu quelques évènements phares. Quand Brooklyn et Manhattan s'étaient associés, et que les ampoules de M. Edison avaient éclairé toute la ville. Il se souvenait de la parade, des fanions et des confettis, des cloches qui sonnaient des deux côtés de l'East River. En une demi-heure il avait écoulé tous ses journaux, tous sans exception.

Et à Lake City un postier noir avait été lynché ; sa femme et ses filles, abattues. Normalement, qu'un Noir vive ou meure ne faisait guère sensation, mais la nouvelle s'était bien vendue chez les Noirs de Hell's Kitchen. Puis, quand l'impératrice d'Autriche avait été assassinée par un Italien, les Allemands comme les Ritals lui avaient assidûment acheté son journal. En septembre à New York des centaines de Juifs avaient pris d'assaut un restaurant kasher, parce qu'il avait ouvert à Yom Kippour. Et les deux Noirs Walker et Williams qui avaient inventé la *Cake Dance* s'étaient produits dans chacun des cinq grands théâtres de variétés de la ville.

Dans la nuit du 1er janvier 1899 grand-père ne rêva plus de la Lune. Il rêva qu'il était un grand chanteur, le plus grand, un chanteur *incontestable*. Il se vit dans son rêve en frac et en cravate, les cheveux bien coiffés, séparés par une raie impeccable. Il logeait au Gilsey Hotel et donnait un concert au Fifth Avenue Theatre. Au premier rang il y avait Gustav, Pasquale, Paddy-un-œil, Fond-de-culotte, Berl et au moins une douzaine de célébrités de la ville. Un tonnerre d'applaudissements embrasait la salle.

Le silence se répandit aussi dans la cave à charbon. Dehors il faisait de plus en plus froid, mais sous la terre ils dormaient protégés. Ils respiraient paisiblement, et la terre respirait avec eux.

Deuxième chapitre

Le ventre d'une femme grosse appartient à Dieu ou au diable. Ça, les femmes des pêcheurs de l'embouchure du Danube le savaient très bien. Neuf mois durant, elles espéraient et elles avaient peur en même temps. Dieu avait un meilleur jeu, mais le diable avait quelques atouts aussi. Car si vigilante qu'on fût, on commettait toujours des erreurs. Et c'est là-dessus que tablait Necuratul, l'impur, comme on appelait ici le diable.

Une femme grosse qui soufflait sur les braises du poêle aurait un accès de fièvre et perdrait l'enfant. Si elle passait le fil de sa laine derrière sa nuque, le nouveau-né s'étranglerait avec le cordon ombilical. Si elle voyait un cadavre sans se signer aussitôt en murmurant « Je ne vois pas de mort », elle accoucherait d'un enfant mort-né. Mais le plus terrible c'était la nuit, si le diable, qui avait dix-neuf noms et pouvait accomplir dix-neuf méfaits, pénétrait dans sa maison. Si la femme se réveillait épuisée, constellée de bleus, c'est qu'il lui avait rendu visite.

Pour se protéger, la femme avait toujours sur elle un papier avec les noms de Necuratul : Avizuha, Abaroca, Ogarda, Nesuca, Muha, Aspra, Hluchica, Sarda, Vinita, Zoita, Ilinca, Merana, Feroca, Fumaria, Nazara, Hlubic, Nesatora, Gentia, Samca. Car, même dans la journée, elle n'était pas en sécurité. Les mauvais esprits pouvaient prendre la forme d'un oiseau, d'un chat, d'une mouche, d'une chèvre, d'une araignée et d'un crapaud. Entre ciel et terre, entre ciel et eau presque tout était fixé d'avance. Mais la situation des humains n'était jamais désespérée.

Ça aussi Leni le savait, quand, à l'été 1919, elle s'aperçut qu'elle était enceinte pour la quatrième fois. Elle avait perdu deux enfants à la naissance et un troisième peu après. Les femmes du village d'Uzlina, qui se trouvait sur une langue de terre marécageuse au bord du bras Sfântu Gheorghe, l'évitaient. Elle leur aurait porté la guigne et la stérilité. Depuis longtemps personne ne leur avait rendu visite, à elle et à son mari. Mais ça ne l'atteignait pas ou en tout cas moins que lui, qui était obligé de boire tout seul à la taverne.

Personne ne voulait sortir pêcher avec lui dans le delta. L'échec de sa femme dans ses efforts pour donner la vie restait collé à lui. Elle se réjouissait donc de lui annoncer la nouvelle. Elle le trouva en train de ravauder ses filets au bord de l'eau trouble, mais il se contenta de grommeler sans lever les yeux :

— Celui-là aussi, tu le perdras. Autant que j'aille acheter tout de suite le bois pour le cercueil.

Pourtant elle le sentait : cette fois, ce serait différent.

Soucieuse de tout faire dans les règles, elle envoya Vania, un bon jeune homme un peu bizarre, quérir la Vieille. Celle-ci habitait le village de Crișan, au bord du bras de Sulina, le bras médian du Danube. Mais on la trouvait la plupart du temps au lac Bogdaproste, dans une misérable cabane de pêcheur. Vania était un robuste jeune homme blond de haute taille qui avait surgi de nulle part quelques années plus tôt. On pensait qu'il allait disparaître aussi vite, mais il était resté.

C'était un Lipovène[1], un Russe, ça se voyait tout de suite. Il était gentil mais timide et passait le temps en jouant avec les enfants et les chiens des pêcheurs. Leni avait commencé par lui déposer une jatte de bouillie de maïs et de restes de poisson dans le bateau amarré au ponton devant leur maison. Puis un peu plus près, devant l'enclos, puis dans sa cour, et enfin sur un banc vermoulu à côté de la porte. C'est ainsi qu'elle l'avait apprivoisé.

On ignorait s'il avait de la famille quelque part, voire un père et une mère. On ne connaissait son prénom que parce qu'il commentait ainsi tout ce qu'il faisait : « Vania va pêcher la carpe avec des boulettes de maïs. » Tout le monde savait qu'on ne prenait pas les carpes avec du maïs. Ou : « Vania va se laisser porter sur le lac Uzlina. » Ou : « Vania va regarder le héron cendré se tenir sur une patte. » Là, chacun savait que ça pouvait durer très longtemps.

Quand Leni, une petite femme râblée qui avait du caractère, l'eut appelé et lui eut expliqué sa mission, il se borna à dire : « Bon, alors, il faut que Vania se mette en route. » Il lui obéissait de bonne grâce depuis qu'elle l'avait pris sous son aile. Mais son mari qui ne voyait pas cette relation d'un bon œil rouspétait : « Ce n'est plus un gamin. Fais attention qu'il n'aille pas farfouiller sous tes jupes. » Ou : « Tu ferais mieux de t'occuper de faire des enfants à toi, au lieu d'adopter celui-là. »

À la fin de l'été, les eaux des étangs, des mares et des lacs s'étaient écoulées depuis longtemps. Le delta se desséchait, exsangue, épuisé, attendant les eaux bénies du printemps. Ou quelques orages violents qui sortiraient plantes et bêtes de leur léthargie. Vania devait veiller à ne pas laisser le bateau s'enliser dans la vase ou dans les fourrés, mais il y

1. Les Lipovènes sont des vieux-croyants russes qui ont fui les persécutions tsaristes au début du XVIIIe siècle ; en Roumanie, ils se sont installés en Moldavie et dans le delta du Danube.

parvint. Quelques heures plus tard, la Vieille était dans la masure du pêcheur et de sa femme.

La Vieille alla chercher de l'eau fraîche au puits pour laver l'icône de la Sainte Mère de Dieu, puis, avec le même linge, le ventre de la femme. Elle lui purifia la plante des pieds, les mollets, les cuisses, sans oublier l'entrejambe. À gestes amples elle lava ensuite ses seins, ses bras, ses aisselles et son visage. Elle se rendit compte alors que le mari et Vania étaient restés plantés sur le seuil de la porte.

— Qu'est-ce que tu reluques là, toi ? lança-t-elle à l'homme. Tu devrais la connaître, ta femme. Et toi… Elle se tourna vers Vania : Ce n'est pas pour un ballot comme toi.

Elle leur claqua la porte au nez, et longtemps encore ils entendirent les formules de conjuration qu'elle prononçait à l'intérieur. Les hommes n'osaient pas dire mot, comme si une seule parole pouvait entacher le secret, le lien entre la femme et Dieu. Quand la porte se rouvrit, la Vieille tendit à Vania une bassine de fer-blanc remplie d'eau.

— Je l'ai lavée des péchés. Emporte ça bien loin et vide-le dans le Danube.

Au pêcheur elle expliqua :

— J'ai aussi enfumé ta femme à l'encens. On ne peut jamais savoir ce qui va le mieux marcher. La dernière fois, l'enfant est mort parce que vous n'êtes pas venus me chercher à temps. Envoie-moi le garçon chaque vendredi matin, pour que je répète le tout chaque semaine jusqu'à ses couches.

Se préparant à partir, elle renoua le fichu qu'elle avait ôté à son arrivée. Puis elle gratifia le pêcheur perplexe du sourire le plus aimable que pût afficher sa bouche édentée.

— Iulian, qu'est-ce que tu as pêché aujourd'hui ? Pour cette fois je me contenterai de la moitié de ta pêche et de quelques sous en plus. C'est assez généreux de ma part, il y a tant de naissances dans le delta, je ne sais plus où donner de la tête. Le diable est très actif. Tantôt chez vous ici à Uzlina, tantôt à Crișan ou à Maliuc. Mon savoir est prisé et important, mais personne ne se demande si mon ventre est plein. Alors, dis à Vania de charger ma part sur son bateau et de me ramener chez moi.

Iulian lança un coup d'œil à Vania qui, dans l'intervalle, s'était acquitté de sa tâche, mais ce dernier ne bougeait pas d'un pouce. Il fixait la porte ouverte. Et c'est seulement quand Leni y eut paru et eut acquiescé qu'il s'éloigna gaiement et entama les préparatifs du retour.

— Une femme grosse est un être étrange, poursuivit la Vieille. Elle a envie de tout. Elle mange de la craie, des blocs de sel, elle lèche les briques s'il le faut. Ta femme, Iulian, a mangé de l'argile et de l'enduit les autres fois. Elle l'a fait parce que tu ne lui donnais pas assez à manger. À partir d'aujourd'hui il faut que tu t'arranges pour qu'elle ait tout ce qu'elle veut. Sinon l'enfant à venir n'en aura pas assez et mourra. Tu entends ce que je te dis ?

Le pêcheur sursauta et se hâta de faire signe que oui.

— Bien, et toi, Leni, tu dois te ménager ! C'est un péché de trop se fatiguer, quand Dieu veut te faire présent d'un enfant. On se revoit dans une semaine.

Elle sortit du jardin et monta dans le bateau rempli de poissons que tenait Vania. Il y sauta aussi, s'empara des rames, et bientôt ils avaient disparu derrière un saule tombé qui s'était couché en travers du canal. Le pêcheur Iulian — un homme simple et fruste — se gratta la nuque et chercha sa femme du regard. Il voulait dire quelque chose, mais elle le devança :

— Va acheter du saindoux et du miel. J'ai faim.

— Du saindoux il y en a à la boutique au village, mais où veux-tu que je trouve du miel ?

— Tu as entendu la Vieille : toutes mes envies. Je vais préparer une soupe de poisson et je veux du pain et du saindoux avec, et ensuite du miel. Beaucoup de miel.

Dépêche-toi. Tu ne veux tout de même pas mettre en danger la vie de ton enfant ?

Iulian passa les mois suivants à chercher de la nourriture pour apaiser l'appétit prodigieux de Leni. Il partait à l'aube dans le delta relever ses filets, à huit heures il en vendait la majeure partie à la *cherhana*[1] à Maliuc, et vers midi il était de retour à la maison pour recueillir les souhaits de sa femme. C'était comme si elle avait voulu se venger de toutes ces années où il ne lui avait montré que mépris au lieu de la considérer.

Il n'avait même plus le temps d'aller boire les quelques verres de gnôle qu'il s'accordait auparavant, une fois le travail terminé. Leni, en revanche, prenait de l'ampleur à vue d'œil, comme pour occuper à elle seule l'espace sombre et spartiate de leur petite maison basse. Et plus elle grossissait, plus son appétit augmentait. Iulian devait rapporter des œufs, de la farine et de la confiture qu'elle pêchait à même le pot avec les doigts. Et elle en vidait un pot d'un coup. Le poisson, leur nourriture quotidienne depuis l'enfance, ne lui suffisait plus. Il lui fallait à présent des viandes coûteuses comme le veau, l'agneau, et des poules entières que Iulian devait acheter de son maigre revenu. Il lui fallait quelquefois partir en expédition jusqu'à Sulina pour un paquet de chocolat russe, du halva turc ou des loukoums.

Dans sa misérable tenue de pêcheur — une salopette élimée qu'il fourrait dans des bottes boueuses et une chemise tachée, trempée de sueur — il faisait tous les magasins de cette ville où s'ancraient des bateaux du monde entier, pour dénicher des sucreries dont, jusque-là, il ne connaissait même pas l'existence. Le chocolat amer de fabrication locale qu'on trouvait aussi chez eux au village, sa femme ne l'aimait plus.

---

1. Sorte de coopérative destinée à l'accueil, au tri, à la préparation et au commerce du poisson.

Quand il revenait à la maison ensuite à la rame, ce qui durait des heures, il n'en menait pas large. Une part de lui espérait une progéniture, l'autre ne croyait sa femme capable que d'enfants morts. Et c'était comme si elle se moquait de lui tout le temps, cherchait à l'étouffer sous sa démesure. Mais il savait aussi que c'était sans doute la dernière occasion de recouvrer la paix et le contentement. D'être à nouveau considéré comme un homme à part entière et de pouvoir se saouler normalement avec les autres. Il s'abstenait donc de se plaindre.

Vania, lui, passait ses vendredis à aller chercher la Vieille puis à la ramener chez elle. Pendant l'hiver, alors que les canaux et les lacs étaient gelés et la plupart des oiseaux partis au loin, il tirait son bateau jusqu'au premier coin d'eau qui fût libre de glace. Quelquefois au retour il portait même la Vieille sur son dos. Fouettés par un vent de nord-est, ils marchaient prudemment sur la vaste surface glacée du lac Isac. Ils avançaient dans un paysage sans fin, pétrifié, sous le ciel gris qui observait leur progression.

Au printemps le delta se remplit de nouveau. Les pêcheurs le nommaient « bouche » du fleuve. Ils disaient vivre à sa « bouche », pas à son embouchure. Pas à son derrière !

Le fleuve était les entrailles de l'Europe. Il absorbait tout ce qui lui était confié au cours de son long cheminement à travers le continent et le déposait à l'est : les déjections humaines, les ordures et les eaux usées de milliers d'usines. Il lavait le corps des petits baigneurs et charriait leur crasse plus loin. Sur ses rives, des hommes de nombreux pays briquaient fièrement leur voiture — le peu d'entre eux qui en possédaient déjà une. D'autres menaient s'y abreuver leurs bêtes.

Des désespérés se jetaient dans le fleuve, des cimetières étaient emportés, ruisseaux et affluents entraînaient les épaves. Le fleuve recueillait tout cela patiemment. C'était un grand canal d'eaux usées qui déposait dans le delta ce qu'on lui avait remis très loin à l'ouest. L'Europe, emportée là, renaissait ici. Vase, pierraille, gravier : chaque jour le continent empiétait un peu plus sur la mer. Et au fond des étangs et des canaux se déposait avec les flots une mince couche de sable dont le voyage avait commencé mille kilomètres en amont, à l'intérieur des terres.

Sous les bottes, sous les bateaux des pêcheurs, sous les roseaux, entre les racines des saules et sous la patte du héron cendré qui attendait patiemment, chaque année la terre rajeunissait et, sans cesse, se transformait. Même si la région où vivaient Vania, Iulian et Leni semblait comme hors du temps, toujours semblable à elle-même et indifférente au monde extérieur. Immuable depuis que Dieu l'avait créée. Peut-être même était-ce ici qu'il avait séparé le ciel et l'eau.

Au printemps Vania se heurta à de nouvelles difficultés en allant chercher la Vieille. Le vent soulevait sur le lac Isac de hautes vagues semblables à celles de la mer. Vania avait beau ramer de toutes ses forces, les muscles des bras tendus à l'extrême, il avançait péniblement. Quand il ramena la vieille femme chez elle, cette dernière se leva comme pour défier le vent et les eaux. Avec son corps ratatiné et son visage ridé, elle avait tout d'un esprit. De Baba Coaja[1] qui tue les enfants non baptisés. Ou des stryges qui boivent le sang des nouveau-nés. Vania croyait de tout son cœur aux histoires qu'on racontait dans le delta. Et quand la Vieille marmonna des choses inintelligibles et que les vagues se couchèrent devant eux, il craignit la vieille femme encore plus qu'avant.

Cette fois Leni avait pris ses précautions. Chaque semaine elle avait été lavée et enfumée. Elle avait bu de l'eau bénite et s'en était frotté le ventre. Constamment elle

1. L'impératrice des stryges, vampire.

avait eu sur elle les dix-neuf noms du diable, ainsi qu'un morceau de fer, un bouclier qui la protégeait des malédictions. Chaque jour elle s'était prosternée quatorze fois devant l'icône de la Sainte Mère de Dieu et elle avait prié. Avec la Vieille, elle avait aspergé d'eau le toit de roseaux et répété après elle : « Faites que j'accouche aussi facilement que cette eau revient à la terre. »

Vers la mi-mai, quand elle sentit approcher l'heure de la naissance, elle était parée. Elle s'extirpa de la maison pesamment tel un énorme poisson-chat monstrueux qui sort de l'eau et chercha Vania des yeux. Ne le voyant nulle part, elle avisa un garçon qui pêchait sur le ponton.

— Va chercher Vania ! Dis-lui que c'est pour bientôt et qu'il doit aller quérir la Vieille. Dépêche-toi !

Et s'appuyant d'une main au mur de la maison, caressant son ventre de l'autre, elle se tourna vers son mari :

— L'enfant va arriver.

— Il n'a qu'à venir. Je vais déjà faire le cercueil.

Sans l'écouter, sa femme se traîna dans la maison sur ses jambes enflées, alluma une bougie neuve devant l'icône soigneusement nettoyée et prépara son lit pour l'accouchement. Iulian alla prendre des planches dans la remise à outils et entreprit de confectionner le cercueil de son enfant dans un coin de la cour. Leni s'étendit sur le lit et attendit ; les coups de marteau, dehors, résonnaient jusqu'à elle. Elle souriait, elle était prête.

Ton grand-père, Ray, n'a jamais rien su du monde de Vania ou de Leni, de cette région où l'on n'était qu'à un doigt de Dieu, mais aussi du diable. Il y aurait connu un silence qu'il ne pouvait guère s'imaginer dans la métropole. Une tout autre sorte de rumeur que celle de l'affairement urbain. Cela commençait par le son de râpe doux et sec des roseaux qui se frottent les uns aux autres, le claquement de bec des cigognes et le bruissement des saules, des bouleaux et des frênes. Puis tout cela se fondait dans le bruit du ressac sur les grands lacs et culminait dans les chants et les cris de milliers d'oiseaux. Le delta avait une respiration. Il inspirait au printemps et expirait à la fin de l'été. Ça aussi on l'entendait, il suffisait d'être patient.

Le seul delta dont L'Allumette eût entendu parler était celui du Mississippi, parce qu'il avait gelé pendant l'hiver rigoureux de 1899, ce qui avait fait les gros titres de la presse new-yorkaise. La bouche de ce fleuve-là était à des lieues de tout ce qu'il pouvait imaginer. De ce qu'il connaissait et de ce qu'il verrait jamais dans sa vie. En ce qui le concernait, le Danube avec son delta et ses habitants auraient aussi bien pu se trouver sur la Lune. Un fleuve lunaire. Mais une chose l'aurait peut-être intéressé : ç'aurait été de savoir s'il y avait des journaux, là-bas, et quelles étaient les nouvelles qui parvenaient aux oreilles des pêcheurs. Dans ces villages reculés, protégés de la marche du temps.

Le garçon connaissait le poste d'observation de Vania : à quelques centaines de mètres derrière le village, sur une éminence, en bordure de la roselière du lac d'Uzlina. Il avait amarré la barque à proximité et ne mit pas longtemps à voir apparaître le dos de Vania. Ce dernier observait une chose cachée dans les roseaux avec une telle concentration que le garçon put s'approcher à quelques mètres sans être repéré.

— Vania ! cria-t-il.

Le géant se retourna et lui sourit. Il posa son index sur sa bouche et lui fit signe d'approcher.

— Qu'est-ce que tu fais ?

— Parle tout bas, sinon tu vas l'effrayer.

— Qui ?

— Le héron cendré. Ça fait deux heures que je le regarde.

— Comment ça ?

— Je veux voir combien de temps il peut rester en équilibre sur une patte.

— Eh, Vania, ce n'est pas pour rien que tu passes pour un cinglé, dit le garçon en éclatant de rire.

— Ah, maintenant tu l'as fait fuir pour de bon.

Mais le garçon avait cessé de s'occuper de Vania ou du héron. Il inspectait une cabane qu'on avait construite sur une butte à l'abri des inondations et que les pêcheurs de la ville utilisaient souvent. La petite hutte était entièrement tapissée de papier journal. Le garçon, qui ne savait pas mieux lire que Vania, avait commencé à énoncer péniblement les mots, en suivant les lignes du doigt et, attiré par ses marmonnements, Vania s'approcha et s'accroupit à côté de lui.

— Lis plus fort ! Moi aussi je veux savoir ce qui se passe dans le monde.

— Mais ce sont des nouvelles de l'année dernière. De 1919. Il s'est passé d'autres choses, entre-temps.

— Je les apprendrai l'année prochaine. Maintenant, lis !

— Je ne sais pas bien lire ! protesta le garçon.

— Si le héron cendré tient sur une jambe, il n'y a pas de raison que, toi, tu ne puisses pas lire !

Le garçon dévisagea Vania avec surprise, car, pour une fois, ses paroles avaient pour lui un peu sens.

— Là il y a une nouvelle qui vient d'A-lle-magne, déchiffra-t-il.

— Je n'ai jamais entendu parler de ce pays. Qu'est-ce qu'on dit de lui ?

— Rosa Lux-em-burg assassinée. Le 15 janvier.

— Qui sait dans quels milieux elle traînait. Continue !

— Soulèvement des spartakistes à Berlin. En janvier aussi. Puis il y a quelque chose sur des combats en mars à Berlin. Mille deux cents personnes ont été exécutées.

— Mais c'est autant que ceux de Maliuc, Crișan, Uzlina et Murighiol réunis, s'écria Vania.

— Tu sais ce que c'est un soulèvement ? demanda le garçon, et Vania fronça les sourcils.

— Un soulèvement, dit-il au bout d'un temps, c'est quand quelqu'un qui était tombé se lève. C'est ça un soulèvement. Satisfait de sa définition, il lui intima : Continue !

— Là il y a quelque chose en mai. Les troupes de l'armée im-pé-riale occupent Munich et combattent contre les com-mu-nistes. Et là, quelque chose en février : Ha-bi-bul-lah Khan, le quinzième émir d'Af-gha-nis-tan a été assassiné à la chasse.

— Encore un meurtre ? À la chasse ? On a eu ça chez nous aussi. Il y en a un qui a abattu son rival à la chasse aux cailles. Mais où se trouve le pays de cet émir ?

— Je n'en sais pas plus que toi, Vania. Regarde, là il y a une meilleure nouvelle, en juin : La dé-lé-ga-tion allemande signe le trai-té de paix de Ver-saill-es. Il n'y a pas eu de morts là.

— Maintenant ça me revient : l'Allemagne est un pays qui est à l'ouest et qui a commencé la Grande Guerre. C'est ce que disent les hommes à la taverne.

— Avant ou après avoir bu ? Ce qu'ils disent après ne vaut pas un clou, Vania. Peut-être que l'Allemagne a commencé la guerre et peut-être que non. Qu'est-ce que j'en sais ?

Ils se grisèrent longuement des nouvelles de l'année précédente. Tantôt c'était Vania qui lisait en suivant la ligne du doigt, tantôt le garçon. La plupart du temps c'était le garçon, mais le Lipovène s'essayait aussi à l'art difficile de la lecture à haute voix. Ils apprirent qu'un empereur était parti s'exiler en Suisse et que le Tyrol du Sud était devenu italien. Ils n'avaient pas la moindre idée de l'endroit où ça se trouvait.

Ils apprirent aussi que dans ce pays, l'Italie, un certain Mussolini avait fondé un parti. Qu'un Premier ministre français avait échappé de justesse à un attentat, mais que par contre un ministre bavarois était mort de deux balles dans la tête et le dos. Que le HMY *Iolaire* avait coulé près de la côte écossaise et que deux cent six marins s'étaient noyés. En bateaux et en tempêtes ils s'y connaissaient mieux. Et l'armée ukrainienne avait tué des Juifs, et l'anglaise, des sikhs et des hindous. Les deux garçons allaient de surprise en surprise.

La récente épidémie de grippe était surmontée, ce qui en soi était une bonne chose, si ce n'est qu'ils ignoraient ce qu'était une épidémie. Ils lurent que, le 29 mai, quelque part dans le monde le soleil s'était obscurci et que ce phénomène avait permis d'en savoir plus sur la lumière. Comment on apprenait quelque chose sur la lumière quand régnait l'obscurité demeura un mystère pour eux. Et en août, à Paris, un dénommé Charles Godefroy était passé en biplan sous l'Arc de triomphe.

Ils découvrirent aussi des gros titres sur leur propre pays. La Roumanie avait libéré l'ouest du pays de l'armée hongroise. Elle avait occupé Budapest et s'était retirée ensuite. Et elle avait pris la Transylvanie.

C'est là que Vania entendit pour la première fois parler de l'Amérique. D'où un dirigeable avait mis onze jours à gagner l'Europe et où un autre avait brûlé au-dessus d'une ville nommée Chicago. On arrêtait des anarchistes et on assassinait des Noirs. Des bombes explosaient dans une rue manifestement importante : Wall Street. Un violent ouragan avait tué six cents personnes dans un golfe nommé golfe du Mexique. Maintenant ils savaient au moins que l'Amérique était au bord d'une mer qui était peut-être aussi grande que la mer Noire.

Tout cela ne suffit pas à rendre l'Amérique antipathique à Vania. Mais que l'eau-de-vie y ait été interdite fut décisif. Ce ne pouvait être que funeste. La loi en question devait entrer en vigueur en janvier 1920, donc il y avait quatre mois de cela. Cette tentative ardue de comprendre le monde avait exténué les deux garçons. Ils s'affalèrent sur le sol humide et chaud.

— Tu sais, Vania, il vaut mieux passer sa vie à regarder les hérons, dit le garçon avec effort.

— Tu as bien raison. Il vaut mieux rester ici sur le delta. Ici on a tout ce qu'il faut.

Il faillit s'assoupir, mais, soudain, le garçon bondit et le tira par le bras.

— Vania, il faut que tu partes en vitesse ! Il faut aller quérir la Vieille ! L'enfant arrive !

Il ramait frénétiquement sur les canaux Litcov et Ceamurlia, se frayant un passage dans un épais tapis d'iris aquatiques et de nénuphars. La brusquerie de ses mouvements effrayait les oiseaux qui l'escortaient en volant devant la pointe de son bateau. Une couleuvre traversa la voie d'eau et disparut dans les fourrés. Les spatules blanches, les plongeons arctiques, les échassiers, les poules d'eau cherchaient activement larves, mollusques, grenouilles et poissons. Il y aurait eu mille occasions de s'arrêter et de se laisser porter, mais le Lipovène avait autre chose en tête.

Le géant atteignit enfin le bras de Sulina, se laissa dériver quelques centaines de mètres jusqu'à la hauteur de Crișan et amarra son embarcation au ponton du bateau postal qui, deux fois par semaine, reliait Sulina à Tulcea. Sur le banc où les passagers attendaient habituellement, une pile de journaux que le bateau avait livrée le matin attendait toujours. La seule boutique du village était fermée, et dans les cafés personne ne se souciait de ce qu'il y avait dans les journaux.

À quoi bon, aussi ? Année après année les esturgeons remonteraient la rivière pour frayer. Les nuées d'oiseaux obscurciraient le ciel l'été, et quitteraient le delta en automne jusqu'à la saison suivante. Seuls le héron cendré, la bernache et le grand cormoran resteraient en hiver tenir compagnie à l'homme, quand souffleraient les vents glaciaux. Et que les pêcheurs gelés se terreraient dans leurs cabanes, abandonnant le delta aux tempêtes, à la glace et au diable.

De toute éternité il en était ainsi et il en serait toujours ainsi. Nul besoin d'un journal pour le savoir. Mais été comme hiver on avait besoin de gnôle pour se tenir chaud. Les hommes se pressaient donc dans les tavernes, et le monde restait livré à lui-même.

Or, ce jour-là, le journal donnait une nouvelle qui aurait peut-être rassuré Vania. Deux photos s'étalaient en première page. La première était celle du célèbre matador espagnol Joselito qui avait livré son dernier combat le 16 mai, elle n'aurait guère intéressé Vania. Mais la deuxième montrait le pape s'apprêtant à béatifier une Française nommée Jeanne. Et Dieu n'aurait sûrement pas voulu rappeler à lui l'âme d'un nouveau-né en un jour pareil ! Mais Vania ignora la pile de journaux, sa curiosité en la matière était assouvie pour la journée.

Il ne trouva pas la Vieille dans sa hutte en lisière du village, les voisins lui suggérèrent donc d'aller voir à la cabane de pêcheur du lac Bogdaproste. C'était à deux heures de bateau et le soir tombait déjà. Luttant contre le puissant courant du bras du Danube, il gagna péniblement l'autre rive, abritée dans un ancien méandre du fleuve.

La Vieille gisait, ivre morte, sur le sol de la cabane. Vania la souleva et la porta au bateau. Elle ne revint à elle qu'à mi-parcours. Il faisait sombre, car le ciel s'était couvert de nuages noirs et bas. Il fallait au Lipovène toute son habileté pour retrouver le chemin de la maison de Leni. Et il avait un nouveau souci avec la tempête qui menaçait et allait bientôt éclater. Le lac Isac était déjà très agité. Il fallait se hâter de gagner un petit canal suivant, où ils seraient mieux protégés.

Il entendait la Vieille, qui revenait peu à peu à elle dans le noir, parler à la proue du bateau :

— Qui es-tu ? Où tu m'emmènes ?

Vania gardait le silence, il sentait venir la fatigue, et ils avançaient à peine.

— Sainte Mère de Dieu, suis-je au ciel ou en enfer ? s'écria la femme, effrayée.

Brusquement, avant que Vania puisse dire mot, la Vieille sauta sur ses pieds et se mit à crier et à geindre. Elle se démenait si bien qu'elle faillit faire chavirer le bateau. Vania la prit à bras-le-corps et la força à s'asseoir.

— C'est ça l'enfer ! L'enfer ! répétait-elle.

Au loin on entendit un grondement sourd, au deuxième et au troisième l'orage était déjà proche. Un premier éclair éclaira faiblement le ciel, un deuxième tomba sur un des nombreux prés des alentours. À sa lueur Vania distingua la figure terrorisée de la Vieille au fond de sa barque. Elle dut aussi avoir vu la sienne, car elle s'écria :

— C'est toi ! Je croyais que j'étais en bateau avec le diable.

Tout le vivant était aux aguets, comme figé dans l'attente. De nouveaux éclairs illuminèrent le lac et les cimes des arbres de la rive. Ils étaient encore à cent mètres de l'entrée du canal qui les devait les conduire au petit lac d'Uzlina. Dans de brèves lueurs intermittentes on distinguait aussi les silhouettes sombres d'innombrables oiseaux — cormorans, pélicans, cygnes tuberculés — qui attendaient que la pluie se décide à tomber. Vania savait qu'il fallait faire vite. Si le vent bouchait l'entrée du canal en y amassant un îlot de roseaux, ils seraient prisonniers du lac. Toutes les autres nuits ça ne l'aurait pas dérangé ; là, si.

Le vent s'apaisa, les éclairs et le tonnerre s'éloignèrent vers la mer. Ils se crurent sauvés, mais ce n'était qu'une brève accalmie. Les deux humains et les bêtes étaient plongés dans une obscurité totale, comme avant la création du monde. Des gouttes piquèrent la surface de l'eau, puis le calme revint quelques secondes. La pluie prenait son temps ; trompant hommes et bêtes, elle les laissait espérer que c'était fini. Alors qu'elle retenait seulement son souffle, avant de frapper.

Quand ils atteignirent la ceinture de roseaux, ils étaient complètement trempés. La Vieille priait, mais l'averse était si bruyante qu'elle couvrait sa voix. Elle-même était visiblement impuissante face au déluge. Entre-temps le vent s'était levé de nouveau lui aussi. Vania ne trouvait pas l'entrée du canal. Il avait beau tâtonner à tour de bras, il ne sentait devant lui qu'un mur de roseaux impénétrable. Il n'y avait plus rien à faire. Il fallait attendre.

Iulian n'avait pas osé pénétrer dans la maison. Il avait passé presque toute la nuit sur un tabouret sous l'auvent, avec, à côté de lui, le cercueil d'enfant appuyé au mur. Sa femme gémissait, criait parfois, souvent priait. Au plus fort de la pluie il n'entendit plus rien. Il susurra alors les mots qu'elle disait, elle, tout le temps : « Que l'enfant glisse dans ce monde aussi facilement que l'eau coule. »

Mais l'enfant ne l'entendait pas de cette oreille. Il tourmentait sa mère, la faisait souffrir, repoussait sa venue au monde pour augmenter encore ses souffrances. Peut-être voulait-il tuer sa mère. Ou était-ce Necuratul avec qui elle luttait ? Iulian ne voulait pas le savoir, il avait fait sa part de travail : le cercueil.

Les cris étant de plus en plus déchirants, il avait cherché de l'aide auprès des voisins, mais aucun n'avait consenti à venir. En désespoir de cause il était allé prendre une bouteille de gnôle à la cuisine d'été et s'était assis avec la bouteille là-bas, où les premières pâles lueurs de l'aube l'avaient surpris. Puis il s'était affairé à ses filets, sans avancer réellement. Car, à chaque cri, il sursautait. Puis il épiait la voix de son fils. Il n'imaginait pas une seconde que ce pût être une fille. Il serait le père d'enfants mort-nés ou de fils.

Il s'était assoupi, ce furent les bruits venus du canal qui le réveillèrent. Il se promit de donner une raclée à Vania, mais quand il les vit tous les deux, épuisés, grelottants, trempés, il oublia sa résolution. Dont le succès, au reste, eût été fort incertain, car le Lipovène était bon bougre, certes, mais c'était aussi le gaillard le plus grand et le plus costaud du village. Iulian aida la Vieille à sortir du bateau et lui demanda ce qui s'était passé. Elle ne répondit pas, marcha résolument vers la maison et ne s'arrêta qu'au cercueil.

— Il est bien trop grand. Qui veux-tu enterrer là-dedans ? Toi peut-être ? observa-t-elle, moqueuse, sans savoir que l'avenir lui donnerait raison. Il se peut que tu en aies vraiment besoin, si j'arrive trop tard. C'est la faute de cet imbécile. Il est parti en retard et a ramé trop lentement. Nous avons été retenus toute la nuit sur le lac Isac, et il s'est lamenté tout le temps que c'était sa faute.

Sans plus s'occuper des deux hommes, elle ôta ses bottes et entra nus pieds dans la maison. Elle ferma la porte derrière elle. Quand celle-ci se rouvrit plus d'une heure après, il faisait grand jour. Iulian et Vania n'avaient quasiment pas bougé. La Vieille redisparut dans la maison, et on n'entendit rien pendant un moment, si bien que les hommes craignirent que l'enfant fût mort — et sa mère avec lui. Le pêcheur commençait à regarder le cercueil, quand Leni se mit à crier et à gémir comme si sa dernière heure était arrivée. Le calme ne revint qu'au bout d'un certain temps.

La Vieille apparut longtemps après sur le seuil de la porte.

— Mais dis quelque chose, réclama Iulian. Ils sont morts tous les deux ?

— Personne n'est mort, ici.

— Dieu soit loué ! Pourquoi le petit ne pleure-t-il pas ?

— L'enfant est vivant, mais je ne peux quand même pas te féliciter ou trinquer avec toi.

— Et pourquoi pas ? demanda l'homme, hésitant car il se doutait de la réponse.

— Tu auras peut-être des petits-fils un jour, mais pour le moment tu n'as qu'une fille.

— Une fille? s'écria Iulian désespéré. Mais qu'est-ce que je vais faire d'une fille?

— Une fille! s'écria Vania, rayonnant.

— Ne sois pas idiot, répliqua durement la vieille à Iulian. Une fille, ce n'est pas un garçon, certes, et elle n'ira pas pêcher avec toi. Mais elle reprisera tes chaussettes, tiendra ta maison et te fera de savoureuses soupes de poisson. Maintenant viens à la fenêtre pour que je te la remette.

— Pourquoi par la fenêtre?

— Ce n'est pas possible autrement, si tu veux qu'elle survive. C'est par la porte que vous avez emporté vos enfants morts.

La Vieille mit un moment avant d'apparaître à la fenêtre avec un minuscule paquet. Elle le leva solennellement vers le ciel, comme si elle voulait d'abord montrer l'enfant à Dieu, avant de la montrer à son père. Elle dit trois fois le « Notre Père », puis elle posa la petite fille dans les bras de son père. Iulian écarta le linge et vit un visage clair aux yeux bleus, avec quelques cheveux blonds.

— Ça ne veut rien dire, marmonna la Vieille. Il y a beaucoup d'enfants qui viennent au monde avec les cheveux blonds.

— Mais pas quand on a la peau foncée comme moi.

La Vieille haussa les épaules, Iulian recula de quelques pas, et si Vania n'avait pas été là, il aurait laissé tomber l'enfant. Il se frotta la figure d'une main comme s'il voulait se réveiller, puis il mit le cap sur la taverne.

— Pourquoi est-ce qu'elle ne pleure pas? demanda Vania.

— Parce que les femmes sont plus malignes que les hommes. Toi tu pleures tout de suite. Mais elle, elle sait qu'elle doit garder ses forces pour tout le reste de sa vie.

À cet instant la petite fille se mit à hurler si fort que les chiens des voisins commencèrent à aboyer. Du ventre sombre de la maison leur parvint la voix de Leni :

— Vania, apporte-moi ma fille, maintenant.

La Vieille baigna le nouveau-né une deuxième fois. Elle avait plongé un œuf dans l'eau, afin que l'enfant reste aussi intacte que celui-ci. Une pièce d'argent pour qu'elle ne manque jamais de rien. Du miel, pour que sa vie soit douce. Du lait pour qu'elle ait un teint de porcelaine. Un peu de pain pour qu'elle soit bonne comme le pain chaud. Et un bâtonnet d'encens pour chasser les mauvais esprits.

— Tu sais que, jusqu'au baptême, tu ne dois pas la lâcher des yeux. Le diable aime les enfants non baptisés. Voilà qui est fait aussi, dit-elle en posant la petite fille près de sa mère. Il manque juste un prénom.

— Peut-être que… commença Leni.

— Vous ne pouvez pas lui donner de nom, Iulian et toi. Vous avez déjà perdu trois enfants, ça porte malheur.

— Et qui alors ? demanda la femme à bout de forces, en se redressant un peu.

La Vieille n'eut pas à réfléchir longtemps, avant de se décider :

— On porte l'enfant à la route, et le premier qui passe dit comment elle doit s'appeler. C'est ce qui est prévu dans ces cas-là.

La Vieille dut attendre un bon moment avant que quelqu'un n'apparaisse sur la route, car la maison de Iulian et Leni était située un peu à l'écart et plus près de l'eau que toutes les autres. Le premier qui passa, affamé et plein de puces, fut un chien efflanqué. Quand il vit la Vieille, il aboya sans conviction, coinça sa queue entre ses jambes et poursuivit sa quête éternelle de denrées à se mettre sous la dent. Le deuxième fut un pêcheur ivre qui venait du lieu que Iulian fréquentait volontiers lui aussi.

Le troisième fut le garçon. Il eut un mouvement de frayeur quand la Vieille l'appela, car il connaissait les rumeurs sur ses pouvoirs. Et il se demanda s'il ne ferait pas mieux de déguerpir comme le chien. Mais il était comme figé sur place.

— Je ne te ferai rien. Viens là et tiens-moi l'enfant.

Juste au moment où elle allait lui poser la petite fille sur les bras, ses yeux tombèrent sur Vania qui s'affairait sur l'étroit ponton branlant.

— C'est bon, mon garçon, tu peux y aller. Elle reprit le bébé contre elle. Va de maison en maison, annoncer que le pêcheur Iulian et sa femme Leni ont donné naissance à une fille en bonne santé.

— Et qu'est-ce que j'aurai ? Il y a tout de même trente-trois maisons au village.

— Qu'est-ce que tu crois que tu auras, si tu ne le fais pas ?

Déjà le garçon était parti. Elle examina Vania un moment. Dieu aimait les simples d'esprit. Ça ne nuirait pas à l'enfant de l'avoir comme parrain. Elle fit les quelques pas qui la séparaient du ponton, mais resta sur la rive et appela Vania. Comme la Vieille le lui ordonnait, Vania prit la petite fille dans ses bras, la leva un peu en l'air et fit une croix sur son front.

— Et maintenant, donne-lui un nom !

— Quoi ?

— Comment l'enfant doit-elle s'appeler ?

Il plissa le front, mais rien ne lui vint à l'esprit.

— Il doit bien y avoir un prénom que tu préfères à tous les autres.

Il soupira, soulagé, et son visage s'illumina soudain :

— Oui, Vania connaît un beau prénom.

— Alors, dis-le, au nom de Dieu tout-puissant !

— L'enfant doit s'appeler Elena, comme sa mère. C'est le plus beau nom de la terre.

C'est ainsi que ma mère reçut le nom de ma grand-mère et me le transmit, quarante ans plus tard. Je suis la troisième de toute une série d'Elena, Ray.

Mais j'anticipe, car avant que je puisse exister, il faut que ma mère survive aux six premières semaines de sa vie. Que Iulian meure et que grand-mère, après avoir montré qu'elle pouvait mettre au monde un enfant viable, perde tout intérêt pour cet enfant. Et que Vania vive encore quelques années, avant de tomber malade et de disparaître à jamais dans les profondeurs du delta.

Grand-mère ne voulait pas aller chercher le pope pour qu'il dise la prière de la purification. Assainisse la maison et son corps par la prière. Place l'enfant sous la protection divine.

— Il n'est pas venu, quand j'ai eu trois enfants morts, il n'a pas besoin de se donner cette peine maintenant.

Mais sur les instances de Iulian, Vania était tout de même allé le chercher à Uzlina.

Les pêcheurs craignaient comme la Vieille la silhouette imposante de l'ecclésiastique, c'est pourquoi ils se découvraient, quand le pope passait devant eux en pressant la Bible sur sa poitrine. C'était un homme grognon à la barbe blanche et feutrée qui sentait souvent le mal-lavé et la gnole. Son regard perçant semblait sonder l'âme des pêcheurs, et ce qu'il y trouvait l'avait apparemment bien assombri et pas mal endurci. À moins que ce ne fût ce qu'il trouvait en sondant son âme à lui ?

Iulian les attendait au ponton, et les deux hommes allaient pénétrer dans la cour, quand grand-mère, qui s'était traînée jusqu'au portail, leur barra la route.

— Je ne veux pas de l'Église chez moi, dit-elle.

— Mais c'est un péché, sotte que tu es, répliqua le pope, indigné.

— Péché ou pas, à trois reprises vous n'êtes pas venu, maintenant je ne veux plus de vous. Dieu comprendra.

— L'Église n'y peut rien, si tu perds ton enfant. Tu aurais dû venir me trouver et prier pour tes péchés, au lieu d'aller chercher la sorcière.

— Quels péchés, mon père ? Je n'ai pas péché. Ce n'est pas moi qui ai tué mes enfants. Dieu les a tout simplement repris. Je ne veux pas de vous chez moi.

La discussion continua longtemps ainsi, et le fidèle Vania s'était dressé devant le pope, pour qu'il fût bien clair que ce dernier ne passerait pas. Enfin Iulian fit une proposition qui mit tout le monde d'accord. Le pope dirait ses prières dans la cour. Ainsi fut fait. Le pope prit dans sa sacoche de cuir un crucifix et une bouteille d'eau bénite et tendit la bouteille à Vania :

— Tu vas dans la maison et tu en arroses le sol dans toutes les directions.

Sur quoi le pope leva le crucifix et commença à psalmodier solennellement :

— Très Saint Père, Seigneur, je prie ici pour Elena d'Uzlina et pour qu'elle se rétablisse rapidement et soit purifiée de toute souillure profane. Je prie pour qu'elle soit protégée de la tyrannie du démon, qui peut lui inspirer avidité, envie… — il réfléchit un instant — et déraison. Je prie aussi pour sa fille, Elena, pour qu'elle soit protégée de toutes les malédictions et de tous les sortilèges, qu'elle devienne une bonne servante de l'Église et loue éternellement ton nom.

Le pope faisait les choses consciencieusement, il n'en avait pas moins omis un péché : la dureté de cœur, qui allait bientôt s'emparer de grand-mère. Mais pour le moment elle veillait sur sa fille, ne la quittait pas des yeux et dormait à peine la nuit pour ne pas lui tourner involontairement le dos, ce qui n'aurait fait qu'attirer le diable. Quand elle devait tout de même s'absenter, c'était Vania qui s'occupait de l'enfant. La petite fille le regardait en souriant, enfouie dans ses langes, tandis qu'il s'essayait d'une voix hésitante à chanter une berceuse. À l'époque déjà, elle et lui se ressemblaient comme deux gouttes d'eau.

Iulian périt un mois plus tard. Le pope avait oublié de prier pour lui : Très Saint Père, Notre Père à tous, protège Iulian de l'excès de boisson. Mon Dieu, empêche-le de prendre, ivre, la nuit, le chemin de la rive pour rentrer chez lui. Fais qu'il ne dévale pas le ravin, lui qui, comme tous les pêcheurs, ne sait pas nager. Protège-le du Danube qui veut l'attirer par les jambes dans ses profondeurs.

Ils ne le retrouvèrent qu'au bout de trois jours. Le fleuve l'avait relâché, il lui faisait une trop maigre pitance. Il avait été rejeté à terre exactement à l'endroit où se dressait la hutte avec les nouvelles de l'année précédente. Sa mort n'eut pas droit aux gros titres du journal, ni même à quelques lignes dans les faits divers. Les gens comme lui viennent au monde, vivent tant bien que mal, et disparaissent ensuite sans faire de bruit. Iulian ne vécut pas assez pour voir sa fille devenir toujours plus blonde, son teint toujours plus clair, ses yeux toujours plus bleus.

En bien des domaines Vania avait déjà pris sa place. Iulian n'avait pas veillé à être irremplaçable et il fut remplacé. Il ne laissa derrière lui ni manque ni souvenir ni regret. Même le fleuve refusa de prendre son corps pour en faire un peu de nouvelle terre européenne.

Vania n'avait pas pu acheter de bois pour un cercueil à sa taille, car Iulian, les derniers temps, ne pêchait quasiment plus et ne gagnait plus rien. Et ils avaient donné leurs dernières pièces au pope. Vania avait inspecté le jardin, ne sachant que faire, et son regard s'était posé sur le cercueil d'enfant abandonné dans un coin de la cour. Plus il l'examinait, plus la solution du problème lui apparaissait clairement. Si Iulian n'avait pas creusé sa propre tombe, il avait bel et bien confectionné son propre cercueil. Ou du moins la moitié d'un.

Le cercueil était beaucoup trop grand pour un nouveau-né, mais Iulian qui était petit et maigre y tiendrait jusqu'aux hanches. Vania scia deux trous dans la mince paroi de bois de l'extrémité, et avec l'aide du garçon, parvint à y caser le cadavre dont il fit passer, non sans mal, les jambes par les deux trous. Le cercueil ouvert fut exposé sur deux chaises dans la cour, car Iulian empestait tellement que grand-mère refusait de le placer à côté du berceau de sa fille. Quelques compagnons de beuverie passèrent, mais pas plus. Grand-mère ne s'opposa pas à ce que le pope prenne part à l'enterrement, tant qu'il restait dans la cour.

Avec, en tête de cortège, le garçon qui tenait le crucifix et le pope immédiatement derrière lui, ils portèrent Iulian au bateau. Les pêcheurs, leurs femmes et leurs enfants suivaient des yeux, intrigués, la petite procession à quelque distance de là. On déposa le cercueil dans le bateau de Iulian, où Vania et le pope montèrent également. Grand-mère qui tenait sa fille dans ses bras prit place avec le garçon dans le bateau de Vania. On s'empara des rames, et ils défilèrent devant tout le village, comme pour une parade.

Les pêcheurs ôtèrent leurs casquettes graisseuses et la plaquèrent contre leur ventre. Et quand le bateau du mort passa à leur hauteur, les femmes prirent les poissons dans des seaux qu'elles avaient préparés exprès et les rejetèrent dans le fleuve. Tout comme le Danube reprenait les poissons, la terre devait reprendre le corps de Iulian. Quand ils atteignirent le bras Sfântu Gheorghe, Vania et le garçon durent ramer énergiquement pour traverser le fleuve et gagner Murighiol où se trouvait le cimetière. Pendant tout ce temps, les jambes bottées, toutes raides, de Iulian dépassaient du cercueil.

Maman survécut aux six premières semaines. Peut-être la mort de Iulian avait-elle aussi apaisé pour un temps l'appétit de Necuratul. La petite Elena fut baptisée dans l'église de Murighiol, pas très loin de la tombe de Iulian. Sa mère accepta de composer avec l'Église, puisque l'enfant ne jouirait de la protection divine qu'une fois baptisée. Nul ne pouvait savoir que cette protection ne suffirait pas pour toute la vie de maman !

Son histoire pourrait s'arrêter là. Qu'y aurait-il, on se le demande, à raconter d'une vie de femme à l'embouchure d'un fleuve où il n'advient jamais rien de particulier ? Elle apprendrait à tisser, écailler les poissons et concocter de savoureuses soupes avec l'eau du Danube. Plus que les hommes, elle serait prisonnière de la bande de terre sur laquelle elle vivrait, les femmes n'ayant pas assez de force pour passer à la rame les rapides du fleuve.

Elle apprendrait des rudiments de lecture et d'écriture. Pas plus qu'il n'était absolument nécessaire. Elle irait à Murighiol une ou deux fois par an, et encore plus rarement à Tulcea et à Sulina. Elle n'aurait quasiment pas de raison d'y aller. Elle se marierait tôt comme les autres jeunes femmes du village et redouterait de mettre au monde des enfants morts. Elle ferait quérir la même vieille ou une autre et procéderait aux mêmes conjurations. Tout comme la terre du delta, la peur renaissait chaque fois. Le reste, en revanche, était immuable dans la vie des gens du fleuve.

Mais ce n'est pas ainsi que l'histoire devait se terminer. Le diable avait sur elle des visées contre lesquelles même Dieu était impuissant à la protéger. Sa vie prendrait une tournure plus cruelle que tous les aléas possibles de l'existence dans l'indolente monotonie du delta.

Toutes les quelques heures, le lait qui jaillissait des seins de grand-mère lui rappelait qu'elle avait une fille. Cela mis à part, elle semblait l'avoir oublié. Elle faisait ce qu'il fallait, mais elle le faisait mécaniquement. Elle évitait les yeux de l'enfant qui cherchaient les siens. Dès que possible, elle la laissait à la garde de son berceau et de Vania.

Elle avait pris le diable de court, elle avait montré au village qu'elle pouvait mettre un enfant au monde. Quand les voisins commencèrent enfin à venir voir la petite, elle ne les laissa pas entrer. Elle recueillit leurs présents dans la cour, et Vania leur offrit de l'eau-de-vie. C'est à peine si elle toucha à ce qu'on lui offrait. Les pêcheurs ne possédant rien, ils offraient généralement des mets. Vania put s'en repaître jusqu'à plus faim. C'était comme si, maintenant qu'elle aurait pu se réconcilier avec le monde, grand-mère s'était mise à le haïr.

Vania était envoûté par la petite fille. Quand maman eut neuf ou dix ans, il la prit avec lui sur les lacs. Il leur arrivait d'y passer la nuit, lorsque des îlots de roseaux, une fois de plus, en bouchaient tous les accès. Maman dormait, et Vania contemplait le ciel sans pouvoir jamais s'en lasser. Accroupis dans leur bateau, ils tentaient dans la journée de reconnaître les oiseaux aux battements de leurs ailes. Les différences entre leurs chants ou leurs cris, tout un chacun les connaissait déjà, dans le delta.

Ils passaient beaucoup de temps à la hutte maintenant éprouvée par les intempéries, à observer les hérons. Les feuilles de papier journal étaient jaunies, bien des choses à présent étaient presque illisibles, mais Vania s'acharnait à relire péniblement à voix haute les évènements de l'année 1919. Maints d'entre eux étaient désormais pratiquement oubliés, ils n'en stimulaient pas moins activement l'imagination de maman. Elle apprit ainsi qu'il y avait des avions et des hydravions, des bombes et Einstein, l'Allemagne et l'Afghanistan, des Noirs et des Blancs, des empereurs et des présidents.

Elle entendit aussi parler de l'Amérique. Mais Vania la mit en garde. C'était un pays peu sympathique qui exigeait des gens d'avoir toujours le gosier sec. Vania était souvent incapable de répondre aux nombreuses questions que posait Elena. Quand elles l'embarrassaient, il sortait devant la hutte, écartait les roseaux et murmurait :

— Avec toutes questions on va rater le plus important, le héron cendré est revenu.

Au printemps il l'emmenait sur les bras du Danube. Il amarrait le bateau à un gros arbre ou un ponton et faisait signe à la petite fille de se pencher et de sonder l'eau brune et vaseuse.

— Au-dessous de nous, tout au fond, les esturgeons remontent le fleuve. Ils sont des milliers. Approche ton oreille de l'eau. Tu les entends ?

— Mais Vania, les poissons ne savent pas parler !

— Mais bien sûr qu'ils savent. Ils se racontent des histoires de mer, sinon ce serait drôlement ennuyeux pendant leur long trajet vers l'ouest. Écoute bien.

Maman, qui ne voulait surtout pas décevoir Vania, faisait mine d'écouter de toutes ses forces et déclarait, d'un air ravi :

— Ils parlent !

Quand elle eut quatorze, quinze et seize ans, il alla la chercher aux cours qu'un enseignant donnait de temps en temps aux enfants des pêcheurs et l'amena dans le dédale des étangs, des lacs et des canaux, où il lui apprit à pêcher. Il lui montra quels poissons on trouvait dans l'eau trouble du bras principal, la carpe et le poisson-chat par exemple, et ceux qu'on ne trouvait que dans l'eau claire des bras latéraux et des lacs, comme le brochet et le sandre. Il lui expliqua que, lorsque le niveau de l'eau montait, le poisson-chat quittait son repaire sous les racines et rejoignait le lac. À la fin de l'été on pourrait le pêcher de nouveau dans les canaux et les étangs. Elle apprit aussi que, tout autour de son village, jusqu'aux premières glaces de décembre on pouvait prendre de magnifiques brochets, certains allant même jusqu'aux dix kilos si on avait de la chance. Un beau poisson-chat, lui, pouvait peser dans les trente kilos. Et même jusqu'à cent. Une prise dont on se souviendrait toute sa vie !

Les poissons étaient malins, ils savaient comment se camoufler. La carpe prenait une teinte jaunâtre dans le bras principal du Danube, mais dans les lacs elle était noire. Le poisson-chat qui était foncé dans le lac Bogdaproste se colorait de brun, dès que le Danube devenait limoneux en amont après de violentes pluies. Le brochet, lui, se couvrait de traits noirs sur le flanc, se rendant invisible sur la vase des fonds.

Pour déjouer la prudence et la ruse des poissons, l'homme avait inventé les broches, les harpons, les tridents, les nasses en forme d'entonnoir, les filets-sacs, les longues lignes à crochets pointus ou le panier en osier. Le poisson était malin, mais les pêcheurs l'étaient encore plus. Pourtant l'homme ne gagnait pas toujours.

La jeune fille aidait comme elle pouvait à relever les filets ou à décharger à la *cherhana*. Vania se voyait bien passer le reste de sa vie ainsi : ils iraient pêcher à l'aube, apporteraient ensuite leur butin au lieu de collecte et se laisseraient porter sur l'eau le reste du temps. Mais le sort en décida autrement.

Depuis que maman avait causé avec une jeune femme de Sulina qui était en visite chez ses parents, elle avait changé. La visiteuse avait une autre odeur, elle était habillée autrement, elle se mouvait autrement que toutes les femmes de pêcheurs que maman avait pu voir jusque-là. Sulina était si proche et pourtant quasiment inaccessible. Un ancien nid de pirates, une ville bâtie sur le sable, dont les jours prospères appartenaient au passé.

Sulina n'était qu'à quelques kilomètres à vol d'oiseau, mais par le dédale des canaux on mettait presque une demi-journée à y parvenir. Pour beaucoup de pêcheurs la petite ville était la fin de leur monde. Ils n'y restaient que le temps nécessaire, juste pour se rendre à l'hôpital ou se procurer des choses qu'ils ne trouvaient nulle part ailleurs.

Les vieux pêcheurs parlaient de ces paquebots et ces quatre-mâts venus de Sébastopol, d'Istanbul, de Cardiff ou de Rotterdam, qui entraient autrefois dans l'embouchure du fleuve et allaient s'ancrer aux quais de la ville. Des croiseurs russes, des navires de commerce grecs, des frégates anglaises. Des putains venues de Brăila et Galați ou même de Bucarest, qui travaillaient dans les bordels de la ville.

Il y avait eu les courtisanes dispendieuses pour les officiers des navires, les négociants et les fonctionnaires de la Commission du Danube[1], et les filles à deux sous pour les matelots ivres anglais ou allemands, les dockers et ces petites gens qui vivaient, comme prisonniers, sur ce petit bout de terre. La ville était bordée au nord de roselières impénétrables, au sud de dunes de sable et de marais. On ne pouvait y entrer ou en sortir que par la mer, en payant cher le billet. Ou deux fois par semaine avec le bateau postal qui venait de Tulcea. L'hiver, Sulina était inaccessible pendant des semaines.

Il y avait eu aussi de grands cafés pour les capitaines, les premiers officiers, les consuls, les négociants, le maire, les médecins, le juge, le directeur des douanes, celui de l'école et le responsable du port, avec des vins d'Espagne, des oranges d'Asie Mineure, du thé anglais et des cigarettes égyptiennes. Ainsi que des bars à vins pour les Grecs, les Anglais et les Allemands.

On trouvait encore des comptoirs commerciaux, des consulats, des villas avec terrasse cossues, le palais de la Commission du Danube avec des courts de tennis, des villas pour les fonctionnaires et leurs jardins aux dessins géométriques, leurs massifs bien taillés. De l'autre côté de la clôture verte qui marquait la frontière roumaine en plein

1. Organisation de coopération entre plusieurs États pour l'administration de la navigation sur le Danube (1856).

milieu de la ville, tout avait été parfait, propre, ordonné. Pourtant tout donnait l'impression d'être resté figé dans des temps révolus.

Il y avait encore des tavernes pour les dockers, les grutiers, les matelots, les mousses et les aventuriers, les escrocs et autres personnages louches. Le café des pilotes qui devaient, à tout moment, se tenir prêts à guider les bateaux pour l'entrée dans le port, était encore au même endroit. Mais tout le reste avait disparu, la ville et le port avaient perdu de leur importance, les étrangers les avaient quittés peu à peu.

Sulina ne comportait que trois ou quatre rues principales, dont la plus extérieure devait faire obstacle aux marais et aux moustiques. C'est pourquoi on y avait érigé des dunes de sable. À l'exception d'une première rangée qui longeait la rive du Danube, les maisons étaient généralement simples et sans prétention, beaucoup d'entre elles étant bâties en briques nues avec un toit de chaume, certaines, même, en torchis. Maman qui voulait voir Sulina ne lâcha pas prise avant que Vania accepte de l'y conduire.

Grand-mère ne s'y était pas opposée, elle avait grogné de son lit quelques mots inintelligibles et s'était tournée de l'autre côté. Vania s'était lamenté pendant tout le trajet. Si elle voulait voir la ville, c'était parce qu'elle allait vouloir y habiter plus tard. Et une fois qu'elle y habiterait, elle ne voudrait plus revenir au cœur du delta, jusqu'à lui.

— Aujourd'hui Sulina, demain l'Amérique, grommelait-il, mécontent, en tirant lourdement sur les rames. Mais là-bas ils pendent les gens aux arbres et ils ont interdit l'eau-de-vie. Pourquoi vouloir quitter le delta, je te demande un peu ?

— Parce que je veux voir le monde, Vania. Tout ce que tu m'as lu dans la hutte m'a rendue curieuse. Et Aura m'a dit combien c'était excitant là-bas.

Il haletait. Ces derniers temps il se sentait souvent épuisé, il avait du mal à se lever et restait couché dans sa tanière avec de la fièvre.

Arrivés à Sulina, ils passèrent une longue rangée de maisons en bordure de ville, un château d'eau massif de couleur rouge, des barques, des bateaux rouillés, et ils amarrèrent le leur à côté du débarcadère du bateau postal tout près de la promenade. La place de l'hôtel International, les bistrots et les rues voisines étaient déserts et semblaient abandonnés, la canicule avait fait le vide.

Maman partit à la recherche de la jeune femme avec qui elle avait causé au village. Et Vania engagea la conversation avec les pêcheurs qui attendaient vainement preneur de leur pêche du jour. Un gros cargo glissa lentement devant eux, à l'odeur Vania reconnut qu'il transportait une cargaison de porcs. Le cargo faisait route vers l'ouest, vers ces autres ports qui prospéraient aux dépens de Sulina. Ce jour-là, nul bateau ne viendrait y mouiller.

Quand maman réapparut, des heures plus tard, elle n'avait pas seulement vu la mer et le vieux phare qui se trouvait à quelques centaines de mètres de la côte, elle avait trouvé un logement et du travail. Sa nouvelle amie Aura qui vivait depuis quelques années dans la ville l'avait présentée au coiffeur Ahile Petrașcu. L'homme, qui était moitié grec, moitié roumain, se vantait d'appartenir à la gent cosmopolite de Sulina.

Il avait examiné la jeune fille, avant de se consacrer de nouveau à son client. Lorsque les jeunes femmes firent mine de se retirer, il dit :

— Je ne peux pas me permettre d'engager une paresseuse.

— Elle n'est pas paresseuse, protesta Aura.

— Ou une empotée.

— Elle n'est pas empotée.

— Une fille qui empeste le poisson comme elle.

— Elle se lavera.
— Elle ne peut pas répondre elle-même?
— Je me laverai.
— Je ne peux pas te payer beaucoup.
— Je me contente de peu.

Sur quoi Ahile s'était détendu et mis à siffloter. Maman n'était pas belle, mais elle avait son charme. Dûment lavée, un peu arrangée, mieux vêtue, elle pourrait sans doute présenter un intérêt pour sa boutique. Son affaire qu'il tenait d'un Français avait, elle aussi, connu des jours meilleurs. Les gens avaient de moins en moins d'argent et ils étaient de plus en plus pingres. Peut-être pourrait-il afficher dans la rue qu'ici le shampoing était désormais pratiqué par une main délicate.

— Je n'ai pas plus d'un capitaine et de trois-quatre officiers par mois. Et d'ordinaire ils viennent seulement se faire raser. Le reste du temps, mes clients sont du genre de celui-ci. (Il avait désigné du menton l'homme assis devant lui, qui leur avait souri dans le miroir.) Ils sont au chômage et se font coiffer à crédit. Et plutôt que de rester toute la journée à me tourner les pouces, je leur coupe les cheveux. Chez moi tu apprendras bien le métier. J'ai aussi quelques clientes, et si tu es douée, dans deux-trois ans tu pourras les coiffer toi-même. Est-ce que tu sais déjà où loger?

Maman avait lancé un regard d'impuissance à Aura.

— Elle le sait. Je connais une famille qui prend des sous-locataires.

— Comment t'appelles-tu?

— Elena.

— Très bien. Ahile et Elena, c'est une vieille histoire grecque. Si tu fais tes preuves, dans quelques années j'écrirai en grosses lettres sur la vitrine: *Chez Ahile et Elena. Mais vous n'y vivrez aucune tragédie.*

Tout le monde avait ri, bien qu'il fût le seul à comprendre le sens de sa phrase.

Maman trouva une chambre dans une famille qui vivait en bordure de la ville, tout près de la dune de sable. L'homme avait hésité jusqu'à ce qu'il eût expliqué le travail qu'il faisait. On l'évitait à cause de son activité, bien qu'il eût pas mal de pouvoir au port. Il décontaminait les bateaux. Il y montait avec le médecin du port, et personne ne quittait le bord tant qu'ils n'avaient pas donné tous les deux leur accord.

L'homme se faufilait dans les recoins les plus sombres et les plus sales de la cambuse et des cabines, descendait dans la salle des machines et dans la cale. Pendant ce temps-là tout le monde attendait impatiemment sa sentence. Quand il réapparaissait, il était barbouillé de poussière de charbon et puait comme un cloaque. Il éliminait les rats, les cafards et les punaises. C'est sur les navires qui venaient des ports où régnait encore la peste qu'il lui fallait être particulièrement vigilant. On le craignait et on le méprisait tout à la fois. Mais seul le médecin était bien payé, c'est pourquoi ils prenaient des sous-locataires.

— Nous sommes des gens propres et sains, se hâta de préciser sa femme en lui montrant la chambre.

Ils furent déçus d'apprendre qu'elle gagnait si peu. Mais là aussi Aura se révéla pleine de ressources.

— Tu as Vania qui t'aime tant. Il n'aura qu'à leur porter chaque mois trois seaux remplis de poissons.

La proposition mit tout le monde d'accord.

En rentrant à Uzlina, Elena dut consoler Vania qui pleurait à chaudes larmes.

— Ne pleure pas, Vania ! Je reviendrai tous les mois à la maison, et nous irons sur les lacs. Nous écouterons les esturgeons et observerons les hérons. Nous lirons les nouvelles de 1919. Ne pleure pas, je penserai toujours à toi.

Mais Vania était inconsolable, même lui saisissait qu'un chapitre de la vie venait de se terminer.

En ramant énergiquement pour être rentré avant l'obscurité, il sentit pour la première fois son bras gauche se paralyser. Il le secoua violemment et, sur le coup, oublia la chose, tout occupé de son chagrin. Mais la paralysie revint.

Troisième chapitre

New York s'éveillait lentement de l'ivresse de la nuit précédente. On voyait déjà des remorqueurs, des péniches et des vapeurs sur l'East River. On attisait les premiers feux de la journée dans l'âtre des maisons, et leur souffle chaud s'élevait des cheminées en un mince filet de fumée. Il allait être sept heures, et il n'y avait pas de vent.

Dans les bistrots de South Street, les premiers buveurs de la journée ne tenaient déjà plus très bien sur leurs jambes. Des marins épuisés après une nuit blanche longeaient en titubant la troupe silencieuse qui s'était assemblée sur le quai. Deux hommes en frac et en zibeline se trouvaient là eux aussi, visiblement indécis.

— Ça porte la poisse, de voir des morts au Nouvel An. Et le coin n'est pas sûr. Il vaut mieux qu'on file, dit l'un d'eux en faisant mine d'entraîner l'autre.

— Capitaine, où les emmenez-vous ? s'enquit ce dernier.

— Sur Hart Island, lança de mauvais gré une voix revêche, du bastingage.

— Les morts de la nuit dernière ?

— De ces derniers jours.

— Mais vous n'en avez pas tant que ça. On dit pourtant que beaucoup de gens sont morts, dans le ghetto.

— Aujourd'hui on n'emporte que les enfants. Si vous attendez un peu, vous verrez qu'il y en a un paquet. C'est seulement qu'on a commencé un peu tôt.

Les habitants du ghetto qui s'étaient amassés là en ce 1er janvier faisaient leurs adieux à leurs enfants. Certains avaient amené un prêtre ou un rabbin, mais la plupart des familles se tenaient seules en silence derrière les modestes petits cercueils. Les pleurs et les lamentations étaient contenus, leurs enfants étaient encore auprès d'eux. Les digues n'avaient pas encore cédé. L'équipage attendait d'autres livraisons, les hommes savaient que le bateau serait plein.

Ils avaient déjà porté à bord les cercueils déposés dans la nuit sur le quai. Ils avaient dû creuser la neige pour les en extraire. Il ne restait plus beaucoup de temps, d'après le planning, un cargo cubain chargé de café et de bois de construction et un navire irlandais qui transportait une cargaison de moutons, de bœufs et de salaisons devaient accoster sous peu.

Grand-père, qui venait d'arriver, restait légèrement à l'écart, et personne ne lui prêtait attention. Il regardait souvent de cet endroit le capitaine et son équipage. Il portait les bottes et le manteau d'un garçon qu'il avait trouvé, gelé, sous le métro aérien. Son corps sans vie était recouvert de neige, grand-père avait failli buter dessus.

Il avait tout de suite constaté qu'il ne pouvait plus rien pour lui. Il avait dégagé le visage blême et gelé, s'était signé comme il l'avait vu faire souvent, puis assuré d'un bref coup d'œil circulaire qu'il n'aurait pas à défendre son butin. Mais par ce matin glacial de janvier il était seul à se promener dehors. Le manteau et les bonnes chaussures lui appartenaient. C'était parfois le genre de hasard qui décidait de votre survie ou de votre départ pour Hart Island. Pas question d'être le prochain à qui l'on ôterait ses bottes.

À côté du cadavre il avait trouvé un pot de bière qui racontait l'histoire du mort. Les parents assoiffés envoyaient souvent leurs enfants chercher de la bière, mais en le rapportant les gosses en buvaient une gorgée puis une autre et finissaient par vider le pot. Étourdis par l'alcool, ils s'écroulaient dans une arrière-cour ou un cul-de-sac. Ce qui arrivait ensuite, grand-père l'avait sous les yeux.

Un jour nouveau commençait, à nouveau il fallait gagner de l'argent. Fond-de-culotte les avait mis dehors sur ordre de Paddy, et d'ici le soir chacun devrait s'arranger pour dénicher un endroit à l'abri du froid. Pour se réchauffer, grand-père déambulait, et ses pieds avaient pris par habitude le chemin du port. Il lui arrivait d'y aider à décharger les bateaux, à porter des sacs de patates et des barriques de harengs aux entrepôts ou à les entasser sur les charrettes.

Il y avait sur le quai des hommes et des femmes de tous âges, avec des enfants qui contemplaient le chagrin muet des adultes. Chaque groupe avait un cercueil devant lui. Les vivants et les morts ne faisaient qu'un. Tous ils formaient une famille. Un jour ou l'autre ils auraient d'autres enfants couchés là, et un jour ou l'autre ce serait leur tour. Les cercueils étaient minuscules, les corps si légers qu'un homme pouvait les porter tout seul.

L'air était laiteux, on distinguait la rive de Brooklyn comme à travers un voile épais, avec ses docks, ses fabriques, ses entrepôts. Des bateaux crachant de la fumée émergeaient de temps à autre de cette atmosphère vaporeuse, mais se refondaient immédiatement dans la brume. Sa masse opaque assourdissait tous les bruits : le hurlement strident des sirènes, les cris des oiseaux marins, les cahots des chariots sur la route mal pavée de la rive.

Le capitaine épiait de plus en plus impatiemment les rues qui donnaient sur les environs du quai. Il savait que l'afflux des morts n'avait pas encore commencé, que ceux qui se trouvaient là ne pouvaient constituer à eux seuls le butin des jours précédents. On pouvait se fier aux morts du ghetto. Et le capitaine voyait juste. Comme sur commande, les morts commencèrent à affluer des rues avoisinantes, timidement d'abord — deux-trois cercueils accompagnés des proches — puis une quarantaine d'un seul coup. Comme si l'on avait ouvert des vannes.

On les apportait dans des charrettes à bras ou des carrioles ou on les traînait sur la neige. Quelques hommes portaient leur cercueil sous le bras. Les cercueils juifs étaient simples, de bois grossièrement taillé ; les autres, peints en blanc. La seule chose qui distinguait la mort juive de toutes les autres. Ceux qui n'avaient même pas pu payer un modeste cercueil s'étaient rabattus sur des caisses d'oranges ou avaient enveloppé le corps dans une couverture.

Après avoir laissé aux gens un peu de temps pour les adieux, on commença à porter les cercueils à bord. Ce fut fait en un rien de temps, et les machines tournaient déjà à plein régime, quand, soudain, au bout de Cherry Street, surgit une silhouette bizarre qui gesticulait furieusement.

C'était un nain agitant ses gros bras courts, qui courait vers le quai aussi vite que le lui permettaient ses jambes torses tout aussi courtes. Quand il l'atteignit, épuisé, il dut d'abord reprendre haleine. Sa venue détourna quelques instants les gens de leur deuil. Il portait un uniforme bleu à boutons dorés, tenait un haut-de-forme dans une main et, dans l'autre, une splendide canne à pommeau.

Grand-père le reconnut, il travaillait à Union Square, à l'Huber's Museum, dont il était l'une des nombreuses attractions : *L'homme le plus petit du monde*. Sa femme se produisait souvent avec lui, ils livraient une prestation honnête, à défaut d'être brillante. Sur l'affiche de l'entrée leurs noms figuraient dans la partie du bas, en lettres moyennes.

La métropole offrait à ses habitants une foule de difformités : sirènes, femmes à barbe, frères et sœurs siamois. On les exhibait sur les scènes bon marché de Manhattan. Ils assouvissaient la soif de distraction du petit peuple las qui remplissait les salles, un public avide de voir des gens encore plus mal en point que lui. Le nain avait de la concurrence.

— Ma femme ! dit en haletant le plus petit homme du monde.

— Qu'est-ce qu'elle a ? demanda le capitaine.

— Elle part avec vous.

Les gens sur le quai le fixaient, médusés. Ils n'avaient pas remarqué la petite procession qui s'approchait d'eux. On avait fourré la femme dans sa propre caisse d'accessoires sur laquelle était inscrit ce qu'elle prétendait être : *La plus belle naine de Fidji*. Beaucoup tiraient leur subsistance d'être les plus grands, les plus gros, les plus laids d'on ne sait quelle région du monde. Ça leur donnait un certain cachet, les menait sous les feux de la rampe, leur valait des applaudissements. Les variétés les accueillaient tous comme une bonne mère, sans faire de différence entre ses enfants. Et à la fin les amenait au fleuve dans leur propre caisse d'accessoires.

Dans le cortège il y avait des gens avec des bosses, des bras en moins, un visage tatoué, et d'autres qui n'attiraient pas l'attention et pouvaient aussi bien être contorsionnistes que charmeurs de serpents, avaleurs de sabres, prestidigitateurs. Un homme qui aurait pu prétendre au titre d'homme le plus fort de Coney Island portait la caisse. La foule s'écarta en silence pour les laisser passer.

L'homme qui portait s'inclina devant la caisse, et le nain la frappa de sa canne comme si, par un tour de magie, il allait ressusciter la femme d'entre les morts, pendant que tous les autres retenaient leur souffle. Deux matelots s'emparèrent de la caisse qui fut placée tout en haut, à la pointe de la pyramide de cercueils.

Le capitaine cria ses ordres à l'équipage, il avait perdu au moins un quart d'heure. Par ce temps glacial les fossoyeurs n'attendraient pas longtemps. S'ils étaient déjà partis, il aurait sur les bras une cargaison de morts dont il ne pourrait pas se débarrasser. Et le lendemain le sol serait peut-être déjà tellement gelé qu'on ne pourrait plus les enterrer.

Quand on eut largué les amarres et que le bateau se fut éloigné des bollards, une complainte s'éleva, à peine audible au début, puis de plus en plus distincte. Tel un voile tissé de mille voix, une lamentation gaélique, italienne, yiddish émanant de douzaines de gosiers se déploya dans toutes les directions, recouvrant les gens, les bateaux, le fleuve, le pays. Jusqu'à ce que le bateau atteigne le milieu du fleuve, les cercueils restèrent bien visibles. Puis il obliqua vers le nord, et ils se fondirent peu à peu en une seule tache blanche, jusqu'à ce que la brume efface aussi cette dernière image.

Au même moment, tout autour, la vie explosait. La ville était bruyante, affairée. Les ouvriers prenaient plus tard que d'habitude le chemin des fabriques, des abattoirs, des brasseries et des chantiers navals qui bordaient la rive du fleuve. Les magasins ouvraient, on déchargeait la marchandise, les chevaux glissaient sur la glace, les charrettes se renversaient avec leur cargaison. L'East River perdait patience avec les humains et redevenait ce cours d'eau capricieux, riche en tourbillons, qu'on redoutait.

Grand-père savait que les parents en deuil étaient une manne pour les petits mendiants, il tendit la main. Et cette fois encore il eut raison. Alors qu'il comptait ses pièces, un charretier pour qui il avait souvent travaillé lui cria :

— Qu'est-ce que tu fais ici ?

— Je gagne des sous.

— Alors, va à l'Hudson. Le *Patria* va y accoster dans une heure. Tu gagneras plus d'argent qu'ici.

Bien sûr qu'il allait le faire. Il lui faudrait simplement choper les passagers de première classe quand ils quitteraient les quais. Ils donnaient toujours, ils étaient si contents d'avoir voyagé sans encombre et de sentir enfin la terre ferme sous leurs pieds. Et d'être arrivés dans la ville qui était devenue le centre du monde après Londres. Les autres, par contre, les immigrants malades et éreintés, ne l'intéressaient pas. On leur offrirait une cigarette, un sandwich, une sucrerie, et on les emmènerait à Ellis Island. S'ils avaient de la chance, ils seraient autorisés à rester. Sinon ils repartiraient dans quelques jours. Il y avait un côté, sur l'Hudson River, où arrivaient les vivants ; et l'autre, sur l'East River, où les morts quittaient la ville. Les morts et les vivants ne s'apercevaient jamais. Ils ne savaient rien les uns des autres, ils ne se croisaient pas, mais tous ils alimentaient le circuit incessant de la vie. New York accueillait les gens à l'ouest et les rejetait à l'est. Et entre les deux la ville offrait à bien peu d'entre eux une bonne vie, aisée, confortable, tous les autres elle les pressait comme des citrons.

Grand-père se mit en route, maintenant il avait un but.

Du toit d'un des immeubles-casernes d'Orchard Street grand-père pouvait contempler tout son territoire et bien au-delà. Une étendue grisante. Il suffisait de monter quelques étages par des quelques escaliers raides et glissants, de suivre quelques couloirs obscurs, il vous fallait enjamber quelques ivrognes assoupis, l'air confiné était fétide, mais quand vous étiez en haut, le ciel s'ouvrait devant vous. Un ciel improbable, qu'on oubliait quand on circulait dans les rues, les boyaux et les arrière-cours de l'East Side. On se retrouvait en haut tout à coup et on en avait le souffle coupé, même quand on était un petit sauvageon crasseux peu habitué aux mots, comme l'était grand-père.

Il était monté ici parce que Fond-de-culotte lui avait conseillé ce bâtiment pour planquer son argent. Il ne faisait pas confiance à Fond-de-culotte, mais il faisait encore moins confiance aux rues du ghetto. Il avait besoin d'un endroit un peu sûr et l'avait trouvé derrière un pigeonnier abandonné où l'on pouvait assez facilement — mais pas trop — retirer une brique.

Impressionné par la vue, grand-père restait au bord du toit, les jambes écartées, les mains au fond des poches du manteau qu'il avait dégoté. Ses nouvelles chaussures s'enfonçaient dans la neige, elles n'étaient pas imperméables, ses chaussettes et ses pieds étaient humides.

Vers l'est, la trame des immeubles bas se faisait de plus en plus dense, et la lumière pénétrait à peine dans les bâtiments misérables des cours intérieures des différents blocs. On avait hâtivement bâti ces maisons pour caser l'afflux des immigrants. Çà et là se dressait un immeuble en briques isolé de six ou sept étages qui faisait l'effet d'un géant perdu au milieu des nains. Vers l'East River les fabriques de meubles remplaçaient les immeubles, et derrière elles s'étendaient des chantiers navals dont grand-père ne distinguait que la pointe des mâts.

Vers le nord, cet océan d'immeubles s'élargissait en même temps qu'il s'éloignait, le bâti était plus haut et plus neuf. On voyait même Tompkins Square, l'unique endroit dégagé de l'est de la ville. Là, des abattoirs, des brasseries et des entrepôts de bois bordaient la rive du fleuve. À l'opposé, à la pointe sud de Manhattan, on distinguait la coupole de l'hôtel de ville et les clochers de quelques églises. Tout autour, sur les ruines de Five Points réputé mal famé poussait un nouveau quartier administratif nettoyé du péché et de la crasse des siècles précédents.

À l'ouest on trouvait ensuite les *saloons*, les restaurants, les théâtres et les brasseries de la Bowery. Certaines étaient si grandes qu'elles pouvaient accueillir un millier de personnes. Et plus loin derrière, grand-père devinait Broadway, la rue la plus large de la ville, éternelle rivale de la Bowery, mais où se regroupaient les boutiques et les théâtres chics.

Il était tellement absorbé dans sa contemplation qu'il ne perçut d'abord rien des paroles que prononçait la femme à voix basse. Puis il sursauta et se retourna. Il n'avait jamais vu de tente, sauf sur Battery, lorsque l'armée engageait de nouvelles recrues. Ou dans les courts métrages qu'on montrait aux théâtres de variétés et où les tentes abritaient les colons de contrées sauvages. Mais jamais encore il n'avait vu de tente sur le toit d'un immeuble, au beau milieu de Manhattan. Devant celle-ci, allongée sur une chaise longue, il y avait une femme émaciée, épuisée, emmitouflée dans plusieurs couches de vêtements, qui l'examinait avec attention.

— Tu profites de la vue ? demanda-t-elle. Ou tu es un de ces petits voleurs qui cachent leur butin ici ?

Il garda obstinément le silence.

— Tu as perdu ta langue ?

— Je ne suis pas un voleur ! s'exclama-t-il, indigné. Mon argent, je l'ai gagné. Vous avez de la chance d'être une dame, sinon…

Elle s'esclaffa, mais une violente quinte de toux interrompit son rire.

— Je suis rien moins qu'une dame. Donc tu voulais cacher ton argent.

— On m'a dit qu'ici il n'y avait pas d'enfants, rien que des gens âgés, affaiblis, qui ne montaient jamais sur le toit.

— Comme tu vois, ce n'était pas entièrement faux. Je ne suis pas vieille, certes, mais affaiblie. Et si je pillais ta planque ?

Sa réponse fusa, brutale, on ne peut plus claire :

— Alors je vous tuerais !

Elle le dévisagea, comme pour tester s'il était aussi dénué de scrupules qu'il le prétendait. Régulièrement elle toussait, son maigre corps se secouait, des projections séreuses gouttaient dans la neige. Grand-père avait vu trop de gens avec cet aspect blême et sinistre pour ignorer de quoi elle souffrait.

— Tu as déjà mangé aujourd'hui ? demanda-t-elle.

— Aujourd'hui non, mais hier deux fois, par contre.

— Eh bien, suis-moi.

La femme s'était levée péniblement, avait traversé le toit tout aussi péniblement, puis ils étaient descendus au quatrième. De marche en marche l'escalier s'assombrissait jusqu'à ce que ne perce plus qu'une faible lueur venue d'en haut — d'en bas ne filtrait même pas ça —, et la silhouette de la femme se faisait de plus en plus vague. Il s'orientait à son pas pesant et à sa toux. Ensuite se produisirent certains évènements qui devaient faire de cette journée l'une des plus marquantes de la vie encore courte de grand-père.

Chaque étage comportait quatre appartements. La femme ouvrit la porte de droite, entra sans regarder autour d'elle et alluma la lampe à pétrole. Dans l'entrée, un clair rectangle de lumière s'esquissa sur le sol. Elle appela grand-père, qui passa alors le seuil. Autant qu'il puisse en juger, l'appartement était vide, l'unique mobilier consistait en un large lit, une armoire et une table avec des chaises. Pour grand-père c'était stupéfiant, il n'avait encore jamais vu une pièce aussi vide.

Il s'était attendu à ce que s'entassent là dix à quinze personnes pour y vivre et y travailler : à rouler des cigarettes, coudre des pantalons ou confectionner des fleurs artificielles pour les chapeaux des femmes du nord de la ville. Pourtant, il aurait bien dû savoir que non, il manquait le bourdonnement des machines, tout comme l'odeur du tabac.

— Je m'offre ça, dit-elle comme si elle avait lu dans ses pensées. J'ai vécu assez longtemps dans une cave sordide. Tu as un prénom, mon garçon ?

— Mon garçon, c'est bon.

— D'où viens-tu ?

Elle eut une terrible quinte de toux.

— De la Lune, répondit-il d'un ton de défi.

— Bon, d'accord, tu viens de la Lune. Je vais être franche avec toi. Les médecins me donnent quelques mois, six au maximum. D'après eux, la seule chose qui puisse encore me soulager, c'est l'air frais et froid. Je reste là-haut des jours et des nuits, par tous les temps. J'arrive encore à monter jusqu'au toit, mais à peine à descendre les quatre étages. Mes filles non plus n'y parviennent pas. J'ai ici une affaire qui marche bien, mais j'ai besoin de quelqu'un qui nous aide.

— Où sont ces filles ? demanda grand-père en explorant les alentours du regard.

— Elles ne sont pas ici mais dans l'appartement d'à côté. Quoi qu'il en soit, aucune d'entre nous ne peut descendre, les escaliers sont trop raides et trop glissants. Or il nous faut à manger, il nous faut des vêtements et toutes sortes de choses. Mes filles mangent beaucoup, elles dévorent. Et il nous faut nous laver, nous et nos vêtements. Nous sommes des femmes tout de même. Mais la pompe est dans la cour. Et il nous faut du pétrole pour les lampes et un journal de temps en temps. Il faut descendre les ordures, il faut du bois et du charbon. Bref, nous avons besoin d'un garçon dégourdi comme toi. Tu es en bonne santé ?

— Je suis souvent affamé, mais je suis en bonne santé, dit grand-père, intimidé. Il ne saisissait toujours pas quelle sorte d'affaire elle avait.

— Il n'y a plus rien dans la maison. Voici un demi-dollar, avec ça tu peux acheter des pieds de cochon, des pommes de terre, de la choucroute, des macaronis et du gin pour neuf personnes.

— Combien avez-vous donc de filles ?

— Parfois cinq, parfois dix. Je peux aussi en avoir plus. En ce moment je n'ai que des Irlandaises et des Italiennes. Elles ne sont pas difficiles. Les Juives sont plus compliquées, elles ne mangent que kasher.

— Et elles sont toutes aussi malades que vous ?

Elle écarquilla les yeux et rit.

— Non, elles ne sont pas aussi malades que moi. Elles ont une autre sorte de maladie. La leur passe au bout de neuf mois. Viens, je vais te présenter. Mais je ne peux pas passer le seuil de la porte, à cause du risque de contagion. Au fait, tu peux m'appeler Ma'am.

Huit jeunes femmes enceintes interrompirent leurs bavardages, quand la Ma'am s'écarta et le poussa en avant. Il se retrouva nez à nez avec huit ventres ronds. Il eut l'impression qu'ils allaient occuper toute la pièce à eux seuls et l'écraser, s'il faisait ne fût-ce qu'un pas de plus à l'intérieur. Il eut un mouvement d'effroi.

Des femmes enceintes il en avait vu des tas, des Italiennes, des Juives, des Irlandaises, des Noires. Le ghetto en était plein, on voyait des filles tomber enceintes à quatorze ou quinze ans. Mais huit femmes enceintes d'un seul coup, c'était un spectacle à décrire sans faute aux autres garçons de la cave à charbon.

Trois ou quatre filles en dessous se lavaient frileusement au-dessus d'une cuve en tôle. Il voyait non seulement leurs chevilles, mais leurs mollets, leurs bras, leur cou, presque tout. Il voyait leur peau et leurs hanches avec une telle netteté qu'il en avait le vertige. Par la fente d'un peignoir mal fermé il apercevait les maigres cuisses serrées l'une contre l'autre d'une femme assise sur un fauteuil à bascule, et les cuisses pleines d'une autre qui s'enveloppa d'une couverture lorsqu'il parut sur le seuil. Il fixait leurs épaules laiteuses, leurs cheveux roux, blonds ou noirs. Il voyait leurs aisselles d'où jaillissaient des poils frisés.

Après avoir vu tout ça sans l'avoir encore bien saisi, grand-père regarda leurs visages. Elles avaient remarqué sa surprise et son embarras, elles riaient sans pouvoir s'arrêter. Toutes sans exception étaient jeunes, vingt ans au plus.

— Il est joli garçon, Ma'am. Dommage qu'il soit si jeune, observa l'une.

Mais toutes les filles n'étaient pas si gaies. L'une d'elles était étendue sur un lit, très pâle, les yeux enfoncés dans les orbites. Une autre regardait par la fenêtre, l'air absent, les yeux cernés de noir. Et une troisième gisait, si faible, sur un matelas par terre qu'elle ne put que se redresser brièvement pour le regarder.

— Qu'est-ce que tu sais faire, à part zieuter comme ça ? demanda une petite femme trapue.

— Je vends des journaux.

— Ce n'est pas bien sorcier.

— Je fais reluire les bottes en un rien de temps.

— Ça n'a rien d'extraordinaire non plus.

— Je sais chanter !

Voilà qui, de l'avis général, était épatant, elles le pressèrent de chanter quelque chose là tout de suite. Elles le tirèrent dans la pièce, lui montrèrent où il devait se mettre, puis s'installèrent, pleines d'impatience. Mais il se fit longuement prier, car il n'avait encore jamais chanté devant tant de femmes. Pour elles en revanche cette distraction était fort bienvenue dans ce lieu étroit et froid qui les gardait prisonnières et où elles se racontaient indéfiniment l'histoire de leur vie jusqu'à n'avoir plus rien à dire. Enfin il ôta sa casquette, se campa devant elles et se mit à chanter :

I have come to say goodbye, Dolly Gray
It's no use to ask me why, Dolly Gray
There's a murmur in the air, you can hear it everywhere
It is time to do and dare, Dolly Gray
[…]

For the one you love so well, Dolly Gray
In the midst of battle fell, Dolly Gray
With his face toward the foe, as he died he murmured low
"I must say goodbye and go, Dolly Gray."

Il s'arrêta là, persuadé que ce petit échantillon de son talent leur avait suffi, et balaya la pièce du regard. Mais les visages des filles le détrompèrent. Elles n'allaient pas le lâcher de sitôt, lui et sa voix qui les jetait dans une exaltation qu'elles n'avaient pas connue depuis longtemps. Après un instant de silence, elles le supplièrent fiévreusement de continuer. Il prit courage, s'éclaircit la gorge à plusieurs reprises, et entama une deuxième chanson.

O Father dear, I often hear you speak of Erin's Isle
Her lofty scenes, her valleys green, her mountains rude and wild
They say it's a lovely land where a saint might dwell
Oh why did you abandon it? The reason to me tell.

O son, I loved my native land with energy and pride
Til a blight came over my crops, my sheep and cattle died
My rent and taxes were too high, I could not them redeem
And that's the cruel reason that I left old Skibbereen.
[...]

Il lui fallut parfois s'interrompre, car certaines femmes pleuraient tout bas ou sanglotaient tout haut, et il ne savait plus que faire. Mais elles ne demandaient pas grâce pour autant. Bien au contraire, elles l'exhortaient du regard à continuer. De temps à autre il coulait un œil vers la Ma'am qui s'était adossée au chambranle, mais qui, elle aussi, se perdait dans un monde pour lui invisible. L'une des filles demanda en lui effleurant les cheveux :

— Tu connais aussi des chansons d'amour ?

— Bien sûr que j'en connais ! *Daisy Bell*, par exemple. Tout le monde la connaît. Si vous voulez, vous pouvez chanter avec moi.

There is a flower
Within my heart,
Daisy, Daisy!
Planted one day
By a glancing dart,
Planted by Daisy Bell!
[...]

Les voix des jeunes femmes s'élevèrent alors — d'abord timidement, puis plus fortes et plus joyeuses — ils reprirent le refrain ensemble.

Daisy, Daisy,
Give me your answer do!
I'm half crazy,
All for the love of you!
It won't be a stylish marriage,
I can't afford a carriage
But you'll look sweet upon the seat
Of a bicycle built fort two.

Juste au moment où il voulait entonner une nouvelle mélodie, il fut brutalement coupé par une femme qui se mit à crier, comme prise de folie. Avant que la porte ne se referme sur lui, il vit encore les autres s'efforcer de la contenir.

La Ma'am le prit à part :

— Va vite chercher le médecin Will Maloy au 90 Essex Street, dis-lui que c'est le moment. Qu'il se dépêche. À côté tu verras une boutique, qui vend aussi du charbon. Prends en autant que tu peux porter sur l'argent que je t'ai donné. Il va falloir faire chauffer beaucoup d'eau. Vas-y !

Mais grand-père ne s'en laissa pas conter. La fille et sa douleur ne le regardaient pas. Ce monde qu'il venait d'entrevoir n'était pas le sien. C'était sa faute, à la Ma'am, si elle donnait de l'argent à un garçon comme lui. En plus elle allait mourir. Il en avait vu beaucoup mourir de la tuberculose, il n'avait pas envie d'être le prochain. Le bateau des morts devait l'attendre encore un moment.

Il remonta sur le toit pour ajouter le demi-dollar aux autres pièces de sa bourse. Le passage derrière le pigeonnier était si étroit — à peine une main de largeur —, la Ma'am ne pourrait sûrement pas se glisser jusqu'à son argent. Si tant est qu'elle parvînt encore un jour à remonter jusqu'ici.

Une bonne chaleur inconnue l'envahit. Il se sentait l'égal d'un magicien. Il grimpa sur le parapet, écarta les jambes, leva les bras, et un mot, un seul, s'échappa de sa gorge. Sa voix survola les toits et les rues du ghetto, s'immisça dans les taudis des fabricants de vêtements et des rouleurs de cigarettes, les échoppes des cordonniers, les boutiques des boulangers, les bouis-bouis et les bordels d'Allen Street. Son écho s'effilocha jusqu'à la Bowery, puis fut couvert par le raffut métallique du métro aérien. « Houdini ! »

— Raconte-moi ta vie, Berl, lui demanda grand-père.

— Mais je te l'ai racontée cent fois. Et puis je ne fais pas ça si bien que Paddy-un-œil, chuchota Berl.

— Raconte quand même. Le lit est trop mou, je n'arrive pas à m'endormir.

Ils avaient eu des places pour la nuit au foyer des crieurs de journaux de Duane Street. Grand-père avait payé pour eux deux, il aimait bien Berl, le seul garçon à qui l'on pouvait vraiment se fier. On leur avait donné à chacun un morceau de savon et une serviette, et ils s'étaient lavé le visage, les aisselles et les pieds. Puis grand-père avait payé de nouveau, et ils avaient même obtenu un vrai dîner.

Le mois de janvier n'avait pas été fructueux. Pas de guerres, pas de catastrophes, juste un meurtre à Graham Square, dont on soupçonnait qu'il avait un rapport avec le gang de Monk Eastman. Et Paddy-un-œil était introuvable. Quand on allait aux nouvelles, on vous disait qu'il avait reçu, un jour, une lettre de son père et qu'il l'avait rejoint dans l'Ouest. Pour la première fois depuis longtemps il s'était glissé hors de la cave à charbon. D'aucuns pensaient qu'il était effectivement sorti de la cave, mais seulement pour aller à la Five Points Mission qui plaçait régulièrement des enfants chez des couples du Midwest.

On l'y aurait longtemps examiné, puis lui aurait déclaré qu'il ne remplissait pas les critères : trop vieux, trop mal dégrossi, trop roublard. Mais ce gros malin de Paddy aurait quand même trouvé un moyen. Il se serait fait passer pour pieux, serait tombé à genoux, aurait récité des passages de la Bible, se serait pendu à la jambe de l'employé en le suppliant, jusqu'à ce qu'il cède. Et on aurait fini par le fourrer dans un groupe de gosses de sept à huit ans qui prenaient le train pour Kansas City sous la garde d'un éducateur.

On rapportait qu'à chaque gare ils se rangeaient sur le quai et entonnaient des chants religieux. Et que des couples de la ville venaient choisir les enfants qui leur convenaient. Le groupe s'amenuisait de gare en gare, à la fin il ne restait plus que lui. À Kansas City il avait filé, et on avait perdu sa trace.

Il y en avait aussi qui pensaient qu'il était sous terre, mais cette fois pour toujours.

Quoi qu'il en fût, grand-père et Berl n'avaient plus d'employeur. Grand-père aidait à décharger les bateaux sur South Street et du côté de l'Hudson River, il distribuait les cartes de visite et les prospectus des hôtels et des restaurants, quand accostait un paquebot d'Europe. Il cirait les bottes des hommes nantis qui attendaient à Union Square que leurs épouses ou leurs maîtresses reviennent de leurs emplettes dans les boutiques du coin. Il cirait aussi les chaussures des acteurs des théâtres du quartier. Il pouvait ainsi réunir presque chaque jour la somme qui lui garantissait — et à Berl aussi parfois — un lit et une assiette pleine.

Ils avaient rapproché les lits et ils étaient tout près l'un de l'autre, comme ils en avaient l'habitude dans la cave à charbon.

— C'est quoi la première chose que tu te rappelles dans ta vie, Berl ?

— Ma mère en train de lécher mes yeux enflammés qui étaient gonflés et collés. Elle avait peur que je devienne aveugle.

— Vraiment, elle faisait ça ? Et la deuxième ?

— Lisko, en Galicie.

— Ga-li-cie, chuchotait mon grand-père avec un bruit de bouche, comme s'il était en train de déguster un plat savoureux.

— On habitait à quelques kilomètres de la ville. Ah oui, et je me souviens aussi des Carpates. C'est des montagnes tout près de Lisko. Tu as déjà vu des montagnes ?

— Jamais encore. Fond-de-culotte a dit un jour qu'autrefois il y aurait eu des collines, des fleuves et des lacs entourés d'épaisses forêts à Manhattan. Il avait rencontré un garçon indien dont le grand-père savait ces choses. Mais il n'a jamais parlé de montagnes. Tu peux t'imaginer ici, chez nous, des forêts très grandes où on peut se perdre, toi ? Moi pas.

— Moi non plus, répliqua Berl. Mais à Lisko c'était vraiment comme ça. Je me rappelle, on disait que, quelques années avant ma naissance, toute la ville avait brûlé, parce que les maisons étaient en bois. La nôtre aussi était en bois, elle était sur la route qui menait de Lisko aux Carpates. Nous habitions dans une pièce, et l'hiver, mon père enfermait les moutons dans l'autre, pour les empêcher de mourir de froid. Je me souviens que ça sentait le mouton.

— Tu arrives à te souvenir de l'odeur ?

— J'ai encore beaucoup plus de souvenirs. Nous avions un café, juste à côté de la maison. Tous les gens de la région venaient boire chez nous. Le soir, ils se retrouvaient pour jouer aux cartes, fumer, boire. L'été, on laissait les fenêtres et les portes grand ouvertes, et j'entendais même de mon lit les clients rire et chanter. Papa leur versait de la gnole de pomme de terre et du vin de Hongrie. Il y avait même du *vishniac*, de la liqueur de griottes. Pour la fête de Roch Hachana il en servait avec le gâteau au miel. Je me rappelle les saucisses kasher qui pendaient au-dessus du comptoir.

— Maintenant je les sens moi aussi... Continue !

— Un jour, un homme est arrivé dans un costume magnifique. Il s'est assis au comptoir, a bu quelque chose et sorti une pièce d'or de sa poche. Il affirmait qu'en Amérique on en trouvait à tous les coins de rue. Il a montré à tout le monde les photos d'une statue qu'il appelait statue de la Liberté. Il a dit que pour les Juifs l'Amérique était le meilleur pays, parce que là-bas on n'était pas condamné à être pauvre et qu'on n'avait pas besoin d'avoir peur. Il ne fallait pas avoir la bêtise de passer toute sa vie dans une vallée complètement perdue. Comme les gens étaient méfiants, il a lu deux lettres de personnes qui le remerciaient de les avoir poussées à émigrer. Et il a montré les enveloppes à la ronde, dessus il y avait des timbres et des tampons étrangers. Et il avait les photos d'une brasserie où des gens trinquaient à une terrasse et de jolies maisons de banlieue avec de petits jardins devant. Tout ça avait l'air vrai, donc on a fini par le croire. Ceux qui voulaient partir en Amérique n'avaient qu'à acheter les billets de bateau à son agence de voyages à Lisko, a-t-il dit.

— Alors ton père est allé à l'agence ?

— Pas encore. D'abord les journaux se sont mis à écrire des méchancetés sur les Juifs. Puis un prêtre a déclaré que les Juifs empoisonnaient les chrétiens avec l'alcool et pris la tête d'une procession avec des croix et des images pieuses. Ils ont planté une croix devant notre café et cassé toutes les vitres. C'est à ce moment-là que papa a compris qu'il fallait partir en Amérique.

Il fit une pause.

— Il est revenu de Lisko avec les billets jusqu'à Oświęcim, car l'argent n'avait pas suffi pour tout le voyage. Il a donc vendu nos trois chèvres et la vache et il est retourné en ville, mais cette fois encore l'argent ne suffisait que pour trois billets jusqu'à Hambourg. Petit à petit, papa a tout vendu : la maison, la terre, le café, le cheval, la carriole, la deuxième paire de chaussures, son meilleur costume. C'est comme ça qu'il a réuni peu à peu l'argent de notre voyage en Amérique.

— Tu peux arrêter, maintenant, je sens mes yeux qui se ferment.

— Tu veux que j'arrête juste maintenant ? Tu ne veux pas que je t'en raconte plus ? Que je raconte comment, lorsqu'on est arrivés à Oswieçim, les billets n'étaient pas valides…

— Plus tard.

— Et qu'à l'arrivée à New York un fonctionnaire a dessiné un grand *H* à la craie sur le manteau de papa, et qu'après il n'a pas osé retourner le manteau ? Qu'on a donc cru qu'il était malade du cœur et qu'on l'a renvoyé ? Que ma mère et moi ne l'avons jamais revu ?

— Il vaut mieux que tu me racontes ça demain. Mais dis-moi : qu'est-ce que tu ferais si tu avais autant d'argent que les Vanderbilt ou les Astor ?

— Moi ? Autant d'argent ? dit-il, saisi, et il réfléchit. J'irais à Lisko et je rachèterais tout ce que papa a vendu. Et toi ?

— Je ne veux pas avoir autant d'argent. Je veux seulement devenir un grand chanteur.

Un moment après, toute la salle dormait. Elle contenait une centaine de garçons emmitouflés dans de chaudes couvertures, et pour une nuit ils étaient en sécurité. Pour quelques heures ils étaient très loin des dangers qui les guettaient et de tout ce qui minait leur vie. Ce que grand-père ignorait c'est qu'il voyait Berl vivant pour la dernière fois.

Il ne parvenait tout de même pas à s'endormir, son dos n'était pas habitué à un tel confort. Il tenta de se représenter en île vierge le trou sale, puant, bruyant où ils vivaient. Une île où les arbres se seraient serrés les uns contre les autres comme les immeubles de briques du ghetto. Il n'avait jamais vu beaucoup d'espaces verts, il n'avait jamais poussé jusqu'à Central Park. Au port où il traînait la plupart du temps, seuls des mâts de bateaux se dressaient dans le ciel.

Il ne pouvait pas s'imaginer des loups, des ours et des lacs remplis d'eau douce fraîche au beau milieu de Manhattan. Ni un marais constamment inondé par l'East River à la place du ghetto. Ni de l'herbe qui vous arrivait aux genoux et vous chatouillait les pieds. À Longacre Square que plus tard on appellerait Times Square, trois ruisseaux se rejoignaient autrefois. Il y avait eu beaucoup d'espace, disait-on, et il s'efforçait de se représenter cet espace. Il s'allongeait dans l'herbe en pensée, mais il n'avait aucune idée de l'effet que cela produisait.

Ce qu'il avait le plus de mal à se représenter était le silence. Le calme qui régnait alors que tout ce qui allait faire sa vie n'existait pas encore, et que seul le vent agitait les feuilles des arbres. Alors qu'il n'y avait pas encore non plus sur la Bowery le magasin de photos de Charles Eisenmann, dont il ne se rassasiait pas de regarder la vitrine avec les photos de la femme albinos Emma Norris, de l'Hercule Peter Samson, des siamoises Millie et Christine, des frères Robinson qui mesuraient deux mètres trente, de la femme avec un python enroulé sur ses épaules ou de l'homme-chien au visage entièrement velu.

Les photos d'Eisenmann avaient éveillé en lui l'envie d'appartenir aussi à ce monde de la scène et des tonnerres d'applaudissements. Ç'aurait été drôlement dommage que Bowery et Union Square soient simplement restés un tas d'arbres. C'est avec ce genre de pensées en tête qu'il s'endormit enfin.

Union Square était un endroit exceptionnel pour grand-père. Il n'en était pas de meilleur pour cirer les chaussures. Les fiacres et les rames du métro aérien et des tramways qui se succédaient crachaient des gens toutes les minutes. Des hommes qui allaient de Broadway à Madison Square acheter la dernière mode à leurs femmes. Et des hommes — les mêmes assez souvent — qui revenaient ensuite à Bowery se distraire avec des femmes qui n'étaient pas les leurs.

Bien qu'en 1899 l'époque glorieuse de la place fût révolue, le coin comportait encore assez de théâtres, de restaurants et de magasins pour offrir à un cireur de chaussures zélé plus d'ouvrage qu'il n'en pouvait fournir. Il y avait là le restaurant Lüchow's où on le faisait souvent chercher pour astiquer les bottes des clients. Il y avait le Tony Pastor's Theatre de la 14th Rue qui offrait le meilleur des variétés pour un ou deux dollars la place.

Grand-père lisait les noms des célébrités sur les affiches des colonnes devant l'entrée du théâtre. Il voyait même les vedettes entrer et sortir. Une ou deux fois Lottie Gilson se trouva parmi elles, celle qu'on appelait « The Little Magnet » et dont il chantait aussi les chansons à l'occasion. Et Lottie Collins, qu'on avait voulu lui coller comme mère autrefois au foyer des enfants trouvés. Une fois seulement il s'était aventuré jusque dans le hall du théâtre et placé dans la file des gens qui attendaient après la représentation. Ils attendaient car le propriétaire du théâtre avait une réputation de générosité.

Tony Pastor qui s'habillait comme un directeur de cirque distribuait à son public des machines à coudre, des sacs de charbon, de la vaisselle, des robes de soie et des chapeaux de dames. Grand-père à qui avait échu un flacon d'huile de Macassar fut un temps le cireur de chaussures le mieux coiffé d'Union Square, car il s'en passait dans les cheveux comme les vedettes.

Grand-père n'était monté sur scène qu'une seule fois. Lors de la nuit des amateurs au Miner's Bowery Theatre où il s'était présenté comme « Le Petit Caruso », car il avait entendu dire qu'un chanteur nommé Caruso avait conquis les cœurs féminins en Europe. Mais au Miner's les auspices lui avaient été d'emblée funestes, le public avait été exclusivement masculin. On le fit passer sur scène vers minuit, mais au bout d'une chanson et demie les spectateurs en eurent assez. Et il se retrouva sur scène, serrant les poings, ne sachant que faire, sous les sifflets qui fusaient de plus en plus fort.

Faisant alors honneur à son surnom, il avisa un homme au premier rang qui le huait avec un zèle particulier et se rua sur lui. Berl qui l'accompagnait dut le tirer violemment en arrière pour lui faire lâcher prise. On les jeta dehors tous les deux : le public avait le droit de s'en prendre aux artistes, mais pas le contraire. En revenant à la cave à charbon, Berl lui avait dit : « Il te faut un bon costume. En te produisant dans ces hardes, tu ne pourras jamais te faire respecter. Il faut que tu aies l'air respectable. Res-pec-table », avait-il répété, Dieu sait où il avait été pêché ce mot.

C'est aussi à Union Square que se trouvait l'Huber's Museum. Ce qui le distinguait des autres scènes de variétés était le professeur Hutchinson. Il aurait pu être une attraction en soi, jamais grand-père n'avait vu pareil vieillard. C'était le maître de cérémonie, et avant chaque représentation il pénétrait majestueusement dans la salle des curiosités sous un tonnerre d'applaudissements.

Il s'asseyait devant la scène, et chaque fois, deux boutons de sa veste sautaient comme fortuitement en découvrant son énorme bedaine. Et tout aussi fortuitement, un enfant dans le public demandait pourquoi son ventre était aussi gros. « Parce que je mange tous les mauvais artistes, répondait-il. Ils sont tous dans mon ventre à se démener. Mais n'aie pas peur, ceux que vous allez voir maintenant, c'est la crème de la crème. »

Qu'il s'agisse du nain, du sauvage, du dompteur ou du ventriloque, pour chacun le professeur trouvait un bon mot, voire deux ou trois. Quelques années plus tôt il avait aussi présenté *Little Egypt*, la femme qui avait introduit la danse du ventre en Amérique, et Frederick Cook, l'homme en l'honneur duquel grand-père avait crié : « Cook de retour de l'Arctique ! Et il ramène des Eskimaux ! » Mais, à présent, pour paraître devant le professeur Hutchinson, grand-père avait vraiment besoin d'un costume.

Par un jour de février de l'année 1899 particulièrement doux, le nain que grand-père avait vu deux mois plus tôt sur le port était sorti de l'Huber's Museum, avait traversé la rue et l'avait appelé pour se faire cirer les bottes. L'homme était en chemise, et grand-père avait ôté son manteau. Les gens savouraient les rayons de soleil sans se douter que la tempête de glace s'approchait déjà de la ville à pas de velours et qu'une semaine plus tard elle l'ensevelirait sous une épaisse couche de neige, en tuant des douzaines de personnes. Et en paralysant pour des semaines la vie de la métropole.

— Je vous connais, *sir*.

— Tu vas souvent aux variétés ?

— Tout le monde ou presque y va autour de moi ! Je vous ai vu apporter votre femme morte au bateau. J'ai vu votre femme sur scène autrefois et je me suis dit : « C'est la plus belle petite femme que j'aie jamais vue. » Terminé, *sir*, ça fait deux pennies.

— Tu n'es pas bon marché.

— La vie non plus, *sir*. Mais pour vous, je peux aussi faire un penny.

— En voilà quand même deux, pour avoir dit de ma femme qu'elle était la plus belle naine du monde. En réalité elle était assez laide. C'est aussi pour ça que le numéro a marché pendant vingt ans. Elle était tellement laide qu'on finissait par se demander si ce n'était pas ça justement qui faisait sa beauté. Tu sais, l'important, ce n'est pas qui tu es, mais qui tu prétends être. Si tu en es absolument convaincu, les autres le seront bientôt aussi.

— *Sir*, moi, je ne prétends pas seulement bien chanter. Je chante vraiment bien. Les femmes pleurent quand elles m'entendent chanter. Ce ne serait pas une perte de temps de me faire rencontrer le professeur Hutchinson.

Le nain l'avait scruté avec attention.

— Bien, je te présenterai au professeur, mais pour ça il te faut un bon costume. Et s'il te prend, j'aurai droit à la moitié de tes gages pendant un an.

Grand-père eut l'impression que sa vie allait désormais prendre tournure. Il rencontrerait le professeur Hutchinson, et ce serait le début de sa carrière. Et il savait aussi où il pourrait louer un costume : *Chez Misfit – Le costume qui tombe bien* sur Delancey Street, juste à côté du bureau de tabac avec une statue d'Indien en bois devant l'entrée. Seules les photos d'Eisenmann attiraient plus de garçons que cette statue. Le propriétaire du magasin, un gros homme trapu, accueillit grand-père avec défiance :

— Tu viens ici pour voler ?

— Quelle idée, *sir* ! J'ai besoin d'un costume.

— Ça coûte cinq dollars. Est-ce que tu as seulement autant d'argent ?

— Je ne veux pas l'acheter, juste le louer.

— Mais toi tu disparaîtrais avec, alors tu achètes ou tu renonces.

— Votre dernier mot ?

— Oui.

Grand-père se procura du tabac à chiquer et se retira dans l'arrière-boutique d'une Cheap Charlie's Shop. Des garçons répétaient au comptoir un numéro qu'ils comptaient présenter bientôt au Miner's. Dans le ghetto beaucoup de gosses nourrissaient le même rêve que grand-père. L'un d'eux qui avait la voix de Berl chantait devant l'entrée, mais grand-père ne regarda pas. Il avait mieux à faire, il devait réfléchir. Il lui fallait trouver un moyen d'entamer proprement sa nouvelle vie. Pas en chapardant, tout au plus peut-être par une petite menace. Cette nuit-là, la vitre du magasin de vêtements pour hommes vola en éclats. Le lendemain matin, grand-père se représentait devant le propriétaire avec un grand sourire.

— Et si j'appelle la police ?

— La police ne peut pas protéger votre vitrine chaque nuit.

— Qu'est-ce que tu veux, cette fois ?

— Ce que je voulais hier. Mais aujourd'hui je loue le costume pour un demi-dollar.

La tempête de glace n'était plus qu'à quelques jours de New York. Il avait neigé dans la nuit, mais le soleil avait déjà fait tout fondre. Ce n'était pas ce petit peu de neige qui allait impressionner la métropole, et nul ne se doutait de ce qui attendait la ville. Elle continuait à s'adonner à son goût de la rapidité, du plaisir, du péché. Nuit et jour les omnibus, les fiacres et les tramways circulaient, sans cesse tout se précipitait vers la prochaine réjouissance, le prochain étourdissement. Des millions de pieds optimistes trottaient dans la gadoue vers un avenir radieux.

Le samedi matin suivant, il ôta le costume du vestiaire qu'il avait loué au foyer des crieurs de journaux. Les garçons qui jouaient à pile ou face dans l'entrée se moquèrent de lui et lui inventèrent une romance. Il aurait aimé que Berl soit là pour juger de son apparence et le conseiller. Mais ça faisait des jours qu'il ne l'avait pas vu. Il passa une écharpe autour de son cou, tira bien sa casquette sur sa figure et sortit.

Une brise fraîche soufflait dans les rues de Manhattan, mais elle n'avait rien d'effrayant pour un gars comme lui qui vendait les journaux par moins dix, et pouvait faire magistralement reluire les bottes avec des mains complètement gelées. En allant à l'Huber's il croisa un vendeur de journaux qui criait que le Middle West était enfoui sous la neige. On avait même vu des plaques de glace dans le port de La Nouvelle-Orléans et le delta du Mississippi.

Mais dans le cœur de grand-père il faisait chaud. Un vieux professeur en frac y écoutait son chant en battant la mesure du pied sur le sol. Grand-père marchait vers sa chance en sifflotant.

Quand il demanda le nain, le portier l'envoya en haut. Rien ne bougeait dans la maison, on n'entendait pas un bruit, la foule des marins, des marchands de journaux, des vendeuses, des ouvriers, des hommes respectables et moins respectables et des filles aux mœurs légères n'était pas encore là. Au premier étage, dans la salle des curiosités, le fauteuil du professeur Hutchinson se dressait à côté de la scène où, sous les yeux ébahis des spectateurs, allaient bientôt se dérouler les choses les plus incroyables.

Des êtres sans pieds bondiraient, des êtres sans mains tireraient. D'autres se contorsionneraient si bien qu'ils pourraient se caser dans une boîte. On verrait quelqu'un qui serait moitié homme moitié femme, et celui qui parviendrait à faire rire la femme au visage pétrifié gagnerait une entrée gratuite pour le prochain spectacle. Dans une pièce obscurcie une cheville féminine apparaîtrait dans l'embrasure d'un rideau, récoltant quelques coups de sifflet gratifiants. Au mollet au plus tard, une rumeur parcourrait les rangs des spectateurs.

Au deuxième étage il y avait dans tous les coins des animaux exotiques empaillés, des serpents ainsi que des lézards étaient exposés derrière des vitrines de verre. On voyait des photographies de Pygmées et d'Indiens, des gramophones qui jouaient pour un penny une chanson à peine audible, et des kinétoscopes où défilaient dans un judas des images de la grande ville trépidante : masses de gens continuellement en mouvement ou tramways qui fonçaient droit sur vous.

On exhibait dans une vitrine une lettre que Lincoln avait prétendument écrite à une femme qui avait perdu ses quatre fils à la guerre de Sécession. Et il y avait aussi là du sable d'Afrique et des plumes d'autruche, les statues de cire de meurtriers ou de suicidés célèbres. Mais l'objet le plus précieux était un copeau du bois de la croix de Jésus-Christ, qui était gardé par des hommes à la mine patibulaire.

Le Huber's était un lieu de pèlerinage où les salles baignaient dans la lumière du jour sublimée, comme tamisée par les vitraux d'une église. Elle éclairait même si subtilement la figure de cire d'un empoisonneur qu'elle la revêtait d'une aura surprenante de beauté et de noblesse.

Au bout d'un escalier étroit grand-père entendit des voix et des rires. Il n'osait pas continuer, lorsque quelqu'un qui s'était faufilé discrètement jusqu'à lui le saisit à la nuque et le poussa contre la porte. Derrière des draps et des couvertures qui faisaient fonction de rideaux et divisaient l'espace en loges, les habitants du grenier lui apparurent. Des gens qui étaient bossus ou aveugles, des gens qui lisaient dans les pensées, des imitateurs, des acrobates. Pour eux tous il y avait toujours une place aux variétés. Mais quand ils disparaîtraient, ils ne laisseraient aucun vide. Il y avait tant d'autres bossus, d'autres aveugles, d'autres fous qui rempliraient les rangs. Et on trouverait toujours quelque meurtrier admiré dont on commanderait la figure de cire.

S'il avait eu la tête à ça, grand-père aurait remarqué l'aspect minable des paillasses et des effets, les hardes suspendues à sécher sur des cordes. Mais en l'occurrence il glissa instinctivement sa main dans la poche où il conservait son couteau à cran d'arrêt.

— Sors ta patte de là, lui intima l'homme derrière lui, avant de commenter : Je l'ai pincé dehors. Il venait sûrement voler.

— Voler quelque chose chez nous, il faut que tu sois bien désespéré pour avoir ce genre d'idées, observa un autre.

— Pour un voleur, il porte un costume bien trop chic, affirma un troisième.

— Je ne veux rien voler, je veux voir le nain ! s'écria grand-père.

Aussitôt un drap fut écarté, et le nain parut. Il avait en main la veste de son uniforme, qu'il était en train de raccommoder.

— J'ai ciré vos bottes il y a quelques jours ! s'écria grand-père.

— Possible, répondit l'homme avec indifférence.

— Vous avez promis de me présenter au professeur Hutchinson, quand j'aurais un costume convenable.

— Je me souviens.

— Je l'ai même sur le dos. Je pourrais chanter quelque chose au professeur tout de suite.

— Bien. Nous avons passé un accord.

Deux étages au-dessous, le nain, qui s'appelait Paul, lui fit signe de s'arrêter et écouta à l'une des portes. Il frappa, et comme rien ne se passait de l'autre côté, il l'ouvrit et ils entrèrent. Le professeur semblait avoir été surpris dans son sommeil, ses pieds étaient gonflés, ses bretelles pendaient, et son ventre se bombait au-dessus de la ceinture de son pantalon. Il tenta plusieurs fois de se lever et heurta une bouteille vide sur le sol. Quand il eut juré tout son saoul, il leva les yeux sur grand-père.

— Ne prends pas cet air idiot, mon garçon, l'apostropha-t-il. Tu crois que je pourrais supporter tout ça sans un petit coup de brandy ? Qui est-ce, d'ailleurs ? demanda-t-il à Paul.

— Il dit que les femmes pleurent quand il chante. Vous devriez peut-être l'auditionner. Quel est ton nom, au fait ?

— Le Petit Caruso, *sir*. Il y a le grand Caruso là-bas en Europe et le petit, ici. C'est moi. Je connais des chansons guerrières, des chants d'adieu, des chansons romantiques, c'est à vous de choisir.

— Allez, chante quelque chose, dit le vieux.

Grand-père chanta longtemps sans être interrompu. Il mit tout son cœur dans sa prestation, c'était sa première chance, l'unique, sa grande chance. Il chantait avec la ferveur du condamné à mort savourant son ultime repas. Il fallait faire la conquête du professeur, l'envoûter. Le vieux l'examina longuement sans mot dire et lui fit signe d'approcher. Il lui ordonna de se retourner, de se baisser et de s'étirer, il semblait chercher quelque chose de précis. D'un air insatisfait il se détourna de lui et remonta ses chaussettes.

— Tu as une voix prometteuse, mon garçon. Et au moins elle a déjà mué. Pour moi, un chanteur en pleine mue est totalement inutilisable. (Il fit un clin d'œil à Paul et tous deux s'esclaffèrent.) N'empêche que je ne peux pas t'engager. Tu es bien trop droit. Tu n'as pas de maladie, pas de bosse, pas de difformité. Tu es trop normal, et j'ai assez de chanteurs. J'ai un aveugle qui chante divinement, un paralytique qu'on porte exprès pour ça sur la scène, un sourd qui se fait appeler « le Beethoven de l'art lyrique ». Et même Paul chante à l'occasion. Rentre chez toi et ne reviens pas avant qu'il te soit poussé une bosse.

Sur quoi il se détourna de grand-père, lequel serait resté planté là, foudroyé, si Paul ne l'avait pas pris par le bras et entraîné dehors.

— Mais je ne veux pas être bossu, je veux chanter, protesta-t-il en descendant vers la sortie.

— Alors, il faut que tu ailles aux variétés. Là tu pourras être qui tu veux.

Le lendemain, grand-père renfila ses vieilles hardes, rapporta le costume, et dans le fourgon de livraison s'empara d'une pile de *The World* sous le nez d'un garçon noir avec qui il dut se battre. Épluchant les sensations du jour, il constata bientôt qu'il n'y avait qu'un seul gros titre important : il faisait si froid dans toute l'Amérique du Nord que des gens étaient morts même au Texas et que, dans l'Ohio, des bêtes avaient crevé dans les champs. À Washington la couche de neige était tellement haute qu'on encordait les enfants pour ne pas les perdre.

Grand-père était furieux qu'on ne lui ait laissé aucune chance, il criait à gorge déployée dans le vent glacial : « Attention à ne pas mourir de froid ! Lisez ce qu'il faut faire ! Lisez *The World* ! » La colère lui tenait chaud, des heures durant il ne sentit pas le froid. Et aussi, il cherchait Berl qui s'était pour ainsi dire volatilisé.

Si on lui avait demandé pourquoi ce garçon blême et maladif lui importait tant, la réponse lui serait venue sur-le-champ. Tout garçon des rues avait besoin d'un ami fidèle qui lui donne un coup de main en cas d'ennuis. Berl avait fait plus encore : il lui avait un peu appris à lire et à écrire et le dépannait toujours, lorsqu'il ne comprenait pas le texte des chansons qu'il avait envie de chanter.

Il fit tous les bistrots de la Bowery où on laissait les petits gars comme eux s'asseoir sur une chaise, sans qu'ils aient toutefois le droit de s'endormir. Il fallait sans cesse remuer un bras ou une jambe, pour bien montrer qu'on était éveillé. Les pièces qu'on récoltait de temps à autre atterrissaient dans la poche du cafetier. En échange de quoi on obtenait un sandwich ou la dernière gorgée d'un fût de bière. Berl affirmait pouvoir dormir et remuer le pied en même temps.

Il faisait déjà sombre, quand il alla rendre les journaux qui lui restaient et récupérer sa part. Il n'avait trouvé Berl nulle part, et entre-temps le froid était devenu tellement âpre qu'il devait d'urgence trouver un abri. Même la colère était maintenant sans effet sur ce temps glacial. Mais à toutes les portes où il frappait, on le renvoyait. Tous les hôtels à deux sous, tous les tripots, tous les bouges étaient bondés de gens qui avaient cherché protection contre la tempête de glace, et il n'arriverait plus à gagner Duane Street. Il était tard quand, en cherchant une entrée de cave ouverte dans une arrière-cour, il se retrouva soudain devant une grange d'aspect tranquille, apparemment inhabitée.

Dedans il faisait plus chaud, et le sol était couvert de foin. Les deux chevaux tournèrent la tête, mais le laissèrent tranquille. Dans la faible lueur, grand-père distinguait les corps des bêtes, ne faisant qu'un tel un couple inséparable, elles épiaient la tempête. Et il distingua aussi une chose qui lui était très familière : un manège de chevaux de bois que tenait un Italien. Combien de fois grand-père n'était-il pas monté dessus et n'en avait-il pas fait quelques tours pour un penny !

Il s'emmitoufla dans deux couvertures qu'il trouva là et s'enfouit dans la paille entre les bêtes. Elles le laissèrent faire, elles étaient habituées à ce que des gens viennent se réfugier dans leur abri. Ils étaient maintenant trois à dresser l'oreille et à écouter la nature se déchaîner.

Il n'aurait pu dire combien de temps il avait sommeillé, quand quelqu'un tira sur sa couverture et qu'il bondit, prêt à se défendre. C'était une vieille femme — sûrement plus de la trentaine, jugea-t-il — qui cherchait refuge là. Quand elle lui eut cédé un peu de son gin, il fut disposé à partager les couvertures avec elle. Ils avaient tellement froid qu'ils pouvaient tout au plus somnoler brièvement de temps à autre, aussi commença-t-elle à lui raconter son histoire.

Elle venait d'Irlande et dans l'East Side sa faim irlandaise avait perduré. La nuit qui avait précédé son départ, on avait veillé comme si on l'enterrait. On avait dansé, bu et on s'était tu. On avait pleuré et s'était promis de se revoir. Ça remontait à quinze ans, maintenant.

Il connaissait la suite comme s'il l'avait vécue lui-même. On prenait un bateau et on luttait pour une bonne place où coucher sur le pont intermédiaire, près des hublots ou de l'endroit où le maître coq déposait chaque jour la bassine de bouilli. Il y avait des hommes et des femmes que la traversée rapprochait tellement qu'ils ne faisaient plus qu'un. La plupart d'entre eux ne pouvaient pas déchiffrer l'avertissement affiché au mur, *Rapports sexuels interdits à bord. Toute infraction sera punie de la suppression de la ration de nourriture*, car ils ne savaient pas lire. En revanche ils savaient bien faire l'amour, et même la perspective d'être affamés ne les en aurait pas détournés. Un paquet de petits gars des rues pensaient avoir été conçus ainsi.

Quand les émigrants tombaient malades et mouraient pendant la traversée, on les jetait à la mer. Une petite armée de morts irlandais avait ainsi coulé dans l'océan. Quand on finissait tout de même par arriver, commençait la faim américaine, qui était aussi meurtrière que l'irlandaise.

Les chevaux écoutaient, mais sur tout cela ils se tairaient. Ils étaient discrets. Leur propriétaire était un Italien, sa terre affamée à lui était caillouteuse, pauvre en eau et sujette à la malaria. Il n'avait que faire d'une île gaélique verdoyante comme l'Irlande. Peu à peu grand-père et la femme s'étaient rapprochés, puis avaient fini par se blottir l'un contre l'autre. Elle l'entoura de ses bras et se serra contre lui. Une chaleur inconnue, excitante, se répandit en lui comme un bon feu purifiant. Toute sa vie, grand-père se souviendrait de sa voix, mais pas de son visage.

Le lendemain, l'air glacé sur la peau coupait comme une lame. On respirait et avançait difficilement, le vent était déchaîné et le froid forçait les gens à se réfugier dans les coins les plus reculés, les plus chauds des maisons, à laisser les poêles et les cheminées constamment allumés et à vérifier avec inquiétude leur provision de bois. Les poteaux télégraphiques s'écroulaient, les toits de bois ployaient sous le poids de la neige, les rues étaient recouvertes d'une épaisse couche de verglas. Au port, d'imposantes stalactites de glace pendaient du bastingage des bateaux. New York s'était métamorphosé en un monde bizarrement désert et silencieux.

Après avoir cherché une place auprès du poêle dans divers bouges et tripots d'où on l'avait renvoyé chaque fois, grand-père pensa soudain à la cour où se trouvait la cave à charbon de la poste. Du temps de Paddy les charbonniers laissaient toujours la trappe ouverte, peut-être aurait-il de la chance cette fois-ci. Ça faisait déjà un moment qu'il ne sentait plus ses doigts ni ses orteils, et il n'avait rien mangé depuis un bout de temps. Il esquissa quelques sautillements et se frappa le corps de ses bras. Mais il trouva l'accès à la rampe de la cave fermé, et il voulait déjà s'éloigner, quand un petit tas recouvert de neige attira son attention.

Il dégagea à mains nues en creusant le corps recroquevillé ; comme quelques jours plus tôt il avait des visées sur les vêtements du mort. C'était apparemment un enfant qui s'était couvert de plusieurs couches de papier. Une dernière vaine tentative de se protéger. Lentement grand-père ouvrit la tombe de papier journal gelé, et plus ses soupçons augmentaient, plus ses mains s'activaient fébrilement. Dans la pénombre du soir qui tombait il découvrit le visage cireux de Berl.

Il le fixa longuement, jusqu'à ce que son propre corps sonne l'alarme. Il l'avait recouvert de son manteau, comme pour réchauffer son cadavre. Ne sachant comment priaient les Juifs, il murmura à la hâte un « Notre Père », se signa maladroitement et s'éloigna. Il était déjà dans la rue, quand il se souvint de son manteau. Il rebroussa chemin, le renfila et abandonna la dépouille de Berl sans protection aux aléas des intempéries, à l'éternité, à Dieu.

Il errait maintenant à l'aveuglette. Berl avait été son seul, son unique ami, à lui qui n'était le fils de personne. Ce garçon chétif qu'il avait si souvent défendu contre les autres. Qui avait chanté, mendié, crié famine avec lui, qui lui avait parlé des nuits durant, de la Galicie, des Carpates et d'une famille que lui n'avait jamais eue.

Soudain grand-père se retrouva à Union Square, il se mit alors à chercher Gustav. Il espérait que le vieux cocher se souviendrait encore de sa promesse. Mais il n'y avait quasiment ni âme qui vive, ni fiacre, ni tramway dans la rue. Il s'adossa à un réverbère pour se reposer et s'enfonça profondément dans la neige, mais le spectre du bateau des morts lui redonna des forces.

Finalement ses pieds le ramenèrent vers l'est, le long de la 14e Rue qui, les autres jours, était très animée, mais à présent complètement désertée. Puis ses pieds optèrent pour une autre direction et l'emmenèrent sur Delancey Street. Au bout de quelques pas il se retrouva dans Orchard Street, il reconnut la maison des femmes enceintes, se glissa sous le porche et gravit autant de marches qu'il put, avant de s'effondrer, exténué.

Quatrième chapitre

À Sulina la saison chaude commençait avec le suicide des oiseaux. Chaque printemps, les cailles se rassemblaient à l'embouchure du fleuve et décrivaient au crépuscule de vastes cercles au-dessus de l'eau et de la plage. Quelques oiseaux isolés se détachaient de la nuée et fonçaient droit sur le phare vert. Ce dernier se dressait à l'extrémité d'une des deux digues qui continuaient de border le fleuve sur quelques centaines de mètres une fois qu'il s'était jeté dans la mer Noire. Le vieux Danube incontinent ne devait pas déverser le contenu de ses entrailles sur les rives et obstruer l'embouchure.

Pour être exact, il y avait deux phares, mais seul celui de droite était fatal aux oiseaux. Ils en heurtaient le verre de plein fouet, tombaient inertes dans l'eau ou s'échouaient péniblement sur la plage. La mer, qui passait du vert au noir, était lisse comme un miroir.

Les gens de la ville venaient toujours à la même heure contempler le spectacle macabre. Les femmes détournaient la tête, mettaient les mains devant leurs yeux, mais, au fond elles aussi venaient pour le regarder. Seuls les enfants ne dissimulaient pas. Ils repêchaient les oiseaux dans l'eau ou les cueillaient sur le sable, leur fracassaient le crâne ou leur tordaient le cou. Puis ils les fourraient dans des sacs, en se criant les uns aux autres le prix qu'ils allaient en tirer.

Le phare, indifférent, projetait son faisceau lumineux sur la mer. Au loin on apercevait les bateaux obligés d'attendre le matin suivant pour entrer dans le port. Le vacarme de la pelle géante d'une gabare qui creusait le fleuve couvrait les voix des flâneurs, les sirènes des bateaux, les glapissements des mouettes qui disputaient les cailles mortes aux enfants et les pensées de maman.

Jour après jour, l'homme creusait là le lit du fleuve. Il ne pouvait pas relâcher son zèle ni ses efforts pour assurer le passage des flots du Danube. S'il cédait, si ses machines défaillaient, l'embouchure du fleuve se fermerait. L'homme le savait, tout comme le fleuve. C'était une compétition, une lutte à qui serait le plus rapide. À qui roulerait l'autre le plus habilement. C'était la première et la dernière ligne de défense de l'homme contre la nature toute-puissante.

Les habitants de Sulina naissaient et mouraient avec ce bruit froid et strident dans les oreilles. Que leur ville redevienne prospère un jour ou qu'elle décline définitivement, une chose demeurerait : cette mélodie métallique sur les derniers mètres du fleuve fatigué, avant qu'il ne se noie dans la mer.

À Sulina on était perpétuellement avide de nouvelles. Les gens les buvaient littéralement comme une drogue. Moins on était partie prenante du monde plus on voulait en savoir sur lui. On attendait avec impatience les bateaux et les marins qui parlaient du vaste monde. Et les histoires des matelots avaient beau se ressembler toutes et se réduire le plus souvent à l'énumération des ports où ils avaient bu et forniqué, elles n'en attiraient pas moins les auditeurs curieux de la ville.

Ils se regroupaient dans les cafés du quai dès que la lumière du phare passait au vert, ce qui signifiait que l'entrée était libre. Peu après l'inspection, officiers et matelots viendraient se mêler à eux, ils chercheraient des femmes disponibles et, en passant, étancheraient la soif de nouvelles des habitants. Plus ils inventeraient, plus leurs récits feraient sensation, et plus on leur offrirait de tournées.

Pour les rares d'entre eux qui possédaient ce talent de conteur, il était fort rentable. Ceux-là étoffaient leurs descriptions, ménageaient habilement le suspense pour n'atteindre le dénouement qu'au neuvième ou dixième verre. Les autres, moins exercés, racontaient trop vite, ils devaient se saouler à leurs propres frais.

L'autre moyen d'obtenir des nouvelles était les journaux qui, deux fois par semaine, arrivaient jusqu'à la ville. Nombre d'habitants n'ayant pas l'habitude de lire ou ne pouvant s'offrir le journal, on lisait beaucoup à haute voix aux tables des cafés. Mais le lieu où l'on se livrait le plus passionnément à cette activité était le salon de coiffure d'Ahile.

Les nouvelles du journal y comptaient davantage que la mauvaise coupe dont vous gratifiait Ahile. « Vous ne me payez pas, je ne vais tout de même pas me donner de mal », alléguait ce dernier. Et peu de gens se plaignaient, parce qu'il était le seul coiffeur. Mais ce dont ses clients se plaignaient à l'envi, c'était de la marche du monde. Et pour bien des régions du globe, 1937 ne s'annonçait pas comme une année avare de souffrances et de doléances.

Lorsque ma mère prit sa place début mai, les clients du salon de coiffure étaient encore sous le coup des récentes nouvelles d'Espagne. Le massacre de Málaga et ses dix mille morts, la bataille de Guadalajara. Le bombardement de Durango, l'attaque aérienne de Guernica. Tout cela s'était produit rien qu'entre février et avril, tant d'évènements qu'on en avait le vertige. Ils répétaient ces noms, Durango, Guernica, Guadalajara, et chacun d'entre eux les prononçaient différemment. Seul le nombre des morts restait identique.

Ils avaient fixé une grande carte d'Espagne au mur du salon de coiffure et y reportaient le déroulement de la guerre. Parmi eux aussi il y avait deux camps : les républicains convaincus et les franquistes. Tandis qu'Ahile lavait, coiffait, parfumait les têtes des femmes et des hommes de ce trou perdu à cette extrémité de l'Europe, on suivait dans son dos le cours des choses à l'autre bout. Dans des lieux qui seraient restés aussi obscurs que Sulina, si on ne leur avait infligé mille morts. Mais Ahile ne se prononçait jamais, il demeurait obstinément démocratique : il coupait les cheveux de tout le monde, même de ceux qui étaient sans opinion.

Il y avait aussi des nouvelles politiquement neutres qui suscitaient chez tous un même étonnement. La photo au grain grossier du dirigeable *Hindenburg* en feu qui avait frôlé un immeuble dans le New Jersey. La tentative d'une femme pilote en mars 1937 de faire le tour du monde à bord d'un Lockheed 10-E. Howard Hughes qui avait parcouru Los Angeles-New York en sept heures et demie de vol seulement. Pour eux qui ne connaissaient guère que les bateaux et les barques, les nouvelles d'aéronautique étaient particulièrement excitantes. Dans les sept heures qu'un riche excentrique avait mis à traverser un continent, eux auraient à peine parcouru un quart du delta en bateau.

Mais la nouvelle qui avait éveillé le plus d'intérêt était celle de l'invention du nylon. Pas à cause des lignes de pêche ou des brosses à dents dont elle leur offrait la perspective, mais parce qu'ils s'imaginaient les jambes des femmes gainées de nylon.

Maman — j'ai toujours du mal à l'appeler ainsi — ne faisait pas de bruit et apprenait vite. Ahile avait tout lieu d'être satisfait, la clientèle masculine semblait avoir augmenté depuis qu'elle était là. Elle n'était pas belle, mais blonde, grande et svelte, ce qui la rendait en soi peu commune. Les hommes aimaient qu'elle leur lave les cheveux et leur savonne les joues. Elle était patiente et modeste, se contentait de peu et avait pour chacun un mot gentil, alors qu'Ahile ne faisait que ronchonner et grommeler dans sa barbe.

De toute évidence le salon avait connu des jours meilleurs. Il y avait des lavabos de faïence et des fauteuils qu'on pouvait relever ou baisser, ainsi que de vastes canapés de cuir abîmés où faire attendre les clients. Des douzaines de flacons vides de parfums et de lotions capillaires laissés par le prédécesseur. À Sulina déjà, le temps ralentissait, chez Ahile il s'était presque arrêté.

Chaque mois, Vania livrait trois seaux de poissons. On ne le voyait jamais, il déposait tout devant la porte avant le lever du soleil. Les six premiers mois, maman lui avait — comme promis — rendu visite régulièrement à Uzlina. Elle se changeait dans la maison de grand-mère, qui, lorsque maman lui adressait la parole, ne lui répondait pas avant qu'elle ait sorti de l'argent de son sac et le lui ait posé sur le lit

— Tu sauras sûrement quoi en faire.

— Combien ?

— Assez pour quelques bouteilles de tord-boyaux. Il y en a encore qui traînent.

Elle les ramassait et faisait le ménage de la maison et de la cour. Puis elle s'asseyait au bord du lit et observait ma grand-mère bouffie, enlaidie.

— Depuis quand est-ce que tu bois ?

— Ça ne te regarde pas. Tu es venue me faire des reproches ?

— Tu as raison, ça ne me regarde pas. Où est mon père ?

— Au cimetière.

— Pas celui-là. Où est Vania ?

— Ce n'est pas ton père. Ce n'est qu'un pauvre idiot.

— Ça fait longtemps que je sais la vérité. Il suffit que je me regarde dans la glace. Alors, où est-il ?

— Il ne vient plus ici.

Par le garçon, qui avait maintenant son propre bateau, une maison et plusieurs enfants, elle apprit un jour qu'on n'avait pas vu Vania depuis longtemps au village. On disait qu'il vivait sur les *plauri*, les îlots de roseaux à la dérive. On ne pouvait pas savoir où il allait surgir, le vent n'avait pas d'itinéraire fixe.

On disait qu'il parcourait le delta, partageant les lieux avec les loutres, les visons, les renards, les sangliers, les rats musqués et les ratons laveurs qui, eux aussi, avaient une prédilection pour les petites îles à la dérive. Tel un esprit, il réapparaissait ici ou là, à peine l'apercevait-on qu'il s'était déjà volatilisé. Et, chaque fois, on se demandait si on l'avait réellement vu. Mais l'ennui, avait ajouté le garçon, c'est qu'il ressemblait vraiment de plus en plus à un spectre.

Le garçon emmenait maman en barque sur les canaux, et ils laissaient le bateau dériver à l'entrée des étangs et des lacs, pour appeler Vania. Une fois, alors qu'ils étaient sur le point de rebrousser chemin, sa voix affaiblie leur parvint soudain depuis les fourrés de la rive. Son compagnon, qui ne voulait pas s'approcher de lui, la déposa et partit pêcher sur le lac en l'attendant.

— Reste où tu es, Vania est malade.

— Mais montre-toi ! Qu'est-ce que tu as ? Je t'amènerai à Sulina. À l'hôpital on pourra sûrement t'aider.

— Aucun médecin ne peut aider.

Elle tenta de le persuader, avança même de quelques pas en direction de l'endroit où il se tenait caché, mais ses avertissements se firent pressants. Elle s'accroupit, effrayée, dans le seul espace dégagé qu'elle trouva parmi les fourrés. Elle ne savait pas quoi faire. Vania était le seul être pour lequel elle éprouvait quelque chose qui ressemblât à de l'amour. Il s'était toujours occupé d'elle. Jamais encore elle n'avait vécu la perte de quelqu'un qui lui importait, jamais encore elle n'avait dû vraiment prendre congé de qui que ce soit. Se séparer de sa mère lorsqu'elle était partie à Sulina avait été facile.

Il se passa un bon moment avant que l'un d'eux ne dise mot. Le garçon s'était déjà approché plusieurs fois, pour voir où elle en était.

— Vania ? chuchota-t-elle. Papa ?

Mais seuls les oiseaux répondirent. Le garçon la pressait de partir, elle sauta dans la barque et, quand ils s'éloignèrent lentement, espérant le voir encore une fois, elle fixa jusqu'au dernier instant l'endroit des roseaux où elle l'avait entendu.

Le semestre suivant, elle eut encore des signes de vie de Vania. Les seaux se trouvaient ponctuellement à la fin du mois devant la maison de ses logeurs, mais pas si pleins qu'avant. Au lieu de trois, petit à petit il n'y en eut plus que deux, puis qu'un, et seulement à moitié plein.

C'est à cela qu'elle se rendit compte qu'il s'affaiblissait. Elle l'avait cherché plusieurs fois avec le garçon, mais ne l'avait plus trouvé. Ils avaient eu quelquefois l'impression d'être observés, mais ils avaient eu beau épier attentivement les lieux, ils n'avaient découvert personne. Elle s'était promis alors de rester éveillée toute la nuit pour le surprendre quand il apporterait les seaux, mais elle s'endormait toujours avant.

Ses logeurs étaient mécontents et réclamèrent plus d'argent, elle paya et connut la faim. Quand les livraisons de Vania cessèrent complètement, vers le milieu de l'année 1938, elle sut qu'il était mort. Ou si malade qu'il était devenu impotent. Elle le chercha pendant plusieurs jours dans les roselières, sans trouver trace de lui.

— Le Danube l'a peut-être emporté, dit le garçon.

— Non, certainement pas, cria-t-elle, en cherchant de plus belle.

— C'est mieux comme ça. Il était très malade, dit grand-mère.

— Vania ne peut pas mourir !

Quand elle dut pourtant s'avouer qu'il était probablement mort, elle eut envie de s'enfuir. Mais comment s'échapper de Sulina. Derrière la maison où elle habitait commençaient les dunes de sable, et de tous les autres côtés le fleuve et la mer retenaient les gens prisonniers. Dans cette affaire le fleuve et la mer étaient de mèche. Ils s'étaient réparti leurs zones d'influence pour constituer, chacun à sa manière, le delta.

La marque la plus évidente de leur alliance on la voyait au niveau des phares qui se trouvaient au bout des jetées. C'est là que les eaux brunes et troubles du Danube se jetaient dans les eaux plus claires de la mer Noire. C'est là que maman se réfugia, et ses sanglots furent couverts par le bruit de la pelleteuse.

Par les gros titres des journaux ma mère avait découvert qu'il y avait un pays qui s'appelait l'Espagne. Quand la tuerie perdit de sa vigueur en Espagne, elle explosa en Chine. De nouveaux noms apparurent : Tientsin, Pingxingguan, Nankin. De nouveaux champs de bataille, de nouveaux morts, ça n'arrêtait plus. Pour stopper l'avancée des Japonais, les Chinois avaient fait sauter les digues. Chez Ahile tout le monde avait répété pendant des jours le nombre de morts : un million.

En Europe non plus la situation ne semblait pas brillante. L'Autriche faisait tout à coup partie de l'Allemagne, cette même Allemagne qui avait envahi la Tchécoslovaquie et renvoyé douze mille Polonais chez eux. La Pologne n'en voulant pas, ils vivaient dans un no man's land entre les deux pays.

— Qu'est-ce que c'est qu'un no man's land ? avait demandé maman.

— Le no man's land, c'est comme ici chez nous, lui avait-on répondu, puis il y avait eu des rires amers.

En Roumanie les fascistes s'étaient renforcés, ce qui avait réjoui pas mal de gens. Sur quoi, le roi s'était accordé le pouvoir absolu, ce que d'autres approuvaient vivement. Les nouvelles arrivaient avec des jours, voire des semaines de retard, tel un écho de lointains évènements. Telle une vague née loin au large qui ne se brisait sur la côte que des heures plus tard. Lorsque ces nouvelles agitaient les prisonniers du delta, l'histoire était déjà plus loin depuis longtemps.

Mais après la disparition de Vania, maman se mit à apprendre de plus en plus de choses sur l'Amérique. C'était apparemment le seul pays sur lequel on pouvait encore compter. Roosevelt avait déclaré qu'il ne se mêlerait pas d'une guerre éventuelle. En Amérique on était en sûreté, personne n'y mourrait à cause de ce M. Hitler que, fin 1938, *The Times* avait élu « homme de l'année ». Et l'Amérique apportait un peu de légèreté au monde. C'était le seul pays où les gens étaient assez fous pour vouloir faire le tour de la Terre. Et où même les femmes étaient assez intrépides pour le tenter.

Les Américains construisaient des tunnels sous leurs fleuves et au-dessus d'eux des ponts comme on n'en avait jamais vu. Ils taillaient dans le roc les têtes de leurs présidents. Tout Noirs qu'ils étaient parfois, ils n'en mettaient pas moins les boxeurs allemands K.-O. au premier round. Ou ils racontaient à la radio que les martiens s'apprêtaient à envahir la Terre. Comme si Hitler ne suffisait pas à leur faire peur. Les Américains étaient extravagants, insouciants, fous, mais, s'ils avaient du temps à consacrer à de telles sottises, c'est qu'ils allaient plutôt bien. Et les Américains avaient Irving Berlin.

Un vieil homme qui venait tous les jours chez Ahile avait, un beau matin, pris le bateau pour Tulcea. Personne ne savait pourquoi. Peut-être les bordels étaient-ils mieux là-bas qu'ici. Peut-être voulait-il échapper à l'étroitesse de Sulina. Deux jours plus tard, il redescendait du bateau postal suivi de deux porteurs qui traînaient une chose semblable à un meuble. Ils traversèrent la ville jusqu'au salon de coiffure, devant lequel ils déposèrent leur colis. Ravis de cette petite distraction, les clients, Ahile et ma mère sortirent sur le trottoir.

— Qu'est-ce que tu veux faire de ça? demanda l'un d'eux.

— Ce que je veux en faire? Attendez un peu. Je reviens tout de suite, dit le vieil homme, et il remonta la rue vers sa maison.

Les autres échangèrent des regards perplexes. Quelques minutes après, l'homme réapparut en pressant une pochette de disque sur sa poitrine. Il tira un câble d'une case au dos du meuble et le brancha à la prise du magasin. Les gens entrevoyaient à présent ce qui allait suivre. Aussi excité qu'un jeune marié qui déshabille sa promise la nuit de noces, le vieux dépouilla le disque de son enveloppe, puis ouvrit la caisse qui contenait le tourne-disque.

— C'est un Braun. Technologie allemande. La dernière version, ou en tout cas la dernière qu'on puisse trouver à Tulcea. Et ça, c'est un disque que mon fils m'a envoyé de New York. Vous connaissez tous Petru, mon garçon. Il a sans doute oublié que je n'avais pas de tourne-disque. Et il m'a écrit: « Il faut que tu écoutes ça. C'est l'Amérique. » Alors, écoutons-le.

La musique d'Irving Berlin, le rythme de l'Amérique, fit brusquement, avec une force inédite, irruption dans leur vie, elle leur coupa le souffle. *Cheek to Cheek, Let's Face the Music and Dance, Puttin' on The Ritz, Blue Skies* et bien plus encore, plus de mélodies qu'ils n'en avaient jamais entendues. Ahile en oublia d'actionner ses ciseaux et maman, son balai. Les grincheux, de se plaindre et les vieux, de se lamenter sur leurs misères. Les gens sains, d'exhiber leur bonne forme et les hommes, de se retourner sur les femmes.

Les mélodies déferlèrent dans les rues et dans les cours. Elles surprirent les vieilles Grecques qui sortaient de leur église, deux ou trois jeunes Lipovènes qui rafistolaient une barque sur le quai, et le logeur de ma mère qui rentrait à la maison, noir d'huile de moteur, après avoir inspecté un bateau turc. Les joueurs d'échecs du petit café qui jouxtait l'hôtel International et un agonisant qui, entendant les chansons de Berlin par la fenêtre ouverte, rendit l'âme en souriant, sa musique dans les oreilles.

Elles surprirent un fringant capitaine au long cours qui regagnait joyeusement son bord après un rendez-vous galant, quelques écoliers bruyants, et des commerçantes vantant leur marchandise qui se turent instantanément pour tendre l'oreille. Et un couple plongé dans une querelle interminable se calma sur le champ. Les clients d'Ahile écoutèrent le disque toute la journée, et chaque fois il se trouvait quelqu'un pour soupirer et susurrer: « C'est l'Amérique. »

Le vieux ne cessait de répéter, tout heureux:

— Je ne verrai plus l'Amérique, mais mon fils est devenu un véritable Américain. Quelle carrière! De pêcheur du bout du monde à premier serveur du célèbre Moskowitz & Lupowitz à New York! Il sert les plats avec des couverts en argent et des gants blancs. Si seulement je pouvais mourir en sachant qu'il est heureux…

— Il ne l'est pas?

— Il lui manque une femme. Il m'écrit que les Américaines ne valent rien. Trop indépendantes. Elles veulent se marier, mais pas faire la cuisine. Elles veulent des enfants, mais ne pensent qu'à s'amuser.

L'Amérique était plus que sa musique. Le pays n'acceptait plus beaucoup d'immigrants, mais quand on parvenait à y entrer, on pouvait au moins y gagner correctement sa vie. Les journaux écrivaient que Roosevelt avait réussi à imposer pour tous un salaire horaire de vingt-cinq *cents* et la semaine de quarante-quatre heures. Ces chiffres ne disaient rien à maman, mais si les autres se complaisaient tant à les commenter, ce ne pouvait être qu'une bonne chose. En Amérique il y avait certes beaucoup de chômeurs, mais quand on avait du travail et qu'on se donnait du mal, au bout de quelques années on pouvait s'acheter une voiture. Et encore plus vite un tourne-disque comme celui du vieux.

Vania n'étant plus dans les parages, rien ne retenait plus maman à Sulina. Pour les jeunes gens comme elle, c'était un trou maudit, infesté de moustiques, où l'on mourait de chaleur l'été et où un vent glacial vous gelait l'hiver. La ville était déserte, parce qu'il y faisait ou trop chaud ou trop froid. Les aiguilles des pendules restaient obstinément figées sur leur cadran. Le temps s'écoulait au compte-gouttes, pendant qu'on vieillissait. Tous les récits, toutes ces photos que le vieux montrait à tout le monde avaient donné à ma mère envie de New York.

Le vieux traînait toujours sur lui un album dans lequel il collait méticuleusement les dernières photos que lui envoyait son fils. Il se trouvait toujours quelqu'un disposé à les regarder, tous ils aimaient rêver. Ma mère avait donc vu la statue de la Liberté, les entrepôts et les quais de l'East River, les flâneurs cossus de la Cinquième Avenue et le marché aux poissons de Fulton Street où, grâce à ses origines, Petru avait trouvé du travail au début. Elle avait contemplé Broadway avec ses théâtres et ses réclames lumineuses, les publicités pour du dentifrice, des lotions capillaires, des marques de voitures et des films. La pointe sud de l'île vue de Brooklyn. Coney Island et la promenade de la plage avec la grande roue et, à l'arrière-plan, les montagnes russes que Petru appelait *Cyclone*. Et sur presque toutes les photos on voyait un jeune homme insignifiant qui fixait d'un air sérieux l'objectif d'un photographe de rue.

Après avoir réfléchi pendant des nuits, ma mère finit par se confier à Aura. Aura, elle, ne voulait pas partir, un capitaine en second avec qui elle allait souvent dans les roseaux lui avait promis le mariage et devait bientôt l'emmener avec lui à Tulcea. Elle n'avait plus qu'un ou deux ans à attendre. Elle ne l'aimait pas, et lorsqu'elle se donnait à lui dans la barque en respirant son haleine qui empestait le tabac, elle s'imaginait, pour faire diversion, l'ameublement de sa future maison. Ou elle regardait l'eau, et les poissons, à leur tour, la regardaient, intrigués.

Un homme, celui-là ou un autre, l'emmènerait un jour loin d'ici, elle en était sûre. Pas forcément en Amérique. Mais si maman voulait tenter sa chance, qu'elle arrive jusque là-bas et fasse là-bas la connaissance d'un Américain convenable, bien de sa personne, qui apprécie les tours de poitrine généreux, les vastes hanches et les postérieurs charnus, Aura serait également prête à envisager la chose.

Ma mère prit son courage à deux mains et interpella le vieux au cours d'un après-midi paisible, alors qu'Ahile s'était assoupi sur son siège de coiffeur. Comme toujours, le vieux avait son album sur les genoux et se claquait de temps à autre la figure et la nuque à cause des moustiques. Puis il essuyait sa sueur avec son mouchoir soigneusement repassé. Elle s'assit timidement à côté de lui.

— Je t'ai déjà montré les dernières photos ?

— Vous me les avez montrées, monsieur Groza. Vous avez un fils vaillant.

— Il vient de m'écrire qu'il cherchait une chambre à Queens. Dieu seul sait où ça se trouve, mais je lui souhaite d'en trouver une. Il ne craint pas sa peine, mais il est tellement malheureux.

— Je peux le voir encore une fois ?

M. Groza lui tendit l'album.

— Et il est bien de sa personne. Il ne trouve vraiment personne là-bas ?

— Personne de convenable.

— Et qu'est-ce qu'une femme doit donc savoir faire pour lui plaire ? Comment doit-elle être ?

L'homme la regarda, perplexe.

— Ma foi, comme une femme. Qu'elle sache tenir la maison et qu'elle soit bien en chair... Un peu comme ton amie Aura. Et aussi qu'elle craigne Dieu.

Ma mère passa à l'attaque.

— Quel âge a-t-il donc ?

— Vingt-cinq ans. À son âge j'avais déjà trois enfants.

— Monsieur Groza, dit-elle, hésitante, pourquoi votre fils ne prendrait pas une fille d'ici ? Qui parlerait la même langue que lui, une fille courageuse, bonne ménagère et pieuse.

Il tourna la tête et l'observa d'un regard perçant.

— Tu penses à quelqu'un de précis ?

— Moi, monsieur Groza ! Moi ! Moi, je veux partir d'ici, et lui, il cherche une femme, ça tombe bien.

— Toi ? Mais quel âge as-tu ?

— Bientôt vingt ans. Vous savez bien, les femmes sont toujours un peu en avance sur les hommes.

— Et qu'est-ce que tu sais faire ?

— Je saurai bientôt raser les clients toute seule et faire des coupes à la mode. C'est certainement recherché là-bas aussi.

— Là-bas, ça n'intéresse personne.

— Et avoir des enfants, monsieur Groza. Je peux avoir des enfants, aussi. Il en veut, je suis sûre. Je travaille vite et je suis consciencieuse. J'apprendrai ce qu'il faut sans problème. Et je suis assez drôle, aussi.

— Drôle ? Toi ? Tu ne desserres pratiquement pas les dents !

— Eh bien, je m'y mettrai.

— Il veut une femme d'intérieur.

— Eh bien, je serai une femme d'intérieur.

— Une qui croit en Dieu.

— Eh bien, je croirai en Dieu et j'irai à l'église.

— Mais ce n'est pas si simple. Il faut que ça vienne du cœur.

— J'ai un grand cœur, monsieur Groza. Il y a assez de place dedans pour Dieu, quelques enfants et votre fils, écrivez-lui… Dites-lui qu'il y a ici une jeune femme qui…

— Lève-toi, ma fille. Hmm, mais tu es bien trop mince. Une fille comme Aura…

— Mais Aura ne veut pas partir, elle ; moi, si. Écrivez-lui. Il aura tout ce qu'il veut avec moi. S'il veut une grosse femme, je mangerai tant que je le deviendrai.

— Et s'il veut une brune et pas une blonde ?

— Alors je me teindrai les cheveux.

Le vieux se mit à rire, puis reprit son sérieux.

— Il n'aimera sûrement pas une fille aussi maigre que toi. Pour ces choses il tient de moi.

— Il n'est pas obligé de m'aimer, il suffit qu'il soit d'accord.

Au début le vieux n'était pas vraiment décidé, mais quelques jours plus tard, il agitait une enveloppe dans la boutique d'Ahile.

— Je lui ai parlé de toi dans ma lettre et je vais la mettre à la poste. Après, il n'y aura plus qu'à attendre. Je lui ai écrit que tu n'étais pas une beauté mais une fille bien. Que tu ne sais rien faire et que tu es grosse comme un haricot. Si ça ne le rebute pas, il est à toi.

— Est-ce que je peux avoir une photo de lui pour pouvoir le regarder quand je veux ?

Sans attendre la réponse de New York, elle se mit à manger tout ce qui lui tombait sous la main. Elle se gavait allègrement. Elle alla à l'église, s'assit et observa les autres. Elle ne savait pas s'adresser à Dieu — ni sa mère ni Vania ne le lui avaient appris —, mais elle pouvait faire comme tout le monde. Elle esquissa une génuflexion devant l'autel, se signa, baisa les icônes et alluma des cierges.

Elle prit le bateau pour Crișan et alla voir la Vieille, qui était maintenant très âgée. Elle la trouva en train de se chauffer près de son poêle, en caressant son chat couché dans son giron. Ses doigts sales et jaunis étaient enfouis dans la fourrure de l'animal. La Vieille saisit ma mère au poignet et l'attira vers elle.

— J'ai connu ta mère. Comment va-t-elle ?

— Ça fait longtemps que je n'ai pas eu de nouvelles d'elle.

— Et ton père ?

— Le premier est mort tout de suite après ma naissance.

— Le vrai, je veux dire. Tu lui ressembles comme deux gouttes d'eau.

— Il est mort il n'y a pas longtemps… je crois.

— Qu'est-ce qu'il avait ?

— Je ne sais pas. Il s'est retiré de plus en plus dans les roseaux, et un jour il a complètement disparu. Il ne voulait pas que je le voie.

— Ah, ce genre de maladie, soupira la Vieille en retirant vite sa main. Et tu l'as touché ?

— Je n'ai pas compris pourquoi il ne le voulait plus du jour au lendemain. Nous avons si souvent mangé dans la même assiette. J'ai su très tôt qu'il était mon père. Il était comme un enfant, mais c'était mon père. Ça m'était égal, ce qu'il avait, ça ne m'aurait rien fait.

— Crois-moi, petite, ça t'aurait fait quelque chose. Fais attention de ne rien toucher ici. Et pourquoi es-tu venue ?

— J'en ai assez d'être enfermée dans le delta. Je veux quitter le pays. J'ai trouvé un homme qui vit en Amérique. Un garçon d'ici. Il n'est pas beau, mais ma mère disait toujours qu'un homme doit juste être un tout petit peu moins laid que le diable… Et ça, il l'est sûrement. J'ai une photo de lui sur moi. Le voici. Maintenant il faut qu'il veuille aussi ce que je veux.

— Pose-la sur la table.

— Vania disait que vous avez des sorts pour toutes les situations. Est-ce que vous en avez pour des cas comme ça ?

La Vieille rit.

— Il y a des femmes qui viennent me voir parce qu'elles en ont assez de leur mari et d'autres qui veulent juste en trouver un. Et quelquefois il y en a qui en trouvent un et qui veulent ensuite s'en débarrasser le plus vite possible. Laisse-moi la photo, rentre chez toi et attends. Je suis vieille, mais mes sortilèges sont assez puissants pour aller jusqu'en Amérique. Comment penses-tu me payer ?

Maman rentra gaiement à Sulina et commença à attendre. Elle continuait à manger, son estomac était comme un puits sans fond. Elle allait prier à l'église, écoutait la musique de Berlin, contemplait inlassablement les photos du vieux, s'extasiait régulièrement sur son fils et sentait son cœur se serrer chaque fois que le vieux apparaissait le matin au coin de la rue. Elle aidait sa logeuse à laver ou à brûler les vêtements de son mari, la regardait cuisiner et apprit tout ce que sa propre mère ne lui avait jamais enseigné. Chez Ahile elle progressait, se montrait pleine de bonne volonté, disposée à apprendre.

Mais voilà qu'un jour, en se coinçant la main droite dans un tiroir au salon, elle s'aperçut qu'elle ne ressentait aucune douleur. À la maison elle balança une porte d'armoire de toutes ses forces contre sa main, qui resta insensible. Elle tendit ses doigts et son bras au-dessus d'une bougie allumée et obtint le même résultat.

Un mois plus tard, fin 1938, arriva la réponse tant désirée. Petru annonçait sa venue pour l'été. Il avait rédigé exprès pour elle une feuille couverte de l'écriture enfantine et saccadée des pêcheurs qui n'avaient pas fréquenté l'école plus longtemps que nécessaire. Il lui disait qu'il habitait maintenant dans le Queens, dans un quartier de maisons mitoyennes avec un peu de gazon à l'avant et parfois même, une voiture. Une voiture comme il en aurait sûrement bientôt une, lui aussi.

Si seulement il avait enfin assez d'argent pour être enfin dans ses propres murs ! Pour le moment il était obligé de sous-louer chez une vieille Polonaise qui lui préparait parfois un bortsch roboratif et lui parlait à longueur de soirées du fils qu'elle avait perdu dans un accident de mine en Pennsylvanie. Il écrivait aussi qu'il avait plus d'une heure de *métro* jusqu'à Manhattan, mais que la station n'était qu'à quelques *blocs* de chez lui. Maman ne pouvait pas se représenter ce qu'étaient le *métro* ni des *blocs*. Elle ignorait la longueur du trajet qu'on pouvait parcourir en une heure à New York. Dans le delta on mesurait toujours le temps en demi-journées.

Petru promettait, s'ils se plaisaient l'un à l'autre, de lui trouver une place chez Moskowitz & Lupowitz. Peut-être de plongeuse en cuisine au début, et plus tard, quand elle aurait appris un peu d'anglais, de caissière. Mais quand ils auraient des enfants, bien sûr elle devrait rester à la maison. Il y avait donc de l'espoir, ce qui, pour maman, était l'essentiel.

Début 1939, son état empira. Sa main était restée insensible, et désormais elle pouvait à peine la remuer, comme si elle était paralysée. Elle était de plus en plus fatiguée, se sentait vidée, sans forces, et quand Ahile la chargeait de quelque chose, elle l'oubliait aussitôt. Parfois elle brûlait de fièvre et le Grec la renvoyait chez elle. Elle se mit à ressentir de violents maux de tête qui l'empêchaient de se lever le matin.

Dans ses bons jours, elle était presque comme avant, passait diligemment d'un client à l'autre pour accomplir ses tâches et flânait le soir avec Aura jusqu'au phare, en rêvant avec elle de Petru et de New York. Bientôt les cailles reviendraient dans le delta et fonceraient sur le phare au crépuscule. Nombre d'entre elles mourraient, mais dans un an les cailles seraient là à nouveau.

Au début de l'été apparurent les premières taches brun-violet sur ses bras et sur son cou ; elle fit son possible pour les dissimuler. Elle était de plus en plus rarement capable de travailler toute la journée et de tenir un balai ou un rasoir. Ahile qui continuait à lui verser tout son salaire l'exhortait à aller chez le médecin, mais elle repoussait le moment de s'exécuter. Ses logeurs, eux aussi, se montraient méfiants, ils ne la laissaient plus pénétrer dans la maison, sauf dans sa chambre à laquelle on accédait directement par la véranda.

Elle mit encore un moment à s'avouer qu'elle avait besoin d'aide. Elle répondait consciencieusement à chaque lettre que lui adressait Petru, même si cela lui coûtait de plus en plus d'efforts. Elle lui parlait de sa mère et de Vania, mais dans sa vie il ne s'était guère passé de choses qu'il dût savoir. Ou de choses qu'un enfant du delta comme lui ne sût déjà de toute manière.

Elle lui parlait donc de l'idée qu'elle se faisait de leur futur logement, des meubles qu'elle voulait avoir et de la manière dont ils occuperaient leurs loisirs. Et bien sûr elle n'oubliait jamais de mentionner le nombre de kilos qu'elle avait pris depuis la dernière lettre, ni qu'elle priait régulièrement et de tout son cœur pour lui et pour eux deux. Ni quels plats merveilleux elle lui préparerait. Elle était certaine que, là-bas, de l'autre côté de l'océan, dans ce Queens mystérieux, cela lui mettait l'eau à la bouche. Elle écrivait en soutenant de la main gauche sa main droite qui était malade.

Le jour où elle se décida enfin à aller à l'hôpital, elle ignorait qu'elle n'était plus qu'à quelques instants de sa seconde vie. Une vie qui allait être si douloureuse et si marginale que ça dépassait l'imagination.

On la conduisit dans une salle de consultation sommairement meublée au rez-de-chaussée, où on la fit attendre jusqu'à ce qu'entre cet homme bossu et revêche que tous connaissaient bien à Sulina, car à part le médecin du port, il était le seul à des lieues à la ronde qu'on pût décemment appeler un médecin. Les deux ou trois autres qu'il y avait eu là avaient quitté la ville depuis longtemps. Il n'avait donc pour ainsi dire pas de concurrents, il le savait, et ne se fatiguait pas à aimer les gens en plus de les soigner.

Il mettait au monde les enfants de la ville et prescrivait de la morphine aux patients qui souffraient. Il avait vu des fausses couches et quelques suicides. Des noyés et des assassinés. Des accidents du travail qui avaient mutilé les gens. Le cancer qui rongeait leur corps. Mais en entendant ma mère lui décrire ses symptômes, sa mine se fit de plus en plus grave. Lorsqu'elle lui montra les taches sur ses bras et ses épaules, il bondit, fit un mouvement vers elle, puis s'immobilisa à bonne distance.

Il posa sur son bureau une aiguille dont elle dut effleurer la surface de son bras. Il l'interrogea sur ses doigts qui étaient crispés et crochus comme des serres. Puis elle dut aller à la fenêtre pour qu'il puisse mieux voir les colorations de sa peau.

— Restez ici, mais ne touchez à rien ! ordonna-t-il, avant de sortir dans le couloir, où l'on commença à chuchoter avec véhémence.

Maman entendit le médecin annoncer aux autres à voix basse — mais pas assez basse — ce qu'il soupçonnait : maladie de Hansen. On envoya quelqu'un chercher les gendarmes pour le cas où elle résisterait. Quelqu'un dit qu'on devait l'isoler jusqu'à ce qu'on soit absolument sûr.

— Mais qu'est-ce que j'ai ? demanda-t-elle, effrayée, lorsqu'il revint dans la salle et s'assit, songeur, à son bureau. Qu'est-ce que c'est, la « maladie de Hansen » ?

— Calmez-vous. Nous n'avons pas encore de certitude, nous devons d'abord procéder à quelques examens, dit-il, impassible.

Elle fit un pas vers lui.

— N'approchez pas !

— Qu'est-ce que c'est, la « maladie de Hansen » ? Dites-le-moi ! J'ai besoin de savoir !

— C'est la lèpre. Cela fait des années qu'il n'y a plus eu de cas ici à Sulina. Mais à l'intérieur du delta la maladie se manifeste régulièrement. On amène tous les malades infectés à l'isolement dans un établissement aux environs de Tulcea. Si vous l'avez contractée, ce que je suppose, vous devrez passer le reste de votre vie là-bas.

Elle chancela.

— Mais Petru arrive dans deux semaines pour m'emmener en Amérique. Il faut que je sois là.

— Si vous avez réellement la lèpre, vous ne pourrez plus rencontrer qui que ce soit. Je regrette.

— Vous regrettez ? Il faut absolument que je parte en Amérique, monsieur le docteur. Petru vient faire ma connaissance. Nous allons nous plaire, j'en suis sûre. Nous savons déjà tant de choses l'un de l'autre. Monsieur le docteur, il faut que j'y aille. Je ne resterai pas ici toute ma vie. Donnez-moi des médicaments, je prendrai tout ce que vous voulez.

— Je crains que l'Amérique, ce ne soit pas possible. Il faut qu'on vous fasse une prise de sang, puis attendre encore un peu. Mais les symptômes sont nets. Vous ne pourrez même pas rester à Sulina. La léproserie est le seul lieu au monde qui puisse encore vous accueillir. (Il s'éclaircit la gorge.) Vous savez peut-être qui vous a infecté ? Il faut que nous trouvions cette personne. Quelqu'un qui avait les mêmes symptômes que vous ?

Elle ouvrit des yeux horrifiés. Elle était incapable de répondre, trop occupée à saisir la situation. Le médecin tenta un moment de la convaincre de parler, puis perdit patience :

— Si vous ne me le dites pas à moi, c'est aux gendarmes qu'il vous faudra le dire.

Elle jeta un coup d'œil autour d'elle, vit la fenêtre ouverte, et d'un bond fut devant.

— Ne faites pas ça. Restez ici !

— Comment comptez-vous me retenir ?

Cela faisait deux mois que maman vivait sur un immense banc de sable long de plusieurs kilomètres, qui s'était formé là où le Danube rejoignait la mer Noire. Dessus il y avait un village, et quand des gens approchaient, elle se retirait au fond d'un bois de chênes et de frênes. Le reste du temps elle coupait les longues tiges feuillues des nénuphars blancs sur la rive d'un canal pour les ramasser. De retour à l'abri dans la forêt, elle mangeait ces fruits qu'on nomme les « figues d'eau » dans le delta. Cachée dans l'herbe haute du rivage, elle pêchait des maquereaux et des harengs.

Elle n'était encore jamais allée dans cette partie du delta, et ces arbres entourés de lianes lui étaient inconnus. Elle s'était réveillée une nuit et elle avait eu peur des saules creux, pourris, qui phosphoraient d'une lueur jaune. Ils poussaient au bord du banc de sable où la terre était souvent inondée. Leurs racines étaient aussi larges qu'un être humain et dessinaient d'étranges motifs sur le sol.

Une autre fois elle était tombée sur de hautes dunes de sable, puis le paysage s'était transformé en une sorte de steppe. Y paissaient des chevaux sauvages qui la flairèrent de loin et s'agitèrent. Un étalon sombre s'approcha à vingt ou trente mètres d'elle et frappa le sol de ses sabots en guise d'avertissement.

Un jour, tout le troupeau s'ébranla et se mit à galoper droit sur elle, sans qu'elle puisse s'esquiver sur le côté. Elle ferma les yeux et pria de son mieux : « Notre Père qui êtes aux cieux, faites que ça aille vite et que je ne souffre pas! » Quand elle rouvrit les yeux, le troupeau s'était scindé en deux, les chevaux étaient passés de chaque côté d'elle.

Sur le vaste plateau aride où ne poussaient en général que le grain de sable, la fétuque et l'éphédra, paissaient aussi les bovins chétifs des villageois. Quand elle avait très faim, elle se risquait le soir hors de sa cachette, se couchait sous une vache et buvait goulûment son maigre lait. Ou elle se glissait prudemment dans le village. Il était surtout habité par des Lipovènes, et le flanc des maisons peintes en bleu donnait sur la rue. Les cours étaient couvertes de vigne, à l'arrière se trouvait généralement un potager.

Souvent elle trouvait ce qu'elle cherchait dans les premières fermes en lisière du village: un couteau, une canne à pêche, des bottes, des allumettes. Elle volait aussi des poissons dans les séchoirs, des légumes et des pommes. Les chiens la flairaient et aboyaient furieusement, mais pas une âme ne sortait une fois la nuit tombée. Dans ce coin isolé on avait trop peur du diable et des mauvais esprits.

Une fois, elle s'était approchée d'un pêcheur et de son fils au point de pouvoir épier leur conversation. Le père parlait au petit de l'énorme poisson-chat qui vivait dans les canaux; quand de grosses vagues surgissaient du néant, on savait qu'il était tout proche. Si pêcheurs ou enfants tombaient du bateau, il les engloutissait, tout comme il engouffrait des cygnes entiers, des pélicans et même des veaux en train de s'abreuver dans les basses eaux. On avait trouvé un jour un de ces spécimens, on l'avait tiré jusqu'au rivage et découvert dans son ventre une carriole entière, chevaux et cocher compris.

Accroupie derrière la remise à outils, elle pleura tout bas, parce que Vania lui avait raconté la même histoire quand elle était petite, pour l'empêcher de s'aventurer trop loin dans l'eau. Mais le garçon répliqua sans trace de peur: « Si un monstre comme ça voulait m'avaler, il verrait un peu de quoi tu es capable, pas vrai ? » Son père rit alors et le ramena à la maison.

Elle avait fourré en vitesse un peu de pain, des pommes, du fromage et même une bouteille de vin dans un sac à pommes de terre vide et traîné non sans peine tout ça sur le plateau pour regagner le bois. Puis elle avait mangé avidement, comme les animaux qui risquent toujours qu'on leur dispute leur proie. Elle s'était ensuite avancée en bordure du bois, la bouteille à la main. On voyait dans le ciel le faisceau lumineux d'un des phares de Sulina. Après avoir vidé la bouteille, elle s'était laissée tomber en arrière et était restée là étendue.

Un peu plus loin, les saules qui commençaient à briller ressemblaient à une apparition. Elle n'avait pas réussi à s'y habituer, sa peur était trop forte. Elle avait beau se répéter que ce n'étaient que des arbres, elle était trop fille du delta pour ne pas croire aussi à autre chose.

Elle se réveilla, parce que quelque chose avait remué près d'elle. Elle craignait les sangliers et les serpents, mais ce n'était qu'une banale truie avec ses petits. Les cochons domestiques qui, comme les bœufs, circulaient librement, lui rendaient parfois visite. Ils se nourrissaient d'oisillons, d'escargots, de poissons morts échoués, de racines de joncs et de châtaignes d'eau. On ne les rentrait qu'avant de les tuer ou au plus tard à l'automne, et on leur donnait alors du maïs et des pommes de terre pour que leur viande n'ait pas trop le goût de poisson. Avec le temps, maman était, pour les cochons, devenue une vieille connaissance, ils continuèrent à chercher placidement des glands et des racines.

Elle avait essayé d'en capturer un, mais ils étaient plus rapides qu'elle. Ils n'avaient plus peur, ils avaient compris qu'aucun danger n'émanait de cet humain-là. Quand elle avait tenté de se relever et de jeter son manteau sur un des porcelets, ils s'étaient bornés à s'éloigner un peu, sans lever les yeux. Elle les avait suivi en boitillant, mais elle avait toujours le dessous.

Elle réussissait tout de même à attraper des alouettes calandres et des courlis de terre, qui nichaient au sol. En les approchant lentement, avec une patience infinie, il lui arrivait de prendre un de ces oiseaux. Sinon elle pillait le nid. Elle mangeait rarement à sa faim. La fièvre et l'épuisement la forçaient fréquemment à rester couchée quelque part entre les racines d'un chêne, couverte de plusieurs couches de vêtements. Elle pensait sans cesse à Vania qui, à la fin, avait vécu aussi isolé qu'elle.

Les jours où elle se sentait mieux, elle se traînait au village, mais elle pouvait de moins en moins porter quoi que ce soit. Les mauvais jours, elle restait dans sa cachette, d'où elle pouvait tout voir sans être vue. Son regard errait sur le paysage monotone, et la pensée qu'il n'y avait personne auprès de qui trouver protection s'imposait avec toujours plus de force. Elle était seule.

Après avoir sauté par la fenêtre de l'hôpital, elle avait couru à la plage pour se calmer et réfléchir. Elle ne s'était risquée que l'après-midi à regagner la ville, pour se rendre chez ses logeurs. L'homme était dans la cour, en train de se laver le torse à la pompe. Une fumée sombre planait dans l'air, et dans un coin de la cour, elle vit sur un bûcher improvisé un énorme tas de cendres ainsi que des meubles et un monceau d'étoffes qui n'étaient pas encore brûlés.

C'est la femme qui aperçut maman en premier. De l'intérieur de la maison elle cria quelque chose à l'homme, qui inspecta les lieux du regard. Il s'empara d'une latte de bois et se posta derrière le portail. Son corps habituellement avachi, recouvert de poils trempés comme ceux d'un chien mouillé, se tendit.

— Reste où tu es! Si tu approches, je serai obligé de t'assommer! Les gendarmes sont venus et nous ont tout dit. On nous a ordonné de brûler tout ce qui était dans ta chambre. Le lit, le matelas, on en a quasiment fini avec le linge de lit. C'est au tour des vêtements…

— Vous ne pouvez pas faire ça ! C'est tout ce que j'ai !

— Tu nous dois encore plein d'argent, ma fille. En plus on nous a mis en quarantaine, maintenant. Tu crois que je vais m'occuper de savoir s'il te reste quelque chose ?

Elle saisit le portail, l'ouvrit et entra.

— Je prends ce qui m'appartient.

L'homme s'élança, le chien commença à aboyer et à tirer sur sa chaîne. Même lui qu'elle avait nourri si souvent la trahissait. L'homme brandissait la latte au-dessus de sa tête, quand sa femme sortit de la maison, une valise à la main. Elle balança le bagage le plus loin possible, ôta ses gants, traversa la cour et les jeta au feu.

— Prends tout et file, malheureuse. Jusqu'ici nous étions pauvres mais propres. Maintenant il va perdre son travail à cause de toi. Elle désigna son mari de la tête.

— Mon travail ne craint rien. Ils ne trouveront personne pour le faire, bougonna-t-il.

— Tais-toi. Jusqu'ici on était tolérés, mais maintenant on nous chassera de la ville. Les gens causent, dans quelques heures tout le monde saura. Et toi déguerpis, sinon je lance le chien sur toi !

Maman alla chercher refuge auprès d'Ahile, mais il la renvoya sans même la laisser entrer dans la boutique. Elle alla frapper à la porte de M. Groza, mais personne n'ouvrit. De la rue elle vit qu'on écartait un peu le rideau. Elle alla chercher consolation auprès du pope qui habitait tout à côté de l'église orthodoxe, mais dès qu'il entendit de quoi il retournait, il lui claqua la porte au nez.

Elle tambourina des poings contre la porte, mais la porte ne se rouvrit pas. Qu'elle prie Dieu et sache bien qu'il ne lui avait pas envoyé sans raison une maladie aussi terrible, cria le pope d'une voix qui trahissait la peur. Ce n'était pas Dieu qu'elle devait questionner, mais elle-même. Elle ne devait pas chercher à comprendre, mais croire. Puis ce fut le silence.

Elle avait le choix entre les marais derrière les dunes de sable et le vieux cimetière. Elle choisit le cimetière, qui se trouvait à l'extérieur de Sulina, à mi-chemin de la plage. Le cimetière lui aussi avait connu des jours plus glorieux, du temps où l'on y enterrait des Italiens, des Grecs, des Anglais, des Allemands ou des Russes. Des commerçants et des marchands de la période florissante de la ville, des visiteurs tombés brusquement malades qui étaient morts ici, des consuls et des représentants de commerce. Des matelots de bateaux qui avaient fait naufrage devant les côtes. Des capitaines, des premiers officiers et des seconds. De belles dames et leurs femmes de chambre, des nobles et des vauriens. De braves gens convenables qui n'avaient de leur vie connu que Sulina. Une fois leur temps venu, ils étaient sortis de la ville pour se coucher dans leur fosse déjà creusée, non loin du petit monde qu'ils avaient habité.

Après une lente vie provinciale où bien souvent rien ne s'était produit, ils étaient las et n'avaient eu à la fin qu'une courte distance à parcourir. Quelques mètres entre l'éternité qu'avait duré leur attente de voir se passer quelque chose et l'éternité inéluctable.

Entre les stèles couvertes de mousse souvent érodées par les intempéries se trouvait un corbillard remisé qu'elle avait découvert lors de précédentes incursions. Maman y passa de longues heures, lorsque quelqu'un venait voir ses morts, elle se couchait au fond du corbillard. Le reste du temps, elle errait sur la plage, toujours prête à se dissimuler derrière une dune.

Elle avait constamment soif, mais l'eau de la fontaine du cimetière était trop salée. Elle était souvent incapable de se lever. Ses mains étaient enflées. Sur ses mains et sur ses pieds les taches violettes se multipliaient et s'enflammaient par endroits. Au bout de deux jours, la faim, la soif et le besoin d'avoir des nouvelles la poussèrent à revenir en ville. Elle attendit dans l'obscurité qu'Aura rentre chez elle et frappa à sa fenêtre.

— Tu as une mine épouvantable, chuchota Aura.

— Ça fait des jours que je ne me suis pas lavée.

— Ce n'est pas ça. Mais les taches. Je me demande tout le temps s'il faut que je m'inquiète pour moi.

— Tu as à boire et à manger ?

Aura revint peu après avec un sac plein.

— Prends ça et dis-moi où tu es, je t'en apporterai plus.

— Tu me trouveras au cimetière. Encore une question…

— Mais vite, sinon ma logeuse va avoir des soupçons.

— Quelles nouvelles tu as de Petru ? Il vient toujours ? Le bateau devrait bientôt accoster.

— Tu espères toujours. Non, Petru ne vient plus. Son père lui a télégraphié. Et maintenant débarrasse le plancher, sinon on va finir par te voir, et là on s'en prendra aussi à moi.

Dans son corbillard poussiéreux rempli de sable, maman pleura toute la nuit. Elle-même s'était dit que son souhait ne pourrait plus se réaliser, mais elle avait tout de même espéré vaguement que Petru l'emmènerait et qu'en Amérique on connaîtrait un remède. En Amérique tout semblait possible, même vaincre la lèpre.

Aura ne vint pas au cimetière, ce furent les gendarmes qui vinrent. Ma mère s'était éloignée un peu pour faire ses besoins, quand elle vit les hommes en uniforme arriver sur la petite route. Elle eut juste le temps d'aller récupérer sa valise et de s'enfuir par le portillon de derrière. Bien cachée dans les dunes, elle regarda de loin les hommes la chercher derrière chaque buisson, chaque arbre, dans le corbillard et dans la chapelle.

Les hautes herbes jaunies parmi lesquelles erraient les gendarmes poussaient des cages thoraciques des morts qu'on avait inhumés dans cette terre sableuse. Le vent apportait leurs jurons à maman, mais il transportait encore autre chose : son nom.

— Elena, nous savons que vous vous cachez ici ! Vous avez sûrement faim et soif, nous avons de l'eau. Vous ne pouvez pas survivre ici toute seule, loin de tout. Votre maladie ne fera qu'empirer. Soyez raisonnable !

— Elena, criait un autre, nous avons ordre de vous abattre, si nous vous trouvons et que vous résistez ! Mais si vous venez de votre plein gré, il ne vous arrivera rien.

Puis le vent changea, et elle n'entendit plus que le glapissement des mouettes. Elle pensa à la trahison d'Aura.

Si Petru ne venait pas, ça n'avait plus de sens d'attendre à Sulina. Elle dissimula comme elle put ses taches sous ses vêtements et, avant le lever du soleil, prit le chemin de l'embarcadère. À sa grande surprise elle put monter sans difficulté à bord du bateau postal. Quand le bateau passa devant les maisons du quai et que le soleil levant colora le fleuve en rouge, elle ne se doutait pas encore qu'elle ne reviendrait jamais plus à Sulina.

À Crișan, elle se mit à la recherche de la Vieille, mais celle-ci passait désormais le plus clair de son temps dans la cabane du lac Bogdaproste. Maman acheta deux bouteilles d'eau-de-vie et en offrit une au pêcheur qui l'y amena. Elle débarqua juste devant la misérable demeure, mais le pêcheur refusa d'accoster et promit de l'attendre sur le lac. Quand elle pénétra dans la sombre masure et vit le corps délabré de la Vieille, anesthésié par l'alcool, maman se dit ce qu'elle allait se dire d'innombrables fois lors des décennies suivantes : Je ne dois pas la toucher.

Elle trouva dans un coin du papier journal dont elle emmaillota sa main, puis elle secoua longuement le maigre corps. La Vieille s'appuya sur un bras tout en mettant l'autre en visière devant ses yeux, pour mieux la voir dans le contre-jour.

— Sainte Mère de Dieu, je suis où ? En enfer ?

— Vous, non, répondit ma mère. Je vous ai apporté de l'eau-de-vie. J'attends dehors. J'ai besoin de votre aide.

Quand la Vieille sortit enfin en titubant, elle désigna le pêcheur sur le lac.

— C'est lui qui t'a amenée ici ? Ils ne m'aiment pas, ceux-là. Ils me craignent, c'est tout. Ils viennent me trouver quand ils ont besoin de moi, et derrière mon dos ils se signent comme si j'étais le diable.

Elle regarda ma mère et l'observa attentivement. Elle s'efforça de se rappeler, puis son visage s'éclaircit :

— Mais je te connais. Tu es la fille qui voulait partir en Amérique. Ça n'a pas marché ? Tu veux récupérer ton argent, maintenant ? Ce n'est pas de chance, il n'y a plus rien.

— Non, ce n'est pas pour ça que je suis venue.

— Où est l'eau-de-vie ?

— J'ai posé la bouteille là, par terre.

— Pourquoi là ?

— Je ne dois plus rien prendre en main.

— Mais tu as pris la bouteille pourtant.

— Je ne dois plus toucher personne.

— Mais moi tu m'as touchée.

— Je ne sais plus où j'en suis.

Le regard de la vieille femme s'aiguisa. Elle fit quelques pas vers la bouteille d'eau-de-vie en esquissant des bruits de bouche comme si elle en testait déjà le contenu en pensée. Mais elle s'arrêta devant, indécise.

— Qui est-ce qui t'a dit ça ?

— Le médecin. Il dit qu'on ne peut rien faire contre le mal. (Le menton de maman trembla et elle fondit en larmes.) Vous avez des remèdes pour tout. Vous êtes mon dernier espoir. Aidez-moi !

— Je ne peux pas t'aider. Personne ne pourra. Ce que tu as, tu le tiens de Dieu ou du diable et d'eux seuls. Ta mère m'a fait chercher trop tard, ou c'est l'idiot qui était trop lent. En tout cas mes formules n'ont pas pu te protéger à temps. Tu es née sans protection. Voilà. Dans ce cas-là la Vieille ne peut rien faire non plus.

— Mais il y a forcément quelque chose à faire! dit maman, désespérée.

— Tu n'as que trois possibilités. Ou tu t'en vas bientôt te noyer dans l'eau. Ou tu te livres toi-même et ils t'amèneront à la léproserie d'où tu ne sortiras plus jamais. Ou tu te cherches un endroit isolé dans le delta, comme moi ici, et tu essaies d'y survivre. Tu es jeune, la vie n'est pas encore finie, même si ça en a l'air maintenant.

La Vieille attendit que maman et le pêcheur aient disparu. Puis elle s'approcha à quelques centimètres de la bouteille au contenu si tentant. Elle se pencha plusieurs fois, mais sans la saisir finalement. Puis la soif l'emporta. Elle bougonna « Au diable tout ça! », chopa la bouteille, en ôta le bouchon avec ses dents et but goulûment, jusqu'à ce qu'elle sombre de nouveau dans l'inconscience.

Quand elle avait échoué sur le long banc de sable, maman, au début, voulait mourir. Elle s'était placée sur le chemin des chevaux, mais les chevaux l'avaient épargnée. Elle était entrée dans le fleuve, mais le fleuve n'avait pas voulu d'elle non plus. Elle n'avait pas retiré sa jambe lorsqu'une vipère s'était glissée dessus. Mais la vipère aussi l'avait laissée en vie. Et finalement, elle avait décidé de cesser de chercher la mort.

Au cours du mois d'août, son état empira. Elle était si faible qu'elle pouvait à peine se lever pour chercher de la nourriture. Des lésions s'étaient formées sur sa peau, elles saignaient et lui faisaient mal. C'est à peine si elle sentait encore ses bras et ses mains, et ses doigts engourdis avaient du mal à saisir les choses.

Elle eut l'impression qu'elle allait tout de même mourir et se sentit presque soulagée lorsqu'en s'éveillant, un matin, de ses rêves fiévreux, elle vit deux gendarmes penchés sur elle. Cela faisait longtemps qu'elle ne s'était pas regardée dans un miroir, l'image d'elle que reflétait la figure des deux hommes était aussi éloquente qu'un miroir.

On emmena d'abord maman à Tulcea dans le bateau de la gendarmerie, puis — en l'isolant soigneusement des curieux qui s'étaient massés sur le quai — on la fourra dans une ambulance. On lui avait ordonné de tenir toujours ses mains sous ses aisselles. La route sinueuse longeait de vastes roselières que le Danube inondait régulièrement. De l'autre côté de la route, les champs de maïs et de tournesols se succédaient sans interruption, une chaîne de collines ondulait doucement derrière eux. Des chemins de terre poussiéreux se perdaient dans ses plis et ses creux comme dans un monde secret. Ma mère distinguait vaguement tout cela par la petite vitre sale.

Au bout d'une demi-heure de trajet, ils ralentirent. Elle aperçut une dernière fois sur sa droite l'étendue du paysage fluvial, puis sur sa gauche une croix blanche qui signalait la léproserie. L'ambulance bifurqua, suivie de la voiture des gendarmes. Ils continuèrent deux kilomètres sur une piste de caillasse, avant de stopper. Elle entendit le conducteur parler avec quelqu'un dehors, puis un portail rouillé grinça, ils le passèrent, et il grinça de nouveau derrière eux.

On l'abandonna là avec sa valise, un matelas, une couverture et un paquet de vivres. Les gendarmes s'étaient refusés à descendre de voiture, et l'ambulancier lui avait expliqué qu'elle devait maintenant se chercher une place dans la léproserie. Qu'un médecin viendrait de temps à autre, examiner et nettoyer les lésions. Amputer si nécessaire des doigts, des orteils, des nez, des mains et des pieds. Leur fournir des pansements et des médicaments. Quelquefois même, un pope viendrait leur apporter de la consolation. Pour tout le reste, il fallait qu'elle voie avec les occupants de la léproserie.

« Bonne chance! » lui avait souhaité l'homme en lui tendant machinalement la main. Mais elle avait gardé les siennes sous ses aisselles. Pas longtemps, car elle était seule, sur une place de gravier, au milieu d'un groupe de baraques qu'on avait bâties sur le sol d'une vallée boisée, encaissée. À droite et à gauche s'élevaient les versants abrupts des collines, et au bout d'une place qui était aussi la fin de la vallée se dressait une église en voie d'achèvement. De l'autre côté, là d'où elle venait, on avait érigé une clôture de fils de fer barbelés. Dans la pénombre elle vit un gardien en train d'allumer une cigarette.

Tout était si vide, si silencieux, elle pensa qu'il n'y avait personne. Mais elle se trompait. Comme s'ils avaient attendu d'être de nouveau entre eux, les habitants, les créatures de la vallée, commencèrent à se montrer. C'était comme si les collines s'étaient soudain animées, tant cela grouillait à présent de gens qui vivaient un peu plus haut dans le bois et que sa venue sortait de leur léthargie.

De tous côtés ils se pressaient, pour tenter d'apercevoir la nouvelle dans la lumière qui déclinait. Certains avaient l'air timide, hésitant, d'autres semblaient plus décidés, il devait y avoir dans les deux cents personnes. Son arrivée mettait la léproserie en émoi, on y voyait rarement des gens du dehors, encore plus rarement quelqu'un voué à rester à jamais. On amenait des nouveaux quelques fois par an, y compris des enfants intimidés et des vieillards. Certains n'avaient pas encore de symptômes très nets, d'autres étaient déjà marqués par la maladie. Mais il était rare de voir arriver une jeune femme comme elle.

Dans le soir qui tombait, elle avait du mal à distinguer qui venait à sa rencontre et ce que lui voulaient tous ces gens. Elle voyait des silhouettes tordues, boiteuses, qui s'appuyaient sur des cannes ou des béquilles. Certains avançaient sur les genoux, car il leur manquait les pieds, d'autres étaient guidés, parce qu'ils étaient aveugles, et d'autres portés par ceux qui avaient encore suffisamment de force. Mais la plupart étaient affaiblis et décharnés.

Le cercle autour d'elle se resserrait de plus en plus, mais les malades n'avaient pas l'air d'être dangereux, simplement curieux. C'est lorsqu'ils ne furent plus qu'à quelques mètres d'elle qu'elle les vit plus nettement. Leurs nez et leurs oreilles étaient parfois réduits à l'état de moignons, les sourcils et les lèvres manquaient, les orbites étaient vides. Elle éclata en sanglots, terrifiée, une femme se détacha des autres et repoussa les curieux.

— Laissez cette pauvre enfant tranquille. Vous lui faites peur ! s'écria-t-elle.

La femme se trompait, ce n'était pas la peur de ces gens qui mettait ma mère dans cet état. Elle venait de comprendre soudain, une fois pour toute, qu'elle avait son avenir devant les yeux.

— Viens. Il y a encore une place pour coucher dans ma chambre, poursuivit la femme.

Ma mère pleura toute la nuit et les jours suivants. Elle se recroquevilla dans son coin, refusant de se laisser consoler par *tanti*[1] Maria. Elle fixait le corps couvert de lésions sanglantes que cette dernière nettoyait avec de la laine. Ses mains presque sans doigts qui ne pouvaient rien tenir et tentaient quand même de boutonner une jupe, de laver la vaisselle, de tenir propre et en ordre la pièce sombre et exiguë où elles vivaient.

— Tu peux regarder, ça ne me gêne pas. Dans quelques semaines tu t'y seras habituée. Ça nous a tous fait ça, au début. Tu verras, ici un jour tu te sentiras libre, parce que tu seras comme tous les autres.

— Je ne suis pas comme vous, murmura maman.

— Oh si, tu l'es. Tu crois que tu vas mal, mais tu iras encore beaucoup plus mal. Tes doigts et tes orteils tomberont peut-être. Tu deviendras peut-être aveugle. Dieu ne

1. Terme affectueux pour s'adresser à une femme plus âgée.

nous épargne rien. Les seuls sur qui tu pourras compter alors, ce sera nous. Autant donc te faire tout de suite à l'idée que tu es ici chez toi.

Tanti Maria lui apporta chaque jour à manger. De la cuisine qui se trouvait de l'autre côté de la place, elle portait précautionneusement l'écuelle de fer-blanc sur ses moignons. Un peu de bouillie et deux tranches de pain rassis dessus. Tous les quelques mètres elle s'arrêtait pour ne rien renverser. Et, chaque fois, il lui fallait disperser ceux qui s'étaient groupés devant l'entrée pour examiner la nouvelle ou lui poser les sempiternelles questions :

— As-tu apporté des cigarettes ? Est-ce qu'ils t'ont dit quand ils nous libéreront ? A-t-on trouvé un remède ? Quand vont-ils enfin nous apporter un peu de viande ? Est-ce qu'on sait, dehors, que nous existons ? Qu'est-ce qui se passe en ce moment dans le monde ?

Les efforts de *tanti* Maria pour la protéger des importuns étaient vains, quelques minutes plus tard les gens étaient de nouveau sur le seuil de la porte. La série monotone de questions qui n'en finissaient pas et auxquelles il n'y avait pas de réponses reprenait de plus belle. Dans le contre-jour maman ne les voyait pas toujours bien, mais ce qu'elle devinait était déjà suffisamment horrible. La plupart étaient édentés, très peu avaient encore des jambes et des mains intactes.

Il lui semblait que toute la misère du monde, toute sa laideur, s'exhibaient en ce lieu. Les étendues du delta et sa luminosité avaient disparu. Avec les poissons qui espéraient échapper à la ruse de l'homme dans les eaux troubles du fleuve. Les oiseaux qui passaient toute leur vie sur une jambe. Les chevaux sauvages et nerveux, et les énormes papillons de nuit. Et les couleurs : les maisons bleues des Lipovènes, les nénuphars jaunes et blancs, les étangs verts et le fleuve au scintillement brun. Le bruit incessant de la vie qui pulsait, luttait, avait faim, s'accouplait, avait peur.

La femme, qui avait quelques années de plus que maman, s'était efforcée de rendre la pièce un peu chaleureuse en y mettant des tapisseries murales et des napperons brodés, des poteries et des tableaux. Assise au bord du lit, tout en vidant l'écuelle à laquelle ma mère n'avait pas touché et en s'essuyant la bouche de sa manche, *tanti* Maria suivait de ses yeux vifs chaque mouvement de la jeune femme.

— Tu regardes la tapisserie ? C'est ma sœur qui me l'a apportée en 1935. Et les couverts, c'est mon mari. Depuis, je n'ai plus de nouvelles d'eux. Ils m'ont oubliée, mais ça ne me fait plus rien. Moi non plus je ne me rappelle presque plus d'eux. Je n'aimerais pas du tout qu'ils me voient comme ça. Il vaut mieux que les vivants vivent avec les vivants et les morts avec les morts.

Pendant des jours la femme parla, tandis que ma mère n'osait pas se risquer dehors. Elle apprit qu'on manquait de tout à la léproserie et que les gens n'avaient que de la laine pour panser leurs graves lésions et leurs chairs tuméfiées, ils manquaient de pansements. Qu'ils avaient des moutons, des chats, des oiseaux, des chiens et que chacun d'eux entretenait un animal de compagnie avec qui parler et se consoler. Pas un n'avait le cœur de le tuer, encore moins de le manger, bien qu'on manquât toujours de viande. Leur maladie aurait requis une nourriture saine et abondante, mais c'est justement ce qui manquait.

Certains avaient commencé à cultiver un potager, mais quel labeur de défricher la forêt sans mains capables d'abattre de la besogne ! L'église serait bientôt terminée. Quand les ouvriers venaient travailler à la léproserie, les occupants devaient rester des jours et des jours dans leurs chambres. Le pope s'était déjà annoncé pour bénir l'église. Ensuite il viendrait dire le culte une fois par mois. *Tanti* Maria s'était promis de ne pas y aller. Dieu avait permis une chose pareille, il n'avait qu'à rester seul.

Certains recevaient de la visite de temps en temps, d'autres jamais, depuis des décennies. Il n'y avait pas de radio à la léproserie, tout ce qu'ils savaient de la marche du monde se résumait à des bribes de souvenirs de leurs rares visiteurs. Ou à ce que le garde leur en disait. Ils savaient qu'il y avait Hitler et Mussolini et que, dans leur propre pays, les fascistes se rebellaient. Ils savaient qu'une guerre se préparait, mais très peu d'entre eux s'en souciaient.

Eux seraient ici et la guerre, là-bas dehors, de l'autre côté des barbelés. Pour ce qui était de la guerre, le lieu où ils se trouvaient était le plus sûr et le plus paisible du monde. Aucune armée — pas plus la leur que celle de l'ennemi — ne se risquerait ici.

— Les armées, non ; mais la faim, si, avait observé *tanti* Maria. Quand il leur restera à peine de quoi manger dans le pays, nous, ici, nous mourrons de faim.

Ils savaient qu'en Amérique on construisait des immeubles qui montaient jusqu'aux nuages et des ponts en acier ; que maintenant des avions s'y rendaient par les airs et d'immenses paquebots par la mer. D'aucuns rêvaient d'y aller, mais on riait d'eux.

— Arrête avec ça, tu vas finir par nous donner envie à nous aussi. Ce genre de rêve ne sert à rien, leur disait-on.

Mais aux éclats de rire succédait toujours un long silence. Chacun d'eux s'embarquant pour quelque Amérique.

— Tu crois que nous guérirons un jour, *tanti* Maria ? demanda ma mère un soir, alors qu'elles étaient au lit toutes les deux.

— Je ne crois pas. C'est ici que nous vivons et ici nous resterons. Ici que la terre nous prendra. Mais ce n'est plus si terrible, puisque nous nous sommes trouvées, toi et moi.

Deux semaines après l'arrivée de ma mère une discussion animée eut lieu à la clôture de barbelés. *Tanti* Maria et ma mère, qui explorait les lieux pour la première fois, virent le garde passer des cigarettes à travers les mailles du grillage. Mais ça n'avait rien d'extraordinaire et ce n'était pas la raison de l'excitation qui régnait. La veille, la guerre avait éclaté en Pologne, un coup de tonnerre.

Tanti Maria accompagna maman partout. Elle lui montra où était le poulailler et où se trouvait la cuisine, elle lui donna le mode d'emploi de sa nouvelle vie. Elle repoussa les hommes importuns qui, malgré tout, restaient des hommes. Elle lui présenta peu à peu les habitants de la léproserie. Et peu à peu ma mère y fut acceptée.

Un soir, elle prit ma mère avec elle pour lui montrer la salle à manger où ceux qui pouvaient encore se traîner prenaient leur repas. *Tanti* Maria trouvait qu'elle ferait mieux de manger là, elle aussi, plutôt que dans l'exiguïté de leur chambre. Elles traversèrent la petite place faiblement éclairée par une pauvre ampoule électrique. Ma mère soutenait la femme, mais elles ne progressaient que lentement. *Tanti* Maria avait mis une éternité à se bander les pieds, avant de pouvoir les introduire dans ses chaussures. Ma mère l'avait regardée faire, puis s'y était mise sans mot dire. Sans mot dire la femme avait accepté son aide.

De l'autre côté de la place, quelques bougies brûlaient à la fenêtre à côté de la cuisine. Elles longèrent un étroit corridor en suivant la lumière. C'était une chaude lumière jaune, mais trop faible pour éclairer toute la pièce. Des ombres fébriles vacillaient sur les murs. Dix à douze personnes réunies là attendaient la marmite fumante. Chacune avait une écuelle de fer-blanc devant elle, mais il manquait les couverts.

Lorsque deux cuisinières moins abîmées que les autres entrèrent avec la marmite, quelqu'un cria :

— Est-ce qu'il y a enfin de la viande ?

— Il y a même des os, aujourd'hui, lui rétorqua une des femmes en riant.

Tout affamés et pressés de manger qu'ils fussent, ils se maîtrisèrent jusqu'à ce que tout le monde ait eu sa portion d'os et de haricots. Mais ensuite ils abandonnèrent toute réserve. Les uns maintenaient leur écuelle sur leur avant-bras et la portaient ainsi à leur bouche, les autres enfouissaient carrément leur figure dans la soupe. Une femme avait appris toute seule à tenir la cuiller avec ses orteils.

C'était un concert de lapements et de grognements. Maman esquissa un geste de fuite, mais *tanti* Maria la retint :

— Tu ferais mieux de regarder, bientôt tu seras forcée de faire pareil.

Elle regarda, et — avec elle — les ombres sur les murs. Mais les ombres étaient muettes, elles ne trahiraient jamais les gens.

Un an plus tard deux évènements vinrent rompre la lente monotonie de la vie de maman. La léproserie décida de lui octroyer un bout de terre pour un potager et de lui faire présent d'un mouton. Le lendemain, le pope vint de Crișan bénir l'église désormais terminée. À la surprise de tous, il se fit d'abord mener là où logeaient ma mère et *tanti* Maria. Il était à présent très âgé, encore moins soigné et encore plus énorme, encore plus aigri et encore plus pingre.

Après avoir hésité, il finit par entrer et fit sortir *tanti* Maria. Le souffle court, il affala sur une chaise la masse pesante de son corps et de sa foi. Maman et lui se regardèrent d'abord en chiens de faïence sans mot dire.

— Pourquoi est-ce que tu te terres ici à l'intérieur ? On va bénir l'église. Tu ne viens pas prier ?

— À quoi ça sert ?

— Qu'est-ce que tu dis ? s'écria-t-il.

— Dites-moi donc, monsieur le pope, avec quelle main il faudra que je me signe quand je n'aurai plus de doigts ?

L'homme caressa sa barbe.

— Tu ne me connais pas, mais moi je te connais. C'est moi qui ai béni ta mère et la maison après ta naissance. C'est moi qui t'ai baptisée. Ta mère ne voulait rien savoir de Dieu, et voici sa punition. Mais ce n'est pas ce qui m'amène. Ta mère est morte. Elle s'est pendue dans votre maison.

Ils se turent tous les deux, le pope observait l'effet de ses paroles de ses petits yeux méchants.

— C'est tout ce que tu dis ? C'était une pécheresse, mais c'était aussi ta mère.

— J'ai à peine connu cette femme. En ce qui me concerne, elle aurait aussi bien pu se pendre avant.

Comme si le pope n'avait attendu qu'une raison de vitupérer, il bondit sur ses pieds en criant :

— Mais quelle sorte de gens êtes-vous donc ? Des animaux, voilà ce que vous êtes ! Ce delta vous bousille. La superstition vous bousille ! Vous salissez constamment l'œuvre de Dieu par votre ignorance, votre paresse, votre absence de cœur !

Il courut à la porte où il cria par-dessus les têtes des gens qui attendaient :

— Vous n'aimez pas Dieu ! Vous ne voyez que vous et vos souffrances. Mais pour que Dieu vous en délivre, il faut le servir de tout votre cœur. Vous forniquez, vous vous saoulez, vous vivez dans la crasse. Vous voulez que Dieu fasse quelque chose pour vous, mais que faites-vous pour lui ? Vous êtes des barbares. Une engeance d'ingrats ! Vous rendez Dieu responsable de l'état dans lequel vous êtes. Oui, Dieu peut vous châtier, il peut même vous envoyer la lèpre. Il peut vous mutiler, vous faire perdre les uns après les autres des morceaux de votre corps. Or ce n'est pas à lui qu'en revient la faute, mais à vous et à vos actes. À votre refus de l'accueillir dans votre cœur. Car Dieu peut vous châtier, mais il peut aussi vous sauver. Cela fait cinquante ans que je le proclame, mais mon message ne rencontre que les oreilles sourdes de pécheurs imbéciles.

Il se tourna vers ma mère et fit quelques pas vers elle :

— Et toi ? Qui sait avec qui tu as forniqué pour attraper une telle maladie ! Ta mère en tout cas forniquait et ton père se saoulait. Que dis-je, « ton père » ? Ton vrai père était un idiot. Maintenant ta mère s'est pendue. Tant mieux. Elle verra le diable d'autant plus vite. Je vous hais ! Je vous hais !

Après quoi le pope fut incapable de continuer. Il s'appuya au dossier de la chaise pour reprendre son souffle. Dehors personne n'osait rompre le silence. Mais maman qui l'avait écouté avec une surprise croissante le perçut comme un être qui tentait de troubler la paix qu'elle ressentait depuis peu. Qui voulait étendre sans qu'on l'en ait prié son pouvoir sur son monde à elle.

Le pope se préparait à sortir, mais la mémoire lui revenant, il plongea sa main dans la poche de son habit et en sortit une enveloppe. Il la jeta sur sa paillasse.

— C'est un certain M. Groza de Sulina qui te l'envoie. Le pope de là-bas me l'a remis.

— La prochaine fois que vous viendrez, dit-elle calmement, très maîtresse d'elle-même, je me ferai un plaisir de vous toucher de mes mains lépreuses. Après quoi vous pourrez rester chez nous et célébrer tous les jours votre liturgie.

Quelques billets de banque tombèrent de l'enveloppe. Ma mère apprit que le vieux allait bien, ainsi qu'Ahile et tous ceux qu'elle connaissait au salon de coiffure. Qu'une grande peur de s'être infecté à son contact y avait régné. Mais que, finalement, maintenant on compatissait plus qu'on ne la blâmait. L'homme ne devait pas questionner les décisions divines. Petru, son fils, était heureux lui aussi, poursuivait le vieux. Il était venu à Sulina et y avait tout de même trouvé femme. À la place de maman, c'était Aura qui l'avait attendu sur le quai. Elle allait vraiment beaucoup mieux avec lui, ils s'étaient plu tout de suite. Ils étaient déjà de l'autre côté de l'océan, à Queens, New York. Ils fêteraient bientôt leur noce au restaurant juif, bien qu'ils ne soient pas juifs du tout. Ils lui envoyaient leurs amitiés. Elle devait avoir foi en Dieu.

Ma mère déchira machinalement la lettre en tout petits morceaux.

— Qu'est-ce qu'il y avait dedans ? demanda *tanti* Maria.

— Rien qui ait encore de l'importance maintenant. Tu sais, je crois que j'ai trouvé un joli nom pour mon mouton.

— Lequel ?

— Aura.

Elle se mit à rire, d'un rire inextinguible. *Tanti* Maria se joignit à elle, soulagée de voir sa protégée aussi en forme. De leur minuscule et sombre tanière jaillit sur la place un rire plaisant qui réveilla un chien efflanqué en train d'y sommeiller. Lui s'était décidé, tout jeune, à vivre parmi les lépreux.

Ma mère devait avoir de la chance deux fois dans sa vie. Quand elle rencontra *tanti* Maria, qui devint son inséparable compagne. On ne les appelait plus que « les sœurs ». Et en 1960, quand elle tomba amoureuse et eut une fille.

Moi, la troisième Elena.

Cinquième chapitre

Grand-père ne se réveilla pas dans l'appartement des femmes enceintes ni dans celui de la tuberculeuse. Il se réveilla dans le lit d'un vieux Juif sympathique qui l'avait infatigablement requinqué. C'était son visage ridé qui lui était apparu, penché sur lui, sa main qui avait conduit à ses lèvres une cuiller pleine de soupe *krupnik*. Rien que pour ce goût de viande, de champignon, de persil et d'oignon, ça valait la peine de survivre.

Quand il émergeait parfois de ses rêves fiévreux, l'homme était toujours présent. Très souvent il lui tournait le dos et semblait prier, courbé au-dessus du pain et d'un verre de vin sur la table. Il portait sur la tête quelque chose qui ressemblait à un foulard avec des franges aux quatre angles, et plusieurs tours de lanière de cuir étaient passés sur son bras gauche. Autour de lui planait du duvet de petites plumes grises et blanches semblables à des grains de poussière.

Grand-père était trop faible pour se demander si tout cela était réel. Il se redressait sur ses bras, puis se laissait retomber sur l'oreiller. Il eut même une fois l'impression de voir la Ma'am qui toussait. Elle était encore plus maigre, quasiment squelettique, et le regardait d'un air de reproche.

— Où suis-je? demanda-t-il, le premier soir où il put s'asseoir dans son lit.

— Chez le Juif Herschel, voilà où tu es. Je t'ai trouvé à moitié mort sur les marches.

— À Orchard Street ?

— Exactement en face de l'appartement des femmes au ventre rond dont tu as déjà fait la connaissance. Tu leur as brisé le cœur avec ton chant il y a quelque temps. Elles vivent là serrées les unes contre les autres comme les oies de ma cave.

— Vos oies ?

— J'ai une ferme d'oies en bas. Je les nourris et les élève comme mes propres enfants. Tous les jeudis et tous les vendredis matin et avant Hanoukka, le boucher kasher passe, une fois que mes clientes ont choisi leurs bêtes. J'aime mes oies, mais que veux-tu que je fasse ? Il faut bien vivre. Mes clients sont des Juifs polonais, russes, allemands, il y en a même qui viennent exprès de Yorktown jusqu'au ghetto. Ça rapporte assez pour m'éviter de prendre cinq sous-locataires. Comme ma voisine, dont l'affaire a l'air d'être très rentable aussi.

— C'est quoi exactement, son affaire ?

— Tu l'apprendras bien assez tôt, je crains. Mais j'aimerais mieux que tu n'ailles pas à côté. Pour faire plaisir au vieil Herschel.

— J'ai été très malade ?

— J'ai cru que j'allais devoir dire la prière des morts pour toi, bien que je ne sache pas du tout si tu es juif. Et je n'ai pas vérifié non plus. Dors, maintenant, il faut que tu reprennes des forces.

Quand il rouvrit les yeux la fois suivante, il avait sous le nez un *tcholent,* un mijoté de bœuf bien chaud, qu'il engloutit goulûment.

— Voilà qui est bien. Qui mange comme ça ne mourra plus. (Herschel attendit un instant, avant de demander :) Et tu as un nom ?

Grand-père cessa de mâcher. Même dans son état, il savait que beaucoup de choses dépendaient de sa réponse. Son nom pourrait bien décider de la possibilité de passer le reste de l'hiver au chaud en mangeant des plats comme celui-ci ou d'être renvoyé dehors.

— L'Allumette, répondit-il.

— Personne ne s'appelle comme ça. As-tu aussi un vrai nom ?

Cette fois la bouche de grand-père énonça sans hésitation, avec une profonde conviction :

— Berl.

— Ah, alors tu es juif ! D'où viens-tu ?

— De la région de Lisko. Mon père avait un café à mi-chemin des Carpates. C'est une montagne.

— Je sais ce que sont les Carpates. Où est ton père ?

— On l'a renvoyé à cause de son cœur, et depuis, on n'a plus eu de nouvelles de lui.

— C'est ce qui a failli m'arriver à moi aussi à cause de mon inflammation des yeux. Et as-tu une mère ?

— On m'a dit qu'elle était devenue folle et qu'elle s'est jetée sous une voiture à chevaux. J'avais cinq ans à l'époque.

— Pauvre de toi, alors tu es absolument seul.

— Oui, *sir*, ça, vous pouvez le dire. Tout seul.

Herschel ne sembla pas prendre cette nouvelle si mal que ça. Il se versa une rasade de *vishniac*, en murmurant :

— Eh bien, maintenant, tu m'as, moi. Rallonge-toi encore un peu.

La troisième fois que grand-père se réveilla, dehors il faisait sombre, et il était seul dans l'appartement. Il y avait encore plus de duvet d'oie dans l'air, on aurait dit qu'il neigeait dans l'appartement d'Herschel. Dans la deuxième pièce, où dormait le vieux, se trouvaient plusieurs sacs remplis de plumes et quelques oreillers non terminés, ainsi qu'une machine à coudre, des chandeliers à sept et huit bras, et aussi cet étrange foulard effrangé aux quatre angles. Sur une étagère s'alignaient des livres lus et relus, tels qu'il en avait vu souvent dans les mains des Juifs pieux devant les synagogues, et dans une armoire étaient suspendus plusieurs costumes et des chemises. Et il y avait une deuxième paire de chaussures. Si les livres le laissèrent froid, les vêtements lui dirent ce qu'il avait besoin de savoir. La situation de son hôte était loin d'être mauvaise.

Pour tromper l'ennui, il s'assit au bord du lit et se mit à remplir les oreillers de plumes. Il était si concentré qu'il n'avait d'abord pas remarqué Herschel, qui était entré et l'observait. En le voyant, il bondit et laissa tout tomber par terre.

— Continue, Berl. C'est une bonne chose de te rendre utile. Dieu ne donne qu'à ceux qui s'activent. Est-ce que tu parles le yiddish ? Je parle l'anglais, certes, mais je préfère le yiddish.

— Ce que j'ai pu glaner dans la rue, *sir. Trombenik, ljubtsche, nafke, schmegegge, ganef, schlimazel*[1].

Le vieux rit :

— Bon, l'essentiel, donc, n'est-ce pas ? Mais tu n'es pas un *schlimazel*, sinon tu serais sous terre à présent. Et ne m'appelle pas *sir*, appelle-moi Herschel.

Sur quoi il passa dans la pièce de devant, pour mettre la table.

— Vous n'avez pas de femme, *sir* Herschel, qui puisse faire ça pour vous ?

Son hôte ignora la question.

— L'oie est la meilleure amie du Juif de l'Est, comme le chien est le meilleur ami du *goy*. Dans ses plumes on dort comme un ange. Je connais des gens dans le ghetto qui ont à peine de quoi manger, mais qui dorment sur des plumes d'oie. Il y en a qui ont apporté leurs oreillers de Galicie. Et le foie gras d'oie est un délice. Tous les restaurants me l'achètent, allemands, juifs, irlandais. Mais la chose que

1. « Parasite, chérie, catin, idiot, escroc, malchanceux. »

les Juifs sont les seuls à aimer, c'est la graisse d'oie. Parce que nous n'avons pas le droit d'utiliser la graisse de porc. La graisse d'oie, je la vends sur le marché d'Hester Street.

Herschel déballa le repas qu'il avait apporté, répartit le tout sur leurs assiettes et appela Berl.

— Écoute la bénédiction que les Juifs disent avant le repas, mon garçon. Peut-être voudras-tu la dire un jour toi aussi : « Sois loué, Toi, l'Éternel, notre Dieu qui règne sur le monde. Tu fais que la terre produise le pain. Tu as créé les fruits de la vigne et les fruits de la terre. Sois loué, car tout naît de ta parole ! »

Ensuite ils se mirent à table.

— Mais je ne t'ai pas encore dit ce qui fait toute la valeur de l'élevage de l'oie. En hiver, à la fête de Hanoukka, les Juifs de l'Est mangent de l'oie. Et as-tu déjà fait le compte de tous les Juifs de l'Est qui vivent à New York ? Nous ne manquerons donc jamais de travail, plutôt d'oies. Je veux dire, si jamais tu veux reprendre l'affaire, un jour, Berl. Finis ton assiette, Berl ! La femme qui fait la cuisine pour nous n'est pas donnée.

Berl ne se le fit pas prier deux fois.

Un peu plus tard Herschel le rappela.

— Maintenant, écoute la prière du soir, mon garçon. Peut-être voudras-tu aussi la dire un jour : « Sois loué, Toi, Hachem, Notre Dieu, roi du monde, qui pose le voile du sommeil sur mes yeux et la somnolence sur mes paupières. Qu'il te plaise de me faire reposer en paix et me lever en paix de nouveau, que pensées, mauvais rêves et funestes mouvements de l'âme ne m'effraient pas ; éclaire mon œil pour qu'il ne s'endorme pas jusqu'à la mort. » N'est-ce pas, Berl ? Personne n'a d'aussi belles prières que les Juifs.

Berl confirma de bon cœur.

Herschel était un homme très occupé. Il gavait les oies avec l'aide de quelques femmes, apportait les bêtes abattues à ses clients et les vivantes au boucher kasher, quand ce dernier ne pouvait pas passer. Il écorchait les oies et chauffait leur peau sur le poêle, mettait la graisse en boîtes et la vendait au marché. Il cherchait constamment des clients pour les oreillers que Berl remplissait de plumes et qu'il cousait à la machine. Mais en dépit ou peut-être justement à cause de son infatigable activité Herschel avait l'air de plus en plus fragile, et Berl devait l'aider à monter les provisions, les repas, les sacs de plumes.

Quand il rentrait le soir à l'appartement, s'était lavé avec l'eau que Berl avait montée, avait béni les plats que l'un d'eux allait chercher chez une voisine, avait mangé et s'était accordé un dernier verre de *vishniak* kasher, Herschel entamait un long monologue. Il expliquait au garçon les six cent treize commandements et interdits des Juifs, et Berl en avait le vertige. Pour un petit gars des rues tel que lui un seul commandement était déjà trop.

Herschel lui expliquait qu'ils allaient bientôt fêter le Nouvel An, que les Juifs, en fin de compte, fêtaient deux fois le Nouvel An, au printemps, à la fête de Pessah, et à l'automne. En avril ils mangeraient de ce pain azyme que les Juifs avaient emporté en fuyant un pays dont grand-père n'avait encore jamais entendu parler. Berl apprit ainsi une foule de choses étonnantes. Que la mer s'était ouverte pour les aïeux d'Herschel et refermée sur les têtes de leurs poursuivants. Berl tenta de se représenter la même chose devant Coney Island, quand il était tombé, lui, de la Lune sur la Terre. Ça devait leur avoir fait drôlement mal, se disait-il, pendant que le vieux Juif zélé poursuivait son instruction.

Il entendit aussi parler d'un homme très important qui s'appelait Moïse et des nombreuses plaies par lesquelles Dieu avait puni les ennemis des Juifs. Il apprit qu'avant la fête ils devraient brûler tous les restes de pain dans la maison. Berl était résolument contre tout gaspillage et n'en démordit pas avant qu'Herschel l'eût assuré qu'il resterait toujours assez à manger, car les Juifs accordaient beaucoup d'importance à la nourriture. Seule cette certitude réussit à l'adoucir et à le réconcilier avec la foi de son sauveur qui l'obligeait à manger du pain azyme et à réciter sans cesse des formules de bénédiction au lieu de se ruer sur les mets.

Ce qui le préoccupait beaucoup était ce qui l'attendait en septembre. Qu'Herschel fête le Nouvel An deux fois par an ne le gênait pas, encore qu'il n'en voie pas bien le sens. Mais qu'en plus de brûler le pain il faille demander pardon à Dieu de ses manquements du fond du cœur l'inquiétait. Car dans sa jeune vie s'étaient déjà accumulées pas mal de choses dont il pouvait se repentir. Mais comment faire pour se repentir du fond du cœur ?

Il s'était mis à aimer beaucoup Herschel, qui ne le battait pas, ne lui prenait rien, mais lui donnait toujours quelque chose : de la carpe farcie à shabbat, des sous-vêtements chauds, des conseils. Jusque-là il n'avait guère eu l'occasion d'aimer vraiment quelqu'un, excepté peut-être le petit Berl. À sa manière il aimait bien aussi cette foi étrange, mais pas pour des raisons qui auraient plu à Herschel. Pas parce qu'il voulait se repentir du fond du cœur, ni parce qu'il voulait témoigner son respect à Dieu, tout simplement parce que la nourriture était savoureuse.

Toutes les quelques semaines une fête religieuse avait lieu, on se coupait les cheveux ou on les laissait repousser. On enfilait et on ôtait sa chemise mortuaire. On avait peur, puis on se réjouissait de nouveau et dansait comme un fou à la synagogue. Toutes ces fêtes étaient compliquées, alors que les siennes avaient été très simples : de la bière, du tabac à chiquer, des dés, des chansons. Il n'empêche que la perspective de délicieux quartiers de pommes au miel en automne, et l'hiver d'un tendre magret d'oie et des *latkes,* ces croustillantes galettes de pommes de terre, était infiniment agréable.

Bien que tout cela augurât d'un avenir favorable, Berl projetait de ne pas rester chez Herschel après la fin de l'été, de s'esquiver à l'approche du repentir du fond du cœur. Berl ignorait toutefois ce que Dieu lui destinait et qu'avant septembre sa liste de péchés se serait considérablement allongée. Et aussi que Dieu allait bientôt rappeler Herschel à lui.

Ce fut une période faste pour Berl. Tellement faste qu'il en aurait bien fait son ordinaire. Pas besoin de se fatiguer pour apaiser son estomac. Plus besoin d'être constamment sur le qui-vive. La vie dans la rue était loin. Le monde d'avant ne resurgissait que lorsqu'il accompagnait parfois Herschel au marché d'Hester Street et se plongeait dans le grouillement du ghetto avec la brouette où s'empilaient les cages des oies.

Celles-ci caquetaient désespérément, comme si elles pressentaient leur destinée. Il portait aussi parfois les sacs pleins de bêtes mortes et les boîtes de graisse, tandis qu'Herschel négociait le prix avec les commerçants. Le matin, il avait droit à un verre de petit-lait accompagné d'un morceau de pain, le soir à un bortsch roboratif. Et dans l'intervalle, il pouvait manger autant de tartines de graisse d'oie qu'il le désirait. Il ne comprenait pas pourquoi Herschel prenait tant soin de lui, mais il s'en trouvait très bien.

Une chose pourtant retenait encore plus Berl dans la maison d'Orchard Street que la bonté d'Herschel. C'était l'appartement des filles au ventre rond. Dès les premiers jours de sa convalescence, il avait déambulé dans la maison, soit pour tromper l'ennui, soit pour aller se réapprovisionner en plumes à la cave où deux grosses femmes gavaient les oies.

Du palier il avait une vue plongeante sur leurs cuisses puissantes entre lesquelles elles coinçaient les bêtes. Elles étaient là à toute heure de la journée, comme si elles vivaient avec les bêtes. Peu de lumière filtrait à travers les étroites lucarnes, la puanteur se répandait dans l'immeuble tout comme leur caquetage indigné.

Il jouait de temps en temps à la balle dans la cour, jetait les dés devant la porte d'entrée et grimpait sur le toit pour s'assurer de sa cachette. Herschel lui avait dit qu'entre-temps la Ma'am était devenue bien trop faible pour supporter l'ascension jusqu'au toit. Et Berl rôdait devant la porte de l'appartement derrière laquelle disparaissaient les femmes enceintes épuisées après avoir gravi les escaliers d'un pas lourd. Toutes elles avaient en main un papier avec le nom et l'adresse de la Ma'am.

Sur le palier il y avait une quatrième porte. Derrière elle, nuit et jour, les accouchements allaient bon train, les cris de douleur étaient souvent tellement sonores qu'ils empêchaient Herschel et Berl de dormir. Berl n'avait jamais entendu de cris plus perçants que ceux des femmes en train d'accoucher. Or dans toute cette affaire il manquait tout de même une chose : les enfants. Jamais encore Berl n'en avait vu un, il n'en avait entendu qu'un, une fois, pleurer brièvement. Quand les femmes repartaient, soulagées pour les unes, abattues pour les autres, elles ne tenaient pas de nourrisson dans leurs bras.

— Où sont les enfants ? chuchota Berl à Herschel un jour qu'ils étaient au lit et dressaient l'oreille.

— Il y a un garçon qui vient les chercher tout de suite après la naissance. Je ne veux pas en savoir plus.

C'est ainsi qu'un jour il rencontra la Ma'am sur le palier. Pour gagner la porte d'en face, elle devait se tenir aux murs et à la rampe.

— Tu me dois de l'argent, mon garçon. (Elle toussait éperdument et tenait une serviette devant sa bouche.) Tu peux encore chanter ou est-ce que ta pneumonie t'a abîmé la voix ?

— Je crois que j'ai gardé ma voix.

— Tu es remis ?

— Je le suis.

— Alors, tu devrais m'accompagner à côté. Chez nous il y a toujours de l'argent à se faire.

Et Berl recommença à chanter. Il chantait à pleine voix pour les nouvelles venues, celles qu'il avait vues quelque temps auparavant n'étaient plus là. Mais celles-ci aussi l'accueillaient avec chaleur. Elles pleuraient, reprenaient en chœur sa chanson, l'étreignaient et l'embrassaient après chaque couplet. Il y en avait certes, comme avant, des malades et des épuisées, mais aussi beaucoup de vives, d'opulentes au teint de rose et de nacre, qui respiraient la santé.

Dès lors Berl passa ses soirées avec Herschel, mais ses journées avec les femmes. Et le vieux de lui parler encore plus de commandements et d'interdits, de fêtes juives tristes et joyeuses, et des efforts sans fin de ses coreligionnaires pour se garder du péché. Une peine considérable, inutile et perdue d'avance, semblait-il à Berl. Car ses journées appartenaient au péché. Dès qu'Herschel avait quitté la maison et tourné au coin de Delancey Street, il se précipitait dans l'appartement des femmes où on l'accueillait avec des soupirs et des cris de joie.

« Voici enfin notre Petit Caruso ! », s'écriaient les unes. « Voici *l'homme qui apporte le bonheur* ! », s'écriaient les autres. Ainsi l'avait baptisé Betsy, une petite Irlandaise rousse qui n'avait eu que quelques rues à parcourir depuis Elizabeth Street où elle demeurait, pour se débarrasser de sa honte. *L'homme qui apporte le bonheur*. C'était encore plus savoureux que tous les *krupnik* et les *tcholent* à l'aide desquels Herschel l'avait remis d'aplomb.

Il ne comprenait pas bien que ces femmes qui pleuraient souvent en l'entendant chanter y trouvent en même temps leur bonheur. Mais il se souvenait des paroles de Paddy-un-œil, qui, en la matière aussi, avait eu sur lui une avance considérable : « Les femmes sont des êtres étranges. Tu ne peux jamais te fier à leurs larmes. Un jour elles pleurent parce qu'elles sont tristes, un autre parce qu'elles souffrent, et voilà pas soudain qu'elles pleurent de bonheur ! »

Le parfum des femmes le poursuivait dans les boutiques où il achetait du savon, des bas, du café, du thé, du mil, des bougies, des cigarettes, du gin et mille autres choses qu'elles désiraient. Elles raffolaient de la nourriture : pâtés de viande, huîtres — c'était alors un mets très courant —, blinis fourrés de harengs, de fromage blanc, de sardines ou de crème fraîche, pieds de cochon, chou.

Quand il avait terminé les courses, il chantait. Si le professeur Hutchinson l'avait vu au milieu des femmes, il aurait certainement regretté de ne pas lui avoir donné sa chance. Elles aimaient les chansons tristes qui leur donnaient enfin une bonne raison de pleurer. Les chansons d'adieu à l'Irlande, les *songs* sur des mères mortes en Irlande et des Irlandais venus en Amérique juste pour continuer à être malheureux :

I'm a decent boy just landed
From the town of Ballyfad
I want a situation, yes,
And want it very bad.
[...]

Mais les femmes avaient aussi envie de chansons joyeuses qu'elles accompagnaient en claquant des mains ou en chantant. Grand-père, qui avait à présent surmonté sa timidité, ne se faisait pas prier longtemps.

Oh ! The night that I struck New York,
I went out for a quiet walk ;
Folks who are "on to" the city say,
Better by far I took Broadway ;
But I was out to enjoy the sights,

There was the Bowery ablaze with lights;
I had one of the devil's own nights!

À ce stade elles se mettaient toutes à reprendre le refrain, comme on le faisait dans les bars où la *song* était très populaire :

The Bowery, the Bowery!
They say such things,
And they do strange things
On the Bowery! The Bowery!

Dans ces moments-là elles riaient, l'embrassaient, l'étreignaient, il était un peu leur enfant à toutes ; le chanteur qui pouvait les rendre tristes et heureuses — quelquefois les deux en même temps. Le garçon devant qui elles n'avaient pas peur de pleurer ou de rire éperdument. Qui, en chantant, leur rappelait qu'elles étaient vivantes. Et quand il leur chantait des chansons d'amour, leurs visages prenaient un air de douceur rêveuse, et même lorsqu'elles ne connaissaient pas les paroles elles fredonnaient avec lui.

When first I saw the love light in your eye
I dreamt the world held nothing but joy for me
And even though we drifted far apart
I never dream, but what I dream of you…

Quand Betsy l'attira vers elle et lui demanda quel était son vrai nom, il répondit « Paddy », sans hésiter. Pour les Italiennes il était « Pasquale » et pour les Juives il était « Berl ». Ça lui était égal que les filles se doutent qu'il leur racontait des bobards, et les filles aussi, ç'avait l'air de leur être égal d'entendre des bobards. Raconter des craques était là péché véniel.

Pour les Italiennes parmi elles, il chantait les bribes d'une chanson napolitaine qu'il avait glanée on ne sait où. Il leur contait qu'à Pietramelara le gros propriétaire terrien venait au village une fois l'an, à Noël, juché sur son cheval, et jetait des morceaux de viande aux paysans. Et que son père l'avait vendu à un homme qui l'avait traîné de port en port, de Naples à Gênes et de Gênes à Marseille, en le forçant à chanter dans les rues. Il avait, littéralement, gagné la route de l'Amérique en chantant.

Comme leurs seins gonflés les faisaient souffrir, les femmes se mirent à lui donner du lait. Le lait dessinait des rigoles sur leur peau, mais elles n'avaient personne pour les en délivrer. Le corps assumait sa vocation avec fiabilité, mais ses fonctions étaient inutiles. Betsy avait été la première. C'était venu comme ça tout simplement. Elle avait besoin d'une bouche qui tète, et la première à se présenter avait été celle de Paddy. Une bouche qui chantait aussi bien pouvait sans doute téter avec le même talent.

Le soir, il vivait la vie du Juif Berl, mais le jour il buvait du lait irlandais, italien, juif et parfois aussi allemand. Il s'abreuvait du lait de jeunes Juives attirées en Amérique par de grandes promesses, pour n'y finir qu'en *nafkes*, en catins. Du lait de femmes noires qui travaillaient à Washington Square dans les maisons des riches et avaient été engrossées par le maître de maison. De celui de femmes qui avaient déjà deux ou trois enfants et ne pouvaient s'en permettre davantage.

Il était Berl, Paddy ou Pasquale, elles avaient le choix. Le lait des mères sans enfants coulait en lui. Les sources d'où il jaillissait étaient nombreuses, ce lait le nourrissait, l'assoupissait même souvent comme un nouveau-né. Certaines filles le pressaient doucement contre leur sein, d'autres furieusement, bourrées de culpabilité. Elles se disputaient le garçon et le temps qui leur était donné de passer avec lui. Il n'était pas bien long, car trois-quatre jours après la naissance il leur fallait quitter l'appartement. Mais avant, elles l'allaitaient, et leurs laits se mêlaient en lui pour ne plus faire qu'un seul élixir sucré, gorgé de vie.

Herschel pour sa part l'emmenait à la synagogue afin qu'il s'habitue pour plus tard. Berl y entendait le vieil homme réciter avec ferveur la « prière pour la rosée ». À la maison ils mangeaient la *matsa*, le pain juif de la liberté, et ils brûlaient même quelques morceaux de pain rassis. Parce qu'étaient morts, dans des temps immémoriaux, vingt-quatre mille disciples d'un certain rabbi Akiva, Berl ne put, un mois durant, faire couper sa barbe naissante ni ses cheveux. Il regarda non sans étonnement les Juifs qui priaient, lisaient la Torah et débattaient passionnément à la synagogue de Norfolk Street pendant la nuit du Tikkoun, de la réparation du monde. Ils ne rentrèrent à la maison qu'à l'aube, las mais contents, après s'être étreints les uns les autres.

Il apprit que chaque Juif était sur le mont Sinaï, quand Dieu avait fait cadeau de la Torah à ce peuple étrange. Il avait alors depuis longtemps cessé de s'étonner. Pour Herschel c'était visiblement normal de vivre ici et maintenant, et d'avoir été autrefois aussi présent sur ce mont. « Dieu a fait alliance avec nous tous. Avec chacun d'entre nous », lui enseigna Herschel. Berl le croyait, tout en ne le croyant pas.

Au fil du temps, Herschel se mit à lui lancer des regards méfiants et mécontents. Il flairait de loin la double vie de Berl, le parfum bon marché des femmes imprégnait les cheveux et les vêtements du garçon. Il l'observait à chaque dîner et semblait en proie à quelque lutte intérieure, jusqu'au jour où il explosa :

— Ne crois pas que j'ignore où tu vas traîner ! Tu embaumes jusqu'à Delancey Street.

— Vous voulez que je reparte ?

— Non, ce n'est pas ce que je veux. Je veux que tu deviennes un bon Juif. Tes parents l'auraient certainement voulu aussi.

Il hésita un moment.

— Berl, mon garçon, écoute-moi. Veux-tu devenir mon fils ? Je suis convaincu que c'est Dieu qui t'a mené à moi.

Un moment après, il prit son courage à deux mains et poursuivit.

— Ma femme ne pouvait pas avoir d'enfants, mais je suis resté avec elle, même si un Juif doit toujours essayer d'avoir des enfants. Elle est morte il y a dix ans pendant la traversée, ensuite, je n'ai pas cherché de nouvelle femme. Jusqu'à ce que je te trouve à moitié mort dans l'escalier, je pensais ne plus jamais avoir envie de m'habituer encore à quelqu'un.

Il s'interrompit.

— Berl, c'est une affaire formidable pour toi. Je ne vivrai plus longtemps, je le sens bien. Lorsque Rifke est morte, il y a dix ans, j'ai cru que j'en mourrais, que ça me briserait le cœur, mais il tient depuis dix ans. Berl, il me faut un fils qui fasse Shiv'ah après ma mort et dise pendant onze mois la prière des morts. Tu devras adoucir Dieu, car moi aussi j'ai péché ; en échange tu pourras reprendre l'affaire des oies et j'ai aussi un peu d'argent à la banque. Mon garçon, qu'en dis-tu ?

Herschel regardait Berl, plein d'espoir, mais Berl ne répondit pas, ni à ce moment-là ni plus tard.

La perspective d'un père juif et d'une douzaine de mères qui changeraient régulièrement était alléchante, mais il préféra se taire. La nuit, ils continuaient d'entendre gémir, geindre, crier. Comme, de toute manière, ils étaient éveillés, Herschel lui parla pour la première fois de sa vie de cordonnier et tailleur ambulant à Horodenka, en Galicie.

L'été, Herschel ravaudait les gros manteaux en peau de mouton hirsute des paysans, ainsi que leurs bottes ; l'hiver, il raccommodait leurs vêtements d'été. Il avait toujours sur lui des articles dont les paysans avaient besoin : ciseaux, couteaux, aiguilles à coudre, boutons, onguent pour les petites blessures.

Il portait les nouvelles des guerres qui étaient commencées ou terminées. Des traités de paix et des cessez-le-feu qui avaient été rompus. Des rois qui s'étaient mariés ou qui étaient morts, des attentats, des mauvaises récoltes et de bien d'autres catastrophes. Les paysans en redemandaient, comme pour se conforter dans l'idée que leur monde n'était pas le seul à être mauvais.

Il leur disait aussi des bribes de choses sur l'Amérique, tout ce qu'il avait pu récolter lors de ses longues pérégrinations. Il fallait mettre sa vie entre les mains de Dieu, les exhortaient les prêtres et les rabbins, mais ils ne disaient jamais pour combien de temps. Beaucoup de ces gens reprenaient donc leur vie en main et se mettaient en route. Et un jour, lui-même y crut aussi.

Il ne voyait pas Rifke pendant des semaines. Quand il jouait de malchance, on ne lui donnait qu'un peu de gruau à se mettre sous la dent. Quand il avait un peu de chance, un bout de fromage ou du miel qu'il pouvait vendre au marché. Quand il en avait beaucoup, il obtenait quelques pièces en guise de salaire. Lorsqu'il était de retour à la maison, il lui fallait recoudre ses propres chaussures. Peu à peu, il commença à vouloir faire partager à sa femme son enthousiasme pour l'Amérique. Longtemps elle fit la sourde oreille, puis sa résistance faiblit. Herschel ne se pardonna jamais d'avoir persuadé d'émigrer une créature aussi fragile et souffreteuse.

Le chemin de l'Amérique fut long et pavé de cadavres. D'abord ils étaient tombés, près de Wierzbowce, sur des tas de chevaux abattus, égorgés, que les paysans avaient renoncé à nourrir après la grande sécheresse de 1889. Des cadavres de bêtes écorchées qui attiraient les chiens errants, les porcs, les corbeaux, les vautours. Les animaux se disputaient les dépouilles, se battaient pour la viande qui pourrissait. Sachant que la puanteur pouvait aussi attirer les loups, Herschel et Rifke s'étaient hâtés de quitter cette vallée.

Ils n'étaient pas encore très loin de chez eux et n'emportaient que peu de choses : le chandelier aux sept branches, le châle de prière, quelques photos, ses ciseaux de tailleur, du linge de rechange. Ils avancèrent vite, deux semaines plus tard, ils étaient à la côte allemande. Là où Herschel vit des cadavres pour la deuxième fois ce fut à Hambourg où le choléra faisait rage parmi les émigrants. La troisième fois qu'il en vit un, ce fut celui de sa femme. Le vieil homme, dont la voix tremblait, mit là un terme à son récit.

Le matin suivant, Herschel examina les vêtements et les chaussures de Berl. Lui tournant le dos, il murmura :

— Aujourd'hui, il faut que je répare tes vêtements et tes chaussures. (Il s'interrompit.) Dis-moi ce que tu penses de ma proposition. Si tu l'acceptes, tu peux rester ici. Tu dois te décider rapidement pour que j'aie le temps de t'emmener chez le rabbin et que tu puisses te repentir de tes péchés dès cet automne à Roch Hachana. Mais si tu ne veux pas, il faudra que tu repartes. Je devrai alors trouver quelqu'un d'autre qui priera pour moi.

On était arrivé à la mi-juillet, et la canicule pesait sur la ville et sur les gens. On ne pouvait pas s'y soustraire, encore moins dans le ghetto où tout était étroit et confiné. Pendant des jours il n'y eut pas un souffle de vent, les gens tombaient sans connaissance dans les rues. La nuit, les plateformes des échelles de secours étaient bondées de gens qui dormaient là, fuyant la chaleur étouffante des logements exigus.

Berl dut monter plus d'eau pour les femmes assoiffées et la Ma'am qui brûlait de fièvre. Elle quittait à peine sa chambre désormais, et quand elle avait besoin de quelque chose, elle appelait Berl. Parfois elle lui fourrait une pièce de cinq *cents* dans la main, en le regardant de ses yeux éteints. Quand il chantait, sa voix transperçait les murs, traversait le couloir et emplissait aussi de musique l'appartement de la Ma'am.

Berl menait la meilleure vie qu'il eût jamais connue, au quatrième étage d'un modeste immeuble de briques comme il y en avait des milliers dans la ville. Il était même disposé à affronter la fête du Nouvel An et à faire la techouva. Il se repentirait de tout son cœur, du mieux qu'il pourrait, puis il ferait tashlikh, irait au bord de l'East River, viderait ses poches et serait débarrassé de ses péchés[1]. Il était sûr à présent que Dieu fermerait les deux yeux sur une poignée de péchés d'enfance. Car Dieu n'était pas comme Paddy-un-œil, il était miséricordieux. À la fin Berl mangerait autant de tartines de miel qu'il voudrait et se réjouirait de la joie d'Herschel. Mais Dieu en décida autrement.

Un jour, la Ma'am le fit venir chez elle. Dans la pièce elle n'était pas seule. À une distance respectable du lit se tenait un homme robuste de petite taille à la barbe grise. Ils se turent quand Berl entra, et il tenta de mieux les distinguer dans la pénombre. Quand le visiteur alluma la lampe à pétrole, il reconnut le capitaine qui, deux fois par semaine, transportait les morts du ghetto à Hart Island. L'homme sortit un peigne qu'il passa dans sa barbe, sans lâcher Berl des yeux. Puis il repoussa sa casquette sur sa nuque.

— Mon garçon, c'est un ami à moi. Il a quelque chose à te proposer, écoute-le bien, dit la Ma'am.

L'homme n'avait pas plus de rides que d'âge, impossible de dire s'il était jeune ou vieux. Il prit son temps, regarda sa montre de gousset et bourra sa pipe. Enfin, il se posta devant grand-père et lui tendit sa blague à tabac.

— Tu fumes ? Bien sûr que tu fumes. Tous les gars des rues fument. Ou tu chiques. J'ai quelque chose pour toi.

---

1. La techouva est un processus de repentance, le tashlikh, une coutume consistant à laver les péchés de l'année en jetant des bouts de pain dans l'eau.

Un petit présent, en quelque sorte, dit-il en extirpant une petite tabatière de sa poche de pantalon.

— Merci, *sir*.

— Je vais aller droit au but, ça nous fera gagner du temps. J'ai besoin d'un nouveau courrier. L'ancien s'est carapaté et la jeune Irlandaise peut accoucher d'un moment à l'autre.

— Pour porter des lettres ? s'enquit grand-père.

L'homme s'immobilisa et éclata de rire.

— Non, pas des lettres. Ce que tu aurais à livrer, ce serait les nouveau-nés de ces malheureuses. Il te suffira de prendre l'enfant à la porte et de l'amener à une adresse. Tout le reste, je m'en charge.

— Les enfants vont dans de bonnes familles, *sir* ?

— De très bonnes familles. (L'homme grimaça un sourire.) Nous nous donnons toujours beaucoup de mal.

— *Sir*, ce n'est pas pour moi. Je suis bien, ici…

L'homme s'approcha dangereusement, grand-père sentit son haleine chargée de fumeur.

— Tu habites chez le Juif Herschel, n'est-ce pas ? Un homme pieux, ce cher Herschel. Qui accorde beaucoup d'importance à Dieu et toutes ces bêtises. Tu crois que ça lui plairait d'apprendre où tu traînes toute la journée ? Tu crois qu'il continuerait à te nourrir ?

— Il le sait déjà, *sir*. (Cette fois c'est grand-père qui souriait.)

— Tu te crois malin. Comment t'appelles-tu ?

— Berl, *sir*.

— Berl, ah ? Mais j'ai entendu dire que tu t'appelais Paddy ou Pasquale. Tu es vraiment juif ?

À ces mots, le bras du capitaine le plaqua contre la porte. Grand-père tenta de se défendre, mais en vain. De l'autre main, l'homme déboutonna son pantalon, qui tomba sur ses pieds. Puis il lui baissa son caleçon, fit deux pas en arrière, saisit la lampe et éclaira son sexe.

— C'est bien ce que je pensais. Un imposteur. Ça va lui briser le cœur, à Herschel. Qu'est-ce qu'il va faire en l'apprenant ? Je lui dirai peut-être aussi que tu m'as déjà rendu de menus services. Je suis un bon conteur d'histoires, sais-tu ? On est encore en été, mais l'hiver va bientôt revenir. Tu auras froid, tu auras faim, et si tu joues de malchance, tu te retrouveras vite dans un cercueil en route pour Hart Island.

Soudain sa voix se fit plus chaleureuse et plus familière. Il prit grand-père par le bras et se pencha doucement sur lui.

— Berl, je ne suis pas un mauvais bougre. Tu seras bien traité chez moi. Tu gagneras toujours quelques *cents*, je vais même parfois jusqu'au demi-dollar. Je pense qu'on peut s'entendre. Tu te charges du service de jour, quand Herschel n'est pas là ; moi, du service de nuit.

Grand-père commença à tuer des enfants à la fin de l'été 1899. D'abord ils lui furent seulement remis à la porte du quatrième appartement. Le premier était l'enfant de Betsy. Il l'apporta en vitesse à l'adresse qu'on lui avait donnée, mais il commit l'erreur de dégager du linge la minuscule petite tête rouge et ridée. Et il n'oublierait jamais ces yeux-là. Par la suite il se conforma à la consigne qui était de presser bien fort sa main sur la bouche du nourrisson et de ne jamais le regarder dans les yeux. « Si tu les regardes dans les yeux, tu vas avoir des doutes, et les doutes nous n'en avons vraiment que faire, nous, ici », avait dit le capitaine.

La porte s'entrouvrait toujours juste d'une fente, parfois il distinguait derrière les femmes en nage, épuisées, qui tendaient désespérément les mains vers leur enfant. Puis il s'enfuyait à toutes jambes avec le paquet dans les bras, toujours poursuivi par la peur qu'Herschel pût rentrer plus tôt à la maison. Il ne lui avait toujours pas donné de réponse, et le vieux n'avait plus demandé. Ils s'étaient trop bien accoutumés l'un à l'autre pour qu'Herschel veuille prendre une décision définitive.

Grand-père amenait les nourrissons dans un immeuble encore plus minable que celui où il habitait. Des mendiants et des ivrognes dormaient souvent dans les couloirs, et il devait veiller à ne pas buter sur eux. Derrière les portes on entendait les gens se quereller et faire l'amour, ça sentait le chou, le poisson et les oignons frits. Au deuxième étage il frappait doucement à une porte qui s'entrouvrait à peine, et deux bras de femme se tendaient vers l'enfant. La porte se refermait, et il restait seul. Il chassait son humeur sinistre en se disant qu'il y avait sûrement dans le Middle West nombre de familles qui souhaitaient ardemment des enfants.

Ce premier mois-là il livra les enfants de beaucoup de filles. Il sentait contre lui les petits corps non lavés, emmaillotés dans les linges. Il les sentait s'agiter et les serrait encore plus fort contre lui. Parfois un poing minuscule émergeait du petit paquet, parfois c'était un pied. Au cas où on l'aurait interrogé, la consigne était d'affirmer qu'il amenait l'enfant malade chez le médecin. Mais on ne l'importuna jamais. Un garçon avec un nouveau-né dans les bras n'attirait nullement l'attention.

Le ghetto pullulait d'enfants en bas âge. Il y avait des femmes qui se remettaient à mendier, leur nouveau-né dans les bras, quelques heures après l'accouchement. De nombreux nourrissons étaient déposés dans les cages d'escalier, les boutiques ou les arrière-cours, avec un simple bout de papier sur lequel il était écrit: *S'il vous plaît, occupez-vous de mon enfant. Je ne peux pas le faire.* La plupart des enfants trouvés du ghetto n'avaient pas de nom.

Vers la fin du mois d'août, l'un après l'autre, la Ma'am et Herschel moururent. Grand-père trouva Herschel affalé sur la table, la tête dans l'un de ses livres saints. Il le regarda longuement, puis il redressa le mort. Il demeura en silence auprès de lui jusqu'à ce que la nuit tombe, puis toute la nuit. Herschel n'avait pas vécu assez longtemps pour avoir un fils qui puisse dire pour lui la prière des morts et intercéder auprès de Dieu. Dieu ne l'avait pas voulu.

Mais Berl pouvait faire Shiv'ah. Avec les ciseaux que le vieux avait apportés de Galicie, il découpa un morceau de ses vêtements, comme Herschel le lui avait enseigné. Pour faire le deuil de l'homme dont le cœur avait capitulé dans l'étouffante chaleur sans fin de l'été américain, Berl le veilla une nuit, puis un jour, et encore une nuit. Même lui, à quinze ans, comprit qu'il lui devait cela, mais faire Shiv'ah une semaine entière était au-dessus de ses forces.

Herschel n'avait pas pu se repentir de ses péchés, car il était mort avant Roch Hachana. Dieu devrait donc être indulgent. Les oies qu'Herschel avait enfermées, tourmentées, gavées, tuées dans sa cave obscure auraient sûrement été moins compréhensives ! Quant au repentir de grand-père, il tomba lui aussi à l'eau avec la disparition d'Herschel.

Après la mort de la Ma'am, le commerce du capitaine se détériora. De moins en moins de filles passaient par l'appartement, et parmi celles qui s'y trouvaient, certaines firent leur paquet et partirent. Le quatrième étage se vida peu à peu, et le propriétaire de l'immeuble vint sommer Berl et les deux dernières femmes enceintes de décamper. Il avait de nouveaux locataires. Berl récupéra un dernier nouveau-né, il tira une dernière fois la porte de l'appartement d'Herschel derrière lui, puis il descendit les marches vermoulues.

Devant l'entrée, il se fraya un passage dans la foule des nouveaux immigrants qui, comme un troupeau de bêtes, attendaient qu'on les laisse entrer. Bientôt ils installeraient des machines à coudre dans leurs pièces, se procureraient des ballots d'étoffe, et du matin au soir le quatrième étage grouillerait, comme les autres, d'un labeur intense et du bourdonnement des machines. Le dos des ouvriers serait douloureux, leur vision faiblirait, ils mangeraient peu et trop vite. Un jour, la tuberculose les emporterait, et les locataires suivants seraient déjà devant la porte.

Dans la rue le marché battait son plein. Des centaines de vendeurs offraient sur des charrettes, des étals improvisés ou à même le sol tout ce dont on avait besoin dans le ghetto. Des lunettes, des bretelles, des vêtements de troisième main des chapeaux en feutre et des chapeaux pour dames, des chaussures. Les légumes fanés étaient aspergés pour avoir l'air plus frais. Les morceaux de viande avariée, colorés. Les vieilles pommes de terre, dissimulées sous une mince couche de bonne marchandise. Dans le ghetto on achetait les œufs à la pièce, fêlés, ou une seule cuisse de poulet.

Il y avait même un orgue de barbarie qui jouait des valses, des ballades irlandaises ou des tarentelles du Sud italien. Pour chaque pièce que lui donnaient les ménagères, le petit singe dressé du musicien grimpait sur les façades des immeubles. L'animal était le capital de l'homme, il le soignait avec plus d'attention encore que ses enfants, s'il venait à tomber malade.

Berl passa partout sans encombre avec sa dernière livraison, gravit l'escalier et frappa à la porte qu'il connaissait. Cette fois, c'est le capitaine en personne qui lui ouvrit. Il l'attira silencieusement dans la pièce et s'empara de l'enfant qu'il remit à la femme, une créature efflanquée au regard vide, coiffée d'un foulard. Son visage buriné et ses mains calleuses trahissaient ses origines paysannes. Elle déposa le paquet sur la table et l'ouvrit à hauteur de la tête minuscule.

Le capitaine mena grand-père à la table.

— Ce qui compte, fiston, c'est la rapidité. Prends l'oreiller, je vais guider tes mains. C'est parfait. Les puissantes paluches du capitaine se posèrent sur les mains malhabiles de grand-père.

Une fois le travail terminé, le capitaine emmena grand-père dans un bistrot où il le laissa commander tout ce qu'il voulait. Grand-père avait obéi, puis s'était laissé conduire comme un automate. Il ne se rappelait plus le chemin qu'ils avaient pris, ni la main pesante du capitaine dans son dos. Il fallut que l'homme le secouât vigoureusement et qu'un tas de plats fumants se retrouvassent sous son nez pour qu'il revînt à lui.

— C'est une question d'habitude, marmonna le capitaine entre deux bouchées. Maintenant, mange !

Quand ils furent tous les deux repus, le capitaine bourra sa pipe, tira dessus avec une grimace de bien-être, un nuage bleu envahit leur niche, et il se mit à parler :

— Je ne regrette pas ma place de capitaine de bateau. Elle rapportait de moins en moins, car il y a de moins en moins de morts dans le ghetto. Même l'affaire des filles enceintes était à peine rentable. Elles payaient de moins en moins. Elles croient toutes à présent que leurs enfants sont quelque part à Oklahoma City. Mais nous, fiston, nous avons un nouveau projet. La mort nous fait faux bond. Le lait est moins contaminé, la viande moins avariée qu'avant, l'eau plus propre. Il y a toujours moins de morts à répartir entre toujours plus de croque-morts.

Il prit une bonne lampée de bière et encouragea grand-père qui en avait aussi une grande chope devant lui à l'imiter. Il s'essuya la mousse avec délectation, tandis que grand-père l'écoutait, tête basse, en fixant ses mains.

— Je connais des entreprises de pompes funèbres qui donneraient cher pour avoir davantage de clientèle. Le souvenir des dernières épidémies de grippe et de choléra les plonge dans la mélancolie. Nous deux, Berl-Paddy-Pasquale, nous savons bien que nous ne pouvons pas inverser le cours des choses. Mais n'empêche qu'avec un peu d'habileté on peut faire du profit. Pas vrai ?

Il fallut un coup sur la tête pour tirer une réaction de grand-père.

— Oui, *sir*.

— Enfin! (L'homme lui passa une main presque affectueuse dans les cheveux.) Les pauvres dépensent beaucoup pour un bel enterrement, et pour celui de leurs enfants, ils donnent tout ce qu'ils ont. C'est donc leurs enfants qu'il nous faut.

Il se tut et rompit un bout de pain qu'il trempa dans la sauce froide du rôti, avant de s'en mettre plein la bouche.

— Sais-tu ce qui, après leurs enfants, est le plus précieux pour ces gens? Devine un peu, demanda-t-il, la bouche pleine.

— Je ne sais pas, *sir*.

— Les lettres du pays. Les lettres de la famille restée là-bas. Et si je ne me trompe, nous avons là une nouvelle affaire. Il faut procéder avec méthode. Jamais deux maisons du même quartier dans la même journée. Je reste en bas dans la rue, et toi tu montes. Plus c'est haut, mieux c'est. Ce sont les plus pauvres qui ont les enfants les plus malades et qui habitent tout en haut, sous les toits. Du coup, ils mettent plus longtemps à descendre, et à remonter. Ça te laissera tout ton temps. Je connais des médecins qui me donneront des adresses d'enfants malades. Tu comprends ce que je dis?

— Oui, *sir*.

— Ah, cesse de m'appeler *sir* à tout bout de champ. Appelle-moi « capitaine », j'aime mieux ça. (Il bourra une deuxième pipe.) Quand ils ouvrent la porte, tu ôtes ta casquette en vitesse et tu prends l'air compatissant. Il faudra qu'on t'entraîne avant. Tu demandes si c'est bien la famille avec l'enfant malade. Si ce n'est pas elle, tu t'excuses et tu redescends. Tu ne fais jamais deux essais dans la même maison. Mais si tu as tapé dans le mille, tu leur dis que ton père attend en bas avec une lettre du pays pour eux. Il ne peut pas monter, malheureusement, parce qu'il a une jambe malade, mais il aimerait la leur remettre en main propre. S'ils te demandent comment tu sais pour l'enfant malade, tu réponds qu'on te l'a dit dans l'immeuble, quand tu as demandé après eux. Tu me suis ? (Il lui asséna un coup de coude dans les côtes.) On fera nos rondes dans la journée, c'est là où on a le plus de chances de trouver les mères seules à la maison. Malheureusement il n'y en a pas beaucoup qui aient un vrai travail, ici. Mais s'il n'y a qu'un parent avec l'enfant, c'est bon. Tu dis qu'il peut descendre tranquille, rejoindre ton père dans la rue, tu resteras prier au chevet du petit malade. Vous êtes très pieux, ton père et toi. Quand ils t'auront mené auprès du malade, tu t'agenouilles, tu sors ton chapelet et tu te mets à prier. Tu pries de tout ton cœur, tu sais faire ?

— Je n'ai encore jamais prié de tout mon cœur.

— Je te montrerai. Tu dis un « Notre Père » ou une autre ânerie. Quand les gens se sont précipités en bas, tu prends un oreiller, comme on a fait tout à l'heure. Ou tu appuies bien sur la bouche et sur le nez. Les enfants sont si faibles, peut-être qu'ils ne s'en apercevront même pas. Sinon, tu appuies plus fort. Alors, tu fais quoi ?

— J'appuie plus fort.

Le capitaine mit la main à sa poche et en sortit quelques enveloppes froissées.

— J'ai de fausses lettres d'Italie, d'Irlande et de Galicie. Ces gens savent à peine lire. Je serai donc obligé de les leur lire. Et ça durera un bon moment. Je leur raconterai ce qu'ils ont envie d'entendre, car je les aurai un peu cuisinés avant. À ce moment-là ils seront si émus qu'ils ne s'en apercevront même pas. S'ils attendent des nouvelles de leur mère malade, je leur dirai que leur mère est rétablie. S'il s'agit de la naissance d'un enfant, l'enfant en question sera venu au monde en parfaite santé. S'ils se demandent si les gens meurent toujours de faim au pays, ils sauront qu'enfin tout le monde se réjouit car les champs ont donné le double de récolte. J'ai des lettres pour toutes les circonstances de la vie : la mort et la naissance, le mariage et le divorce. Je suis un conteur hors pair, Shakespeare peut aller se rhabiller. Toi, quand tu as fini ton boulot, tu dévales l'escalier en criant que la pauvre âme s'est envolée. Moi, je me confonds en lamentation et j'entreprends de les consoler. Je suis un bon chrétien, je ne vais pas les abandonner à leur sort au pire instant de leur vie. Je ne les laisse pas seuls une seconde jusqu'à ce que tu reviennes. Car toi, pendant ce temps, tu informes notre associé. Ce seront les pompes funèbres irlandaises ou les italiennes ou les juives. Encore que je ne sache pas le yiddish et que je n'aie pas beaucoup de lettres en yiddish, donc il vaudra mieux nous concentrer sur les morts italiens et irlandais.

— Vous savez l'italien, capitaine ?

— J'en sais assez. J'ai passé pas mal de temps en cellule avec un Rital.

— Et s'il y a deux adultes ou d'autres frères et sœurs ?

— Alors, tu leur demandes à boire ou un morceau à manger. Ils ne refuseront pas un bout de pain à un garçon affamé, quand leur propre enfant est à l'agonie. Si les frères et sœurs sont petits, tu le fais quand même. Tu te penches un peu sur le lit, pour les empêcher de voir. Et même s'ils te voient, ils ne comprendront pas ce que tu fais. S'ils sont plus grands, tu les fais sortir pour pouvoir prier tranquillement. Si rien ne se passe comme prévu, tu laisses tomber.

— Et s'ils savent lire et qu'ils voient que la lettre n'est pas pour eux ?

— Alors, je m'excuse poliment. Mais on leur sort quand même notre petit numéro, en fin de compte l'enfant est mort, il faut que ça nous rapporte. C'est bien de réfléchir, mon garçon. Mais globalement c'est moi qui m'en charge.

— Capitaine, pourquoi vous ne distribuez pas les cartes de visite des entreprises, tout simplement ?

L'homme frappa du poing sur la table.

— Est-ce que j'ai l'air d'un type qui distribue des cartes de visite ? Est-ce que c'est pour ça que je suis venu en Amérique ? Je veux faire fortune. Avoir ma propre entreprise — de pompes funèbres, en l'occurrence. Dans quelques années j'aurai assez d'argent pour ça, et si tu t'appliques, je te prendrai comme associé. Qu'est-ce que tu en dis ? *Le Capitaine & fils – Pour des obsèques exceptionnelles.*

Il se laissa aller contre son dossier en riant.

— Tu sais le nombre d'entrepreneurs de pompes funèbres qu'il y a à New York ? Des centaines. Ils se battent tous pour les mêmes morts, mais nous nous battrons plus habilement. Nous avons un objectif. C'est du capitalisme : une idée lumineuse et de l'assiduité. Les cartes de visite ne servent à rien, les gens ne conservent pas ce genre de cartes à la maison comme celles des bons restaurants. Personne ne veut qu'on lui rappelle constamment son enterrement. Mais nous, nous touchons une commission sur chaque mort qu'ils auront par notre intermédiaire. Nous allons vivre des morts et nous en vivrons bien. Tu auras tout ce que tu veux, si tu te donnes du mal. Et sinon, je te briserai les os.

Quand ils furent rentrés à la chambre que le capitaine sous-louait à une vieille veuve et que chacun fut couché sur sa paillasse, grand-père ne réussit pas à s'endormir. Il se tourna et se retourna sans trouver le sommeil. Il finit par se dresser sur son séant, en regardant la silhouette du capitaine qui se dessinait faiblement dans la pénombre.

— Il faut donc que je tue des enfants ? chuchota-t-il.

— Comment ça, tuer, mon garçon ? Tu ne tues personne. Tu les aides à mourir. Quelques heures plus tard, de toute manière ils seraient morts, et Dieu sait dans quelles souffrances et quels tourments. Tu les délivres. Exactement. Tu es celui qui les délivre de leurs maux.

À ce moment de son récit grand-père se taisait toujours, lorsqu'il me contait son histoire bien des décennies plus tard. Il avait commencé à me la raconter en 1964, et j'avais alors presque le même âge que lui à l'époque où il avait rencontré la Ma'am, les filles enceintes puis Herschel. Ça ne le préoccupait pas de me faire entendre des choses qui n'étaient pas même faites pour des oreilles adultes. Parfois je n'étais même pas sûr qu'il se préoccupe d'être écouté ou pas. Ses lèvres s'étaient mises en mouvement, elles voulaient terminer l'histoire, avant de se taire pour toujours.

Nuit après nuit, nous étions couchés dans l'obscurité de la chambre de notre logement minable près de Manhattan Bridge, pendant que ma mère recevait des clients dans la sienne. Peut-être racontait-il aussi pour détourner mon attention des voix d'à côté. Sa vie se réduisait pour l'essentiel à cette année 1899. En 1967 il était mort, et moi j'avais perdu tout ce que j'avais jamais aimé.

Mais quand on l'interrogeait, il lui arrivait d'en dire plus. La première fois que le capitaine l'avait envoyé dans les immeubles, il s'était enfui aussi vite par la sortie de derrière. Mais à peine avait-il traversé l'arrière-cour qu'une main puissante s'abattait sur lui, le mettait à terre et le rouait de coups. Alarmées par le bruit, des femmes étaient apparues aux fenêtres.

— Il venait cambrioler, mais je l'ai surpris à temps, leur avait crié le capitaine, en faisant pleuvoir sur grand-père une deuxième grêle de coups de poing.

— Vous voulez qu'on appelle la police ?

— Pas la peine. C'est mon fils, je m'en occupe. Si vous saviez combien il m'en a déjà fait voir !

— À qui le dites-vous !

— Je vais lui flanquer une correction qui lui servira de leçon.

— Surtout ne vous laissez pas attendrir !

Grand-père tenta à plusieurs reprises de trouver Gustav à Union Square, mais sans succès. Si Gustav l'avait pris sous son aile, il s'en serait remis à lui sur-le-champ. Mais un cocher lui dit un jour que Gustav était mort depuis neuf mois déjà. Il avait attrapé un grave refroidissement la dernière nuit de la Saint-Sylvestre et ne s'en était pas remis. Ça faisait longtemps que son fiacre avait été vendu et son cheval, donné au boucher. Et chaque fois, grand-père revenait à l'appartement de la veuve, et donc vers le capitaine.

Un jour du pluvieux été 1902, grand-père partit sur la Lune. Il était en train de manger, au Dolan's, quand un crieur de journaux entra et lança: « Sensationnel! Sensationnel! À Coney Island vous pouvez maintenant aller sur la Lune! Ne manquez pas le récit du voyage dans ce journal! »

Coney Island était un lieu bourré de contradictions. Dans l'Est, au Manhattan Beach Hotel, on mangeait pour quatre ou cinq dollars dans de la porcelaine de Chine avec des couverts en argent. On se reposait sur de longues vérandas de bois ombragées et se promenait en début de soirée le long de somptueux massifs de fleurs, avant d'aller danser dans la grande salle de bal.

Des femmes exhalant d'exquis parfums flânaient à la fraîche dans d'élégantes vestes de tailleur, coiffées de magnifiques chapeaux, au bras de barons de l'acier, de magnats des chemins de fer ou de spéculateurs en bourse. Leurs chemisiers cintrés et leurs jupes très ajustées, leurs rubans, leurs manteaux et leurs gants étaient taillés dans des étoffes dont grand-père n'avait jamais entendu parler. Il pouvait tuer autant d'enfants qu'il voulait, jamais il ne pourrait s'offrir ça.

Lorsque, dans une lente progression, l'océan se fut approché à quelques mètres de l'hôtel, ce dernier fut emballé morceau par morceau dans cent vingt wagons de chemin de fer et déplacé à l'intérieur des terres. Pas une vitre des fenêtres ne fut brisée. La sensation fit le tour de New York.

Coney Island était aussi le lieu des courses de chevaux. Le week-end, preneurs de paris, joueurs et jockeys occupaient les meilleurs hôtels de l'Est. C'était l'époque où le cheval de Diamond Joe, Golden Heels, gagnait presque toutes les courses. Son propriétaire qui devait sa fortune à des affaires louches faisait aussi souvent les gros titres des journaux que son cheval.

Si, pour beaucoup, jouer aux courses, parier et faire preuve de toute cette avidité était déjà pécher, ce qui se passait dans l'ouest de l'île était indicible. On y trouvait des baraques et des bouges minables que l'océan aurait pu emporter sans susciter le moindre regret. L'ivrognerie, la concupiscence et le jeu prospéraient. Il y avait des tripots, des salles à morphine, des hôtels de passe et des cabarets. Les danseuses dansaient et les serveuses servaient, mais leur vrai travail commençait derrière les tentures d'un « séparé » ou dans une chambre au-dessus du bar.

Pour dépouiller les hommes qui venaient s'amuser, il y avait la méthode simple, et une autre, plus sophistiquée. La simple était, pour les serveurs, d'oublier de rapporter la monnaie. Si l'on protestait, on se faisait tabasser et mettre dehors. La deuxième était de trouver la juste dose de chlorhydrate, pour endormir le client sans le tuer du même coup. Si l'on en versait un peu trop dans son verre, on se retrouvait avec un cadavre sur les bras.

Ces mondes ne se mêlaient que lorsque les hommes riches de l'est de l'île — lassés du luxe, de leurs femmes et des bals interminables — se rendaient dans la partie ouest. À la frontière entre ces deux mondes se trouvait le parc d'attractions de Steeplechase, et là était le but de grand-père depuis qu'il avait entendu parler du « voyage sur la Lune ».

Il descendit de l'omnibus à cheval à Brooklyn, à Prospect Park, et se mit en marche sur l'Ocean Parkway. Il voulait économiser le prix du billet de train, de plus le temps était magnifique, une des rares journées sans pluie. C'était une belle avenue bordée d'arbres, où pépiaient les oiseaux, avec de nombreux jardins devant les maisons et des champs de tournesols. Et il y avait beaucoup d'espace. On ne trouvait pas ça à Manhattan, grand-père voulait prendre son temps.

Il quitta le Parkway et pénétra plus avant dans le quartier. Dans les jardins, les gens soignaient leurs fleurs et leur potager, causaient avec leurs voisins à la clôture. Tout cela dégageait une impression de paix stupéfiante pour lui. Il regardait à droite, il regardait à gauche, sifflait, plein d'admiration, et faillit se faire renverser par un fiacre, parce qu'il s'était arrêté au beau milieu de la chaussée.

Il aurait bien continué à s'étonner ainsi, s'il n'avait craint d'arriver trop tard. Et il se mit à courir et à guetter l'apparition de l'océan et des premières mouettes. Pour le dernier bout de chemin, il sauta dans un wagon de la Culver Line, qui l'amena directement à Coney Island.

Il avait entendu tellement d'histoires sur Coney Island que ses pieds trouvèrent tout seuls le chemin de l'océan. Il traversa la Surf Avenue, passa devant la tour d'acier, dont la plateforme supérieure permettait une vue jusqu'à Manhattan, gagna la promenade et s'engagea sur un long et large ponton prévu pour l'embarquement sur les bateaux d'excursion. Il ne s'arrêta que peu avant la fin du ponton. Il n'avait jamais vu tant de vide. Un espace dans lequel, excepté l'eau, il n'y avait rien.

Quand il l'eut contemplé à satiété, son estomac qui criait famine le conduisit au Feltman's, où il s'installa dans le jardin et fut servi par des garçons qui chantaient. Ils s'agitaient assidûment autour de lui, car il s'était lavé, était mieux vêtu qu'avant et distribuait de bons pourboires. Ils chantaient les mêmes chansons que lui, et grand-père se rendit vite compte que même un chanteur moyen gagnait là son argent sans se fouler. À plus forte raison un gars qui se nommait à juste titre le Petit Caruso ! Il fallait seulement résister à l'envie de détrousser les clients ivres. Il se promit de s'en souvenir, lorsqu'il chercherait de nouveau du travail, et poursuivit sa route.

Sur Coney Island il y avait tant de choses à faire et à voir pour un garçon comme lui, tant de sujets d'étonnement et de sensations qu'il en oublia un temps le but de son excursion. Il dépensa beaucoup d'argent pour des sucreries, le stand de tir, les manèges et les montagnes russes, une petite fortune pour le crieur de journaux qu'il avait été jadis. C'est seulement à la tombée de la nuit qu'il se souvint de son projet et courut à l'entrée du parc de Steeplechase. On lui prit vingt *cents*, en l'assurant qu'il aurait ainsi droit à toutes les attractions. Il n'en avait qu'une seule en tête. Mais une attraction classe.

Le parc se vidait lentement, les lampions électriques s'étaient allumés. Au loin résonnait une musique de danse. Les courses de chevaux mécaniques l'intéressaient aussi peu que les canaux vénitiens, le bateau-tempête ou le pavillon qui abritait des choses aussi étranges que la roulette humaine, l'escalier-tremblement de terre, le tunnel de l'amour ou le *Razzle Dazzle* où, avec un peu de chance, une fille vous tombait dans les bras.

Lui n'avait d'yeux que pour l'immense bâtiment rond devant lequel les derniers clients de la journée se massaient sur une plateforme pour oser le « voyage sur la Lune ». Ils étaient tout excités, n'ayant, jusque-là, quitté la terre ferme que pour monter dans leurs appartements. Ou traverser l'East River, une ou deux fois l'an.

Ils embarquèrent sur un deux-mâts qui, en plus des voiles, avait des ailes semblables à celles d'une chauve-souris. J'ignore si on peut s'imaginer ce genre de choses, mais à l'époque déjà ça devait avoir l'air vieillot. Et au moins aussi absurde que le boulet de canon que Jules Verne expédiait sur la Lune. Mais à cet égard les gens avaient encore une innocence d'enfant, ils aimaient se laisser séduire, stupéfier, effrayer.

Le « commandant » les salua de sa cabine :

— Bienvenue à bord de la *Luna*, mesdames et messieurs ! Notre voyage durera vingt minutes. Tenez-vous bien, vous pourriez avoir le vertige au décollage. De plus, nous allons affronter en vol les violentes tempêtes qui font rage dans l'espace. Lorsque nous aurons atterri sur la Lune, nous resterons groupés. Les êtres sur la Lune sont amicaux, mais on ne sait jamais. Êtes-vous toujours disposés au voyage ? cria-t-il.

Un chœur bruyant de soixante-dix voix confirma ; ravi, grand-père cria, lui aussi, « oui » avec la dernière conviction, il tenait enfin sa chance de savoir de voir de près l'endroit d'où — peut-être — il venait.

— Tenez bien vos chapeaux, mesdames et messieurs, qu'ils ne tombent pas sur la Terre et aillent assommer un péquenaud dans l'Ohio ou votre belle-mère à Brooklyn, poursuivit le « commandant ». La foule rit, émoustillée, et alors que les femmes et les enfants s'asseyaient, les hommes restèrent debout au bastingage. Les voiles furent déployées et les ailes rouges commencèrent à battre de plus en plus fort. Lorsqu'une secousse ébranla la coque du vaisseau, quelques passagers crièrent.

— N'ayez pas peur. Du moins pas encore. Nous avons levé l'ancre et commençons notre ascension. Regardez la Terre sous vos pieds.

Les gens s'aperçurent alors que le sol du vaisseau était transparent et que, sous eux, Coney Island commençait à rétrécir, tout comme Brooklyn, Manhattan et toute la côte est. Ils virent surgirent les Appalaches et d'immenses forêts, une grande cascade que le « commandant » appela les chutes du Niagara, des fleuves et des lacs, des ranchs et des villes qui diminuaient au fur et à mesure que le vaisseau prenait de la hauteur. Les feuilles d'images peintes et éclairées sous eux défilaient de plus en plus vite. Quelques passagers titubèrent et seraient presque tombés, si on ne les avait retenus.

Un vent violent se leva et forcit, quand ils volèrent à travers la couche de nuages. Il y eut des éclairs et des coups de tonnerre, un orage de lumière, une « tempête électrique », expliqua le « capitaine ». Maintenant, des images glissaient au-dessus d'eux et sur les côtés. La tempête secouait si violemment le vaisseau que quelques femmes et quelques enfants se mirent à pleurer. Quand ils eurent laissé les nuages derrière eux, ils volèrent à travers une masse d'étoiles et tout le monde s'exclama devant tant de beauté.

Le silence et le calme revinrent quand le vaisseau mit le cap sur la Lune, qui grossissait à vue d'œil devant eux. Ils distinguèrent des volcans éteints, des vallées et les lits de fleuves. Le « commandant » expliqua qu'il préparait l'atterrissage, l'ancre fut jetée et alla se ficher dans la pierre lunaire. Après une autre secousse, ils s'immobilisèrent et descendirent, flanqués de deux matelots munis de pistolets.

— Mesdames et messieurs, vous allez être accueillis par les habitants de la lune. Ce sont des lilliputiens, et on les nomme « Sélénites ». Ils vous conduiront à leur ville où vous pourrez visiter le Palais de l'homme de la Lune. Prenez votre temps, regardez bien, peu de gens ont exploré ce lieu avant vous. Pour finir, les femmes de la Lune vous amèneront dans une salle telle que vous n'en avez encore jamais vu. Ses murs sont faits d'un fromage vert, délicieux. Faites-vous en emballer un morceau à emporter. Vous n'avez rien à craindre, nos matelots sont bons tireurs.

Une longue série de lampes s'alluma. Elles éclairaient un sentier qui se perdait dans un horizon où scintillaient les lumières d'une petite ville. Des nains dans d'étranges habits verts émergèrent soudain de l'obscurité. Le vert était très apprécié sur la Lune. Quelques femmes se pressèrent contre leur compagnon, tandis que les matelots retiraient le cran de sûreté de leurs pistolets. Mais les habitants de la Lune étaient pacifiques, le « commandant » avait raison.

Chacun d'entre eux prit un passager par la main et se dirigea avec lui vers la cité.

Grand-père s'étonna qu'un des êtres étrangers le fixe et même le salue, quand il arriva près de lui. En y regardant de plus près, il reconnut Paul, le nain de l'Huber's Museum, qui lui fit signe de ralentir le pas. Et ils se mirent à discuter.

— Tu es bien le Petit Caruso ? Tu chantes toujours ?

— Je travaille dans les pompes funèbres.

— Ça a l'air d'être rentable, observa Paul, en désignant les vêtements de grand-père.

— C'est exact. Et toi ?

— Moi, le professeur Hutchinson m'a congédié. Tout à coup il avait trop de nains. Ici je gagne très correctement ma vie et j'ai aussi une chambre. Quelques-unes des habitantes de la Lune me tiennent parfois compagnie. On peut dire que j'ai trouvé mon bonheur sur la Lune.

Ce fut un des plus beaux jours de la vie de grand-père, mais il ne se termina pas en beauté. Après la fermeture du Luna Park, Paul le mena dans un tripot où il commanda force gin et brandy et fit venir de jolies filles à leur table. De là, ils poursuivirent leur tournée, et chaque fois que grand-père voulait prendre congé, Paul le persuadait de rester encore un peu. Au Silver Dollar Saloon ils burent de la bière Milwaukee en regardant des danseuses à moitié nues, et au Perry's des femmes qui se dévêtirent jusqu'aux jarretelles dans un « séparé ». Ils tentèrent même leur chance au jeu de *faro*. Et ils chantèrent ensemble dans la rue les *songs* qui étaient à la mode à l'époque.

Le lendemain, grand-père se réveilla dans le fossé d'une rue adjacente à la Surf Avenue. Sa tête vrombissait, et il mit quelque temps à saisir qu'on l'avait dévalisé. Il alla jusqu'à l'extrémité du quai, s'assit en balançant les jambes dans le vide, et réfléchit toute la journée. Le soir, il guetta Paul, le suivit jusqu'à son logement, ouvrit la porte de force, souleva le nain et le jeta sur le lit sans prêter l'oreille à ses explications.

Il se pencha sur lui et, le tenant d'une main, chercha une chose bien précise. Il trouva l'oreiller, qu'il brandit un instant. Il plongea son regard dans les yeux effrayés de Paul et suspendit son geste un peu trop longtemps. Puis il jeta l'oreiller, fourra son porte-monnaie dans sa poche et fila.

Depuis quelque temps les affaires du capitaine marchaient mal. Elles allaient encore empirer en 1903, car l'épidémie de grippe faisait des ravages. Il y eut de nouveau des morts en abondance et des entrepreneurs de pompes funèbres enchantés du nombre de clients. Nuit et jour leurs voitures cahotaient à travers le ghetto, le vacarme de leurs roues sur les pavés était obsédant. Même en se bouchant les oreilles, le bruit restait assourdissant. Et voilà qu'un beau jour, aussi soudainement qu'il était apparu, le capitaine disparut de la vie de L'Allumette.

Longtemps j'ai cru que cette histoire était la dernière qui eût encore de l'importance dans la vie de grand-père, même si, enfant déjà, je me doutais qu'il y en avait d'autres. Mais il refusait obstinément de continuer son récit. C'est seulement en 1967, peu après sa mort, que j'appris par ma mère l'existence de quelque chose qui avait peut-être été encore plus violent et plus destructeur que tout ce qu'il avait vécu jusque-là. Ce que je savais, moi, ne constituait que les prémices, la longue ouverture de cet évènement qui devait, en 1911, le réduire au silence et changer définitivement sa vie.

Sixième chapitre

En 2001 maman réussit tout de même enfin à gagner New York, dans un bocal de verre. J'avais eu beau le rincer soigneusement, l'odeur des cornichons au vinaigre persistait à l'imprégner. Sur le chemin de la gare de Tulcea, dans le train de Bucarest, puis dans le taxi qui m'amenait à l'aéroport, je sortais le bocal de ma valise, le glissais dans mon sac à main, l'en ressortais. J'avais tenté d'imaginer des réponses convaincantes au cas où j'aurais eu à expliquer ce que je fabriquais avec un bocal de verre plein de cendres humaines. Je n'en avais trouvé aucune, mais nul ne me posait la question non plus.

L'avion décrivit plusieurs cercles au-dessus de la ville avant d'atterrir. Si nous avions connu les lieux, maman et moi aurions reconnu les Narrows, l'isthme qui donne accès au port de New York. Le goulet d'étranglement par lequel devaient passer tous ceux qui arrivaient par voie de mer, qu'ils soient riches ou qu'ils soient pauvres. Le col de l'utérus en quelque sorte.

La première chose que distinguaient les passagers, c'était toujours Coney Island et la *Wonder Wheel,* la grande roue. Du temps de ton grand-père, m'as-tu dit, elle était habillée d'ampoules lumineuses et éclairait très loin au large. Avant que vous n'aperceviez la terre, elle vous portait le message d'une vie plus clémente. Et il y avait aussi les montagnes russes nommées *Cyclone* qui, dans les années 1920 et 1930, étaient la grande attraction du lieu. Lorsque nous l'avons survolée, maman et moi, on ne l'utilisait quasiment plus, une relique de temps révolus.

— Connaissez-vous le cimetière de Brooklyn ? ai-je demandé en montant dans un taxi à l'aéroport Kennedy.

— *Lady*, on n'est pas dans un trou perdu de Virginie ici. Il y a beaucoup de cimetières, à Brooklyn, répondit le chauffeur.

— Vous en connaissez un ?

— Je suis hindou. Pourquoi devrais-je connaître les cimetières ? Il n'y a que des juifs et des chrétiens qui sont enterrés là. (Il jeta un œil à mon visage perplexe dans le rétroviseur.) À une époque je conduisais une vieille dame au cimetière Calvary. Il est à la limite de Brooklyn, dans le Queens. Voulez-vous que je vous y amène ?

— Calvary, ça sonne bien.

Nous avons roulé longtemps à travers l'immense tristesse asphaltée de Brooklyn sud. J'avais sorti le bocal et passais distraitement la main sur le couvercle, comme on caresse la tête d'un enfant. La monotonie du paysage faillit m'endormir. Un peu plus de vingt-quatre heures plus tôt j'étais encore dans le delta, et le Danube coulait paisiblement devant mes fenêtres et les immeubles nus et gris. Une de ces innombrables barres qu'avaient bâties les communistes pour des vies bouche cousue, échine courbée.

Après avoir appris la mort de maman par *tanti* Maria, je suis restée un mois à Tulcea pour décider ce qu'il fallait faire des cendres. Il y avait eu beaucoup de ces barres dans ma vie. J'avais quitté à neuf ans le foyer d'enfants de Tulcea, pour aller chez un couple à Bucarest, une directrice d'école et un professeur, tous deux camarades méritants. Quand ils eurent des enfants à eux, on me refila à un couple d'ouvriers à Brașov, puis à une vieille paysanne de Bacău.

À dix-huit ans, je partis finalement pour Timişoara prendre mon premier poste dans une usine de textile. Je devais coudre des vêtements bon marché, des vêtements communistes pour l'homme nouveau. Les personnes chez qui j'avais passé mon enfance n'étaient pas foncièrement mauvaises : l'un était simplement insatisfait et un peu sclérosé, l'autre, hâbleur et buveur, le troisième, un peu aigri par l'envie et le quatrième, un frimeur à la parole creuse. Globalement un échantillon assez emblématique du peuple.

Jusqu'à l'âge de dix-huit ans j'avais pas mal circulé. Régulièrement j'envoyai à tout le monde des vêtements de notre usine. Un pantalon à Bucarest, une chemise à Braşov, un pull-over à Bacău.

Le cimetière Calvary s'étendait des deux côtés d'une route surélevée. Il ne pouvait se comparer à rien de ce que j'avais vu jusque-là. Chez nous, au pays, on dit d'un cimetière qu'il est grand lorsqu'il a les dimensions d'une ou deux rues. Même un cimetière de village peut être grand, s'il est mal délimité et qu'il débouche sur des champs sans qu'on sache vraiment où il commence et où il finit. En comparaison, Calvary était surdimensionné. Un cimetière au superlatif. Comment vais-je bien pouvoir trouver quelqu'un ici ? me dis-je.

— Il y a une porte et un bureau tout près. Vous voulez que je vous dépose là ? s'enquit le chauffeur du taxi, pressé de se débarrasser de moi.

Il y avait même des tombes collées à la clôture, les morts pouvaient suivre tout ce qui se passait, ça leur faisait un peu de distraction. Une route moyennement fréquentée qui passait sous le Queens-Midtown Expressway les séparait de la zone pavillonnaire des vivants. Ils se faisaient ainsi face depuis presque deux siècles, hostiles ou, au mieux, indifférents. Seules de fortes pluies ou la fonte de neiges particulièrement abondantes emportent la terre du cimetière sur la route, m'as-tu dit. Car tu continues à aller sur la tombe de ton grand-père, dans la partie nouvelle de Calvary.

Le portail jouxtait la boutique d'un fleuriste et celle d'un tailleur de pierre, il était grand ouvert et donnait sur un bâtiment de couleur rouge.

— Ne partez pas, ne me laissez pas ici toute seule, ai-je imploré le chauffeur.

J'ai fait plusieurs fois le tour du bâtiment, frappé aux portes et aux fenêtres, mais personne ne s'est manifesté. Je pressais le sac à main avec les cendres de maman contre ma poitrine, j'avais laissé la valise dans le taxi. Elle, je pouvais la perdre, mais pas question de reperdre maman.

— Il n'y a personne ? demanda l'Indien par la vitre ouverte. Si vous voulez bien me régler, maintenant, je pourrai repartir.

— Attendez ! (J'ai réfléchi un instant.) Est-ce qu'on peut traverser le cimetière en voiture, ici ? Dans les films américains, ils le font tout le temps.

— Si vous avez les moyens, tout est possible.

— J'ai de l'argent.

— Qui est-ce que vous cherchez, au fait ?

— Un homme et une femme.

— À ce compte-là vous pouvez rester ici quelques années.

Nous avons ri.

Beaucoup de tombes semblaient se tapir, modestes, basses, avec une simple pierre tombale posée sur le sol. D'autres se dressaient, massives, occupant fièrement l'espace. Des colonnes avec des croix, des obélisques et des anges : les gratte-ciel des morts.

Nous avons parcouru les sections 7, 8 et 9, sommes passés devant les Palmieri, les La Rosa et les Mazzarella, les Walsh, les Savage et les O'Neill. La mort irlandaise se mélangeait à l'italienne. C'étaient de vieilles sépultures, la plupart datant du XIXe siècle, les plus récentes des années 1920. Des immigrants de la première heure. Ils avaient crié famine côte à côte et gisaient à présent côte à côte.

Coleman, McCollum, Petrocelli, Ruggieri, Coppola, Fitzpatrick, Keegan, Grosso, Syracuse, rarement un Dombrowski, un Homeniuk ou un Teubner. Mais je ne découvris aucun nom qui m'eût été familier. De temps à autre je demandais au chauffeur de stopper pour aller examiner une des tombes, mais chaque fois je revenais bredouille. Souvent je marchais lentement devant la voiture, qui me suivait au pas.

— Comment s'appellent les gens que vous cherchez, en fait ? Je peux peut-être vous aider ?

— C'est un nom qui finit en *-escu*, comme beaucoup dans mon pays. Ça devrait frapper, parmi tous ces noms italiens et irlandais.

— Comment s'appelle le pays d'où vous venez ?

— La Roumanie. Vous en avez entendu parler ?

— Jamais, mais il y a une foule de choses dont je n'ai jamais entendu parler. Je fais le taxi quatorze heures par jour. J'ai les traites de la licence à payer. Ça ne me laisse pas beaucoup de temps pour le reste.

Le terrain montait, et les visages des morts regardaient maintenant vers Manhattan, comme s'ils voulaient causer avec les vivants de l'autre rive. Quelques tombes s'éloignaient de l'allée, comme pour chercher le soleil et permettre à leurs occupants de se réchauffer. Louis Bonsignore, Emma Behrens, Joseph Caruso, Luisa del Mondo, Bridget Hamilton, Ignazio di Raimondo. La section 48 offrait une belle vue sur Midtown. C'étaient là les privilégiés d'entre les morts.

Je perdais toujours plus espoir, ayant compris depuis un moment qu'un *-escu* était improbable en ce lieu. Il n'y avait quasiment personne qui ait été inhumé dans les années 1970. Arrivée au point culminant, je demandai au chauffeur de s'arrêter sous un arbre. Au loin, les immeubles de Manhattan semblaient prolonger le cimetière. On ne distinguait ni limite, ni zone intermédiaire, ni transition, ni l'East River.

L'homme descendit de voiture, sortit deux bouteilles d'eau de son coffre et m'en tendit une. Sans un mot je la pris. C'est quand il fut debout devant moi que je remarquai sa petite taille. Il lui fallait empiler deux coussins sur le siège du conducteur, pour arriver à hauteur du pare-brise.

— Vous avez encore de la famille en Inde ?

— Une grande famille. Mais ici je suis seul.

— Qu'est-ce qui vous a amené ici ?

— Tout le monde veut venir à New York. Vous êtes bien ici, vous aussi. Mes parents voulaient que je sois moine. Ils m'ont fourré dans un cloître, mais je n'étais pas fait pour ça. Trop indiscipliné. Je me suis enfui, et un beau matin me suis retrouvé ici.

— Et vos parents ? Comment ont-ils réagi ?

— Ils ont payé des fortunes pour que je puisse rester au temple. Maintenant c'est mon tour de payer. Je dois envoyer régulièrement de l'argent à la maison. Je nourris la moitié du village. Ils m'ont promis de me chercher une femme, mais je ne peux pas m'offrir un mariage. La licence du taxi passe avant.

Nous nous sommes tus.

— Où est-ce qu'on enterre les morts en Inde ?

— Les hindous brûlent leurs morts. Vous ne le saviez pas ? Je m'y connais, en cendres. Qui est-ce que vous promenez là dans le bocal, à propos ?

— Une femme.

— Qu'est-ce qu'elle avait ?

À cet instant un homme apparut, le premier que nous apercevions jusque-là dans le cimetière. Les morts n'étaient plus habitués aux visites. Ils se tenaient mutuellement compagnie. C'était le jardinier du cimetière, il était au volant d'une camionnette sur laquelle il avait placé une tondeuse à gazon. Lorsqu'il fut à notre hauteur, le chauffeur de taxi l'arrêta, et j'allai le trouver.

— Vous ne trouverez pas de tombes récentes, dit-il, après m'avoir écoutée. C'est le vieux Calvary, il y en a un nouveau de l'autre côté de la route. Quand j'ai commencé ici dans les années 1960, le dernier enterrement remontait déjà à quarante ans.

Je m'apprêtais à remonter en voiture, quand il me lança :

— Ceux que vous cherchez étaient-ils catholiques, au moins ? Sinon vous pouvez laisser tomber. Il n'y a pas une seule âme non catholique ici. Les autres sont au cimetière de Green-Wood.

— On va à Green-Wood ? demanda le chauffeur.

Je réfléchis.

— Oui, allons-y.

— Ça va vous revenir cher.

— Je sais. Mais il faut que je le fasse.

Au cimetière de Green-Wood je ne trouvai personne non plus, ou plutôt, plus personne. J'appris que deux défunts de ce nom y avaient bien été inhumées, en 1978. La cause de la mort n'était pas spécifiée. Leur tombe avait été réattribuée depuis.

— Apparemment je ne vais pas pouvoir disperser mes cendres aujourd'hui, dis-je, une fois revenue à la voiture. Conduisez-moi à mon hôtel, à Central Park, s'il vous plaît.

Nous avons descendu les collines du cimetière, dépassé un petit bois, tourné dans l'allée qui menait à la sortie, et les gratte-ciel de Manhattan sud se sont dessinés nettement au loin. Tel un troupeau de bêtes venues s'abreuver dans le fleuve.

— La vue n'est-elle pas belle ici, *lady* ? a demandé l'Indien.

— Très belle, ai-je répondu distraitement.

— Là-bas vous voyez les jumelles. Les bâtiments les plus hauts de la ville.

— Les jumelles, ai-je répété machinalement.

— En haut de la tour sud il y a une terrasse. La vue y est fabuleuse. Par temps clair on voit à quatre-vingts kilomètres.

— Je ne suis pas venue faire du tourisme.

— Vous ne m'écoutez pas vraiment. Il y a une terrasse, là-haut. Entièrement ouverte. On vous donne un badge en bas, vous prenez l'ascenseur, vous changez une fois, et en quelques minutes vous êtes à quatre cents mètres au-dessus de la ville. Et là, ce que vous y faites, c'est votre affaire. Vous pouvez profiter de la vue ou disperser les cendres de la femme au-dessus de New York. Elle n'aura certainement rien contre. Vous comprenez maintenant ?

J'ai tourné lentement la tête vers lui. J'avais compris.

C'est le matin suivant qu'a débuté mon périple vers les deux tours. Quand je suis arrivée au Colombus Circle, le soleil levant rougissait les vitres des gratte-ciel. Des bâtiments de verre se dressaient à côté de tours de pierre et de marbre blanches comme neige, des immeubles de bureaux nus et secs à côté d'immeubles d'habitation de couleur brune. On m'avait dit : « Quand vous serez au Columbus Circle, vous prenez la Huitième Avenue et vous la descendez sur une cinquantaine de blocs. À un moment donné vous aurez les tours jumelles devant vous. Ou vous prenez le métro. »

J'avais décidé d'y aller à pied, bien que je n'aie aucune idée de la distance que représentait « une cinquantaine de blocs ». En l'occurrence pour une quadragénaire un peu replète et pas très alerte, qui commence à manquer de souffle et sent déjà les atteintes de l'âge. Je voulais m'avancer vers les tours tel un chasseur à l'affût, les voir peu à peu grandir et devenir plus nettes en face de moi.

Je voulais gagner du temps, le seul que je puisse passer avec maman. Alors que j'avais tellement hâte d'accomplir ma tâche la veille, à présent je n'y accordais plus d'importance. J'avais quelques jours devant moi avant mon vol de retour.

J'ai tourné plusieurs fois sur mon axe, les immeubles me dépassaient dans tous les sens du terme. Je n'en avais jamais vu de semblables. Central Park dont l'entrée était juste en face et ces immeubles qui dessinaient une ligne parfaite tout autour me rappelaient les villes de mon pays. Bien qu'à Tulcea il n'y ait rien qui ressemble de près ou de loin à New York.

La ville s'élève sur quelques collines dénudées et, par fortes pluies, des torrents d'eau dévalent les rues mal pavées de son pourtour. Là où le centre commence à s'effranger, pas très loin de la promenade des quais du Danube, la ville prend déjà des airs de village. Des chiens aboient derrière les clôtures et des treilles dispensent de l'ombre dans les cours. Tulcea ne semble urbaine que dans quelques rues où il y a du bruit et de l'animation dans la journée, mais après le coucher du soleil il règne là aussi un calme qui donne l'impression d'être au bout du monde. Toujours le Danube est là, même dans l'obscurité. Il coule sans bruit, pour ne pas déranger les habitants.

Pendant le mois que j'y ai passé, je pouvais apercevoir le fleuve au-delà de la rue de la rive — la rue d'Isaccea —, les quais, les bateaux d'excursion et les blocs de béton qu'on a bâtis sur la promenade. Au-delà de son ruban sombre s'étendaient les fourrés verdoyants où disparaissait presque entièrement le village de Tudor Vladimirescu. Un village qui se préserve de la ville, se met à couvert. Il est fréquemment inondé, et on ne l'atteint qu'en barque ou par un bac qui doit d'abord lutter contre un courant puissant. Une église isolée se dresse, tel un défi, à l'endroit où le fleuve imposant dessine une boucle vers la gauche.

C'était insensé de voir en Central Park le pendant de ce mystérieux bois de peupliers et de saules de la rive danubienne. Enfant, quand je rentrais de l'école et regagnais le foyer, je repoussais toujours le moment d'y arriver. Je regardais de l'autre côté et je m'imaginais que mes parents vivaient là. Sur une langue de terre qui ne faisait déjà plus partie de la ville et ne faisait pas encore partie du delta. Dans une sorte de réserve pour parents perdus. Ils étaient invisibles, mais jamais très loin. Comme les autres enfants du foyer, je n'avais pas la moindre idée des gens qui m'avaient conçue.

C'était tout aussi absurde de comparer l'alignement parfait des barres qui bordaient la rue d'Isaccea aux immeubles qui entouraient Central Park, lesquels étaient certainement autant de merveilles architecturales, baignées de lumière, élégantes jusque dans le moindre revêtement de canalisations. Ils donnaient à leurs occupants un sentiment d'importance et de raffinement, alors que, dans les barres de Tulcea, on se sentait tout au plus relégué à la marge. À la marge de tout ce qu'on devrait avoir vu et vécu pendant une courte vie.

C'était sans doute ridicule, mais qui sait, peut-être y avait-il derrière le luxe de ces vastes façades vitrées un enfant qui regardait dans le parc et s'imaginait que ses parents vivaient là quelque part, cachés.

J'ai tâté le bocal de verre à travers mon sac à main, et fait enfin quelques pas sur la Huitième Avenue. Dès le coin de rue suivant, je suis tombée sur un immeuble étrange, dont la façade inclinée se tordait plusieurs fois sur elle-même et qui semblait érigé sur un autre bâtiment de pierre. Je ne pouvais le comparer à aucun bâtiment de ma connaissance. À chaque coin du carrefour de fines tours vertigineuses s'élevaient, comme pour étayer le ciel. Ou le tenir à distance.

Ça m'a rappelé un conte où l'on grimpait au ciel sur la tige d'une plante gigantesque, en croisant des êtres inconnus qui en descendaient. Les bâtiments qui m'entouraient se seraient parfaitement prêtés à ce genre d'exercice. À force d'étonnement, j'ai failli être renversée par un poids lourd où était inscrit : *Make the better move*[1]. Dans une vitrine on promettait beauté et bien-être vingt-quatre heures sur vingt-quatre. J'ai lu des noms comme *Wendy's*, *Starbucks* et *Citibank*, *Duane Reade*, *Gotham Pizza*, *HSBC*, dont je n'avais jamais entendu parler, découvert un parking à plusieurs étages, un *Matt's Grill* sur ma gauche et, à ma droite un immeuble d'habitation haut et large, sans balcons.

J'ai pensé aux façades colossales des grandes barres aux carrefours de Bucarest. Elles évoquaient les falaises coulées dans le ciment d'une côte contre laquelle venait se briser la vie de la ville. Elles n'étaient bonnes qu'à une chose : supporter ces affiches géantes vantant la beauté, les voitures, le whisky et les cigarettes. Lesquelles ôtaient aux occupants qui se trouvaient derrière la lumière, la vue, la raison.

Mais ce qui manquait aux tours d'habitation new-yorkaises, c'étaient les balcons. Les gens vivaient derrière des hublots tels les passagers d'un bateau destiné à les emmener, mais qui ne bougerait pas d'un pouce.

Il y avait aussi le *Cosmic Diner* et le Worldwide Plaza, un Express Wash-and-Blow avec traitement à la cire et allongement des cils, puis un Bikram Yoga, un *Vishara Video*, un Bar & Grill juste à côté de *New York Sightseeing* : *Hop-On Hop-Off — The only way to see Big Apple*[2]. C'était une Babel de noms qui, tous, ne me disaient rien.

Entre eux surgissaient régulièrement des reliques des temps passés : immeubles de briques rouges qu'avaient

1. « Faites le meilleur choix. »

2. « New York Tourisme : on monte et on descend où on veut — la seule manière de visiter la Grosse Pomme. »

loués tous ces magasins désireux d'offrir leur marchandise aux gens solitaires, affamés, assoiffés, malades, fatigués, avides de distractions : pharmacies, *delis*, *steakhouses*, bars, boutiques de spiritueux.

J'avais beau ne pas lâcher des yeux cet horizon qu'était la ligne de fuite de la Huitième Avenue, je n'avais toujours pas découvert les deux tours qui, seules, comptaient pour moi. Sur la 44e Rue j'ai fait quelques pas vers la Septième Avenue où j'avais aperçu des noms de théâtres écrits en grosses lettres, Shubert, Majestic, Helen Hayes, et supposé n'être qu'à une rue de ce nombril du monde nommé Times Square. Puis je suis revenue sur la Huitième Avenue.

J'avais envie de m'asseoir quelque part — par exemple dans une église ouverte — et l'idée m'a effleurée de poser le bocal de cendres sur un autel et de m'éclipser. Mais sur la Huitième Avenue les églises étaient apparemment une denrée rare. Je n'en ai trouvé qu'une, dans une rue adjacente qui débouchait sur l'Hudson River, et qui s'élevait entre un *Burger King* et un *Dunkin' Donuts* d'un côté, un parking de l'autre. L'église de la Sainte-Croix était fermée.

À côté de moi est passé un bus sur lequel on lisait : *You can win the biggest prize in game show history*[1]. Et sur un autre : *We'll take you anywhere*[2]. À partir de la 30e Rue, j'ai laissé peu à peu derrière moi l'alignement de maisons, et l'avenue s'est transformée, dégagée, élargie.

À gauche s'élevait une façade ininterrompue de bâtiments en fonte et d'immeubles en briques ; à droite, des barres brunes sans prétention. Sur le moment bien sûr il ne me serait pas venu à l'idée de les appeler ainsi, tant elles semblaient se démarquer par leur ordre et leur propreté de tout ce que je connaissais dans mon pays. Et là j'ai enfin distingué au loin une tour qui dépassait les autres

1. « Vous pouvez gagner le plus gros prix de l'histoire des jeux télévisés. »

2. « On vous emmène où vous voulez. »

de beaucoup et dont on me confirma qu'il s'agissait bien d'une des jumelles.

J'avais les jambes gonflées, j'étais en sueur, je me traînais. Prise d'une étrange lassitude qui m'empêchait d'avancer, j'ai décidé de rebrousser bientôt chemin. Je m'approcherais des tours étape par étape, comme un fauve qui se glisse vers sa proie. Mais j'ai fait l'effort de passer encore quelques blocs d'immeubles. À un coin de rue, une réclame au-dessus d'une pâtisserie vantait le meilleur cheese-cake du monde, et en face d'elle au premier étage d'une maison se trouvait le New York Sports Club. Les gens se remettaient en forme avec vue sur le cheese-cake. Tout cela n'était qu'un éternel, irréductible cercle vicieux.

À la fin de la Huitième Avenue, j'ai suivi encore un moment l'Hudson Street qui était bordée d'entrepôts de dix étages, d'immeubles bas et d'arbres. Une pointe des tours jumelles émergeait régulièrement, pour redisparaître et réapparaître un peu plus loin. Comme si elles jouaient avec moi et me narguaient. J'ai mis fin à mes pérégrinations et regagné mon hébergement par le métro. Je me suis allongée sur le matelas mince et étroit et — avant de m'endormir — j'ai pensé à ma première rencontre avec *tanti* Maria.

Quelques semaines plus tôt, j'ignorais encore que maman vivait. À un moment j'avais cessé d'y penser. Je menais la vie tranquille et prévisible d'une ouvrière textile à même de coudre sous-vêtements, jupes, chemisiers, vestes, manteaux, bref à peu près tout. J'étais dans l'entreprise depuis vingt-deux ans et j'avais habillé la moitié du pays.

Je m'étais toujours promenée le dimanche dans la ville déserte avec la certitude que cette vie monotone me convenait. Qui aurait bien pu vouloir d'une femme dans mon genre qui ne faisait de cadeau à personne, à commencer par elle-même ? Et toujours si sévère, entre autres en matière de vérité. Une femme qui craignait la frime, le bavardage, les phrases creuses, si bien qu'étant de plus en plus silencieuse et obstinée au fil des ans elle avait fait le vide autour d'elle. J'avais toujours détesté ce qui, pour d'autres, était vital : les illusions sur sa propre situation et ses propres capacités. Je savais que cette sévérité, cette radicalité avaient aussi laissé leur empreinte sur mes traits.

Lorsque la lettre de la léproserie me parvint, elle apporta d'un seul coup dans ma vie l'agitation, le doute et de très nombreuses questions. J'ignore toujours comment *tanti* Maria m'a trouvée. J'ai mis un certain temps avant de me décider à prendre le train pour Tulcea. J'y ai passé la nuit et pris, le lendemain matin, un taxi pour la léproserie.

Le portail était grand ouvert, mais j'avais peur et n'ai tendu la main à personne, bien que le chauffeur du taxi m'ait expliqué que les malades n'étaient plus contagieux depuis qu'on leur donnait les médicaments nécessaires. Je l'ai attendue dans le foyer obscurci, et l'infirmière m'a précisé que les livres des étagères et le mobilier avaient été offerts il y a longtemps par de généreux donateurs.

J'ai constaté qu'ici aussi le téléviseur, devant lequel s'étaient groupés quelques habitants de la léproserie en cette fin de matinée, constituait l'attraction majeure. Je ne distinguais que leurs silhouettes, ne pouvais voir leurs plaies et leurs difformités, mais me les représentais d'autant mieux. Puis, alors que je m'apprêtais à feuilleter un livre, on l'a amenée dans un fauteuil roulant. Je m'en souviens très bien. Il n'y a pas si longtemps que ça.

— Ça fait longtemps que personne ne lit plus de livres, ici. Il nous manque les doigts pour les ouvrir et les feuilleter, a-t-elle dit. Je suis *tanti* Maria. Tu es sans doute la fille d'Elena.

— C'est ce que vous m'avez écrit.

— Viens, s'il te plaît, ici nous allons gêner les autres. (Une fois dans la cour, elle a déclaré :) Je pensais que tu viendrais plus vite. Ça fait déjà une semaine que ta mère est morte.

— Je n'ai pas pu venir plus tôt.

— Mais je t'avais écrit qu'elle était mourante.

— Je vous dis que je n'ai pas pu venir plus tôt. D'ailleurs, comment puis-je savoir qu'elle était réellement ma mère ?

— Tu es Elena, née le 26 août 1960. Tu as grandi au foyer d'enfants de Tulcea et, plus tard, dans une famille de communistes purs et durs à Bucarest.

— Et un peu plus tard chez des travailleurs dévoués, puis chez un couple de paysans obtus. Je les ai tous faits. Et depuis vingt ans j'habille les gens, communistes et non-communistes, dénonciateurs et dénoncés. Des gens dont la vie n'est qu'un discours creux. Ce pays en est rempli. Depuis qu'on a renversé les communistes, ça s'est un peu amélioré, mais les discours et l'hypocrisie sont toujours aussi insupportables. Quand je pense aux gens qui sont dans mes vêtements, quelquefois je me sens mal. Oui, c'est moi. Mais ça ne prouve encore rien.

J'ai vu nettement qu'elle était surprise et déconcertée par ma dureté, elle a hésité à poursuivre.

— Tu lui ressembles.

— Avant le moment où elle est devenue un monstre ou après ?

Je voulais la provoquer, l'insulter, mais elle a fait comme si elle n'avait pas entendu.

— Est-ce que tu désires savoir quelque chose de ta mère ?

— J'ai quarante ans. Pourquoi est-ce que ça m'intéresserait encore ? Je sais qu'elle n'était pas là, tout simplement. C'est plus qu'assez.

— Tu n'as pas à la condamner. Les communistes ne nous permettaient pas de garder nos enfants ici. Par une belle et fraîche matinée d'automne, ils t'ont arrachée à elle, je m'en souviens comme si c'était hier. Ils portaient des combinaisons et des gants. Tu n'avais qu'un an. Elle s'est cramponnée à toi tant qu'elle pouvait, à cette époque déjà elle n'avait plus de doigts. Elle a couru en boitant derrière la voiture jusqu'à la clôture. Plus tard, elle a fait écrire des lettres aux autorités par quelqu'un qui pouvait encore écrire. Mais elle n'a jamais eu de réponse. Elle a tout essayé, crois-moi.

J'ai détourné les yeux.

— Si vous le dites.

Ensuite nous nous sommes tues longuement.

— Ta mère avait deux grands souhaits. Te revoir et aller en Amérique.

— Et aucun ne s'est réalisé. Pourquoi m'avez-vous fait venir ?

— Depuis la chute des communistes je l'ai pressée de prendre contact avec toi…

— Ne me racontez pas ça ! Je ne veux pas le savoir !

— Mais elle avait peur. Elle ne voulait pas que tu la voies comme ça.

— Arrêtez !

Elle a baissé la tête et regardé les moignons de ses mains qui reposaient sur une boîte posée sur ses genoux. J'étais au bord des larmes, mais j'ai toujours bien su me maîtriser.

— Dites-moi seulement pourquoi vous m'avez fait venir. Pour qu'elle me voie, avant de mourir ?

— Non, pas seulement. Il faut que tu exauces sa dernière volonté. Manifestement, moi je ne le peux pas.

— Et quelle était sa dernière volonté ?

— Aller en Amérique.

— En Amérique ? Moi ? Avec elle ?

— Ne t'inquiète pas, je l'ai fait incinérer comme elle le désirait. Elle détestait l'Église et le pope, qui nous rabâchait à longueur de temps que c'était la volonté de Dieu que nous soyons comme nous sommes. Que nous avions péché et devions accepter. Il ne nous aimait pas, et nous ne l'aimions pas non plus. Quand le vieux pope est mort, un nouveau l'a remplacé, mais il parlait exactement comme le vieux. Notre religion nous interdit d'incinérer les morts, mais l'idée que l'Église ne la récupérerait pas non plus après sa mort lui plaisait. Tu aurais donc simplement à emporter les cendres de ta mère. J'ai aussi économisé un peu d'argent.

Elle a levé alors la boîte, qu'elle m'a tendue.

— Je n'ai pas pu trouver mieux, malheureusement.

— Je n'irai nulle part et je ne toucherai pas à ça! ai-je crié. Qu'est-ce qui vous prend de me dire que je dois faire ça? Après tout ce temps?

Je me rappelle parfaitement avoir trépigné et couru jusqu'à la petite clôture en bois de l'église. J'ai ouvert le portail et me suis assise dans l'herbe. Mais qu'est-ce que c'est que cet enfer, ici? me suis-je dit. Je regardais les quelques douzaines d'habitants de la léproserie avec la même stupéfaction qu'eux me regardaient. Les gens se retournaient tous sur moi.

— Tu es la fille d'Elena? m'a demandé l'un d'eux.

— Non, je ne suis la fille de personne.

— Ah, c'est bien ce que je me disais. Elena ne serait jamais allée dans le jardin de l'église, répliqua l'homme.

Le taxi m'a déposée à la gare et j'étais fermement décidée à reprendre le train, au lieu de quoi je suis restée dans la salle d'attente. Là j'ai longuement réfléchi, et continué à réfléchir dans ma chambre d'hôtel, qui se trouvait juste sur la promenade. Jusqu'à ce que la nuit tombe, j'ai fixé le Danube et les terres recouvertes de fourrés, de l'autre côté du fleuve.

Le lendemain j'ai passé sans hésiter le portail de la léproserie, demandé où je pouvais trouver *tanti* Maria et marché tout droit sur sa maison. Je me souviens qu'elle discutait avec un homme aux jambes purulentes et sanguinolentes qu'il tentait de nettoyer et de panser avec un peu de coton et de vieux bandages.

— Nous manquons de tout, a-t-elle dit comme en passant, sans trace de plainte, le constat d'un état de choses permanent, du genre de la Terre qui tourne encore et toujours. Nous avons peu de médicaments, pas de pansements et surtout pas d'espoir. Nous vivons de ce qu'on nous offre, et d'une petite rente.

— Où est mon père ? ai-je demandé.

— Il est enterré dans notre cimetière, là sur la colline, dans la troisième rangée. Il est mort je ne sais plus quand dans les années 1970.

— Comment s'appelait-il ?

— Gheorghe. Comme le bras du fleuve au bord duquel se trouve le village de ta mère.

— Que savez-vous de lui ?

— C'était un brave homme, un pêcheur de la région. Il l'aimait beaucoup.

— Il était aussi... Je veux dire, il avait aussi...

— Tu te demandes s'il était lépreux lui aussi ? Mais bien sûr, qui d'autre qu'un homme atteint du même mal aurait jamais touché ta mère ?

Elle me raconta qu'il avait été amené ici à peu près dix-sept ans après maman. Ils s'étaient installés dans une petite maison sur la hauteur, et tant qu'ils avaient pu travailler, ils avaient cultivé leur propre potager. *Tanti* Maria dit qu'ils avaient été heureux ensemble.

— Et pourquoi précisément l'Amérique ? ai-je demandé.

— Ta mère détestait l'Église, mais elle détestait encore plus ce pays. On nous a relégués ici, et oubliés, pas une âme ne s'est souciée de nous, à part un médecin qui passait de temps en temps. Elle disait toujours : « Quand je mourrai, je ne veux pas qu'on m'enterre ici. » Jusqu'au bout elle a voulu partir d'ici, morte ou vive, comme on dit.

— Pourquoi l'Amérique ?

— Viens t'asseoir à côté de moi, petite.

— Pas besoin. J'aime bien être debout.

— Comme tu voudras. Quand ta mère était jeune, elle voulait déjà quitter le delta. Elle voulait voir le monde. À cette époque on parlait beaucoup de l'Amérique, et ce qu'elle entendait dire avait l'air très alléchant. Elle a trouvé un jeune homme, un gars du delta comme elle, qui vivait à New York. Ils se sont écrit plusieurs lettres, et elle est même tombée un peu amoureuse de lui. Comme ça arrive aux jeunes gens, ma foi. Puis la lèpre s'est déclarée, et son amie Aura a fait main basse sur ce parti intéressant. Ta mère a baptisé son mouton du nom de cette femme. Quand il a été vieux, nous l'avons tué et nous l'avons mangé. Il était délicieux.

Sa bouche édentée est partie d'un tel fou rire qu'elle a eu du mal à poursuivre son récit.

— Elle les a longuement haïs tous les deux, mais, avec le temps, elle s'est adoucie. Surtout lorsqu'ils ont commencé à lui écrire et à lui envoyer des colis de conserves, de cigarettes, de chocolat. Les cigarettes, nous les donnions toujours au gardien, pour qu'il nous achète des vêtements chauds. Sache que nous avions toujours froid. Grâce à eux notre situation ici à toutes les deux s'est un peu améliorée. Ils s'occupaient de nous de loin, et la personne qui partage ton lit n'en fait pas toujours autant. Quand on a commencé à manquer de tout dans le pays et que tout s'achetait avec des tickets de rationnement, nous avons toujours eu de quoi manger. La haine de ta mère a fini par s'épuiser. Tout au début elle m'avait dit : « Si je meurs avant toi, arrange-toi pour que mes cendres aillent à New York, que ces deux-là n'aient pas le dernier mot. » Plus tard, quand elle a appris qu'ils étaient morts, elle a souhaité qu'on disperse ses cendres sur leur tombe. « Comme ça, je serai tout près d'eux, et je leur en ferai voir. » Elle riait en disant ça.

— Comment s'appelaient-ils ?

Elle extirpa non sans peine un papier de la poche de son pull-over.

— Le nom est marqué là. Ils sont enterrés à Brooklyn où ils habitaient à la fin. Je ne sais pas si les cimetières américains sont vastes, mais tu les trouveras sûrement.

Dans le taxi qui me ramenait à Tulcea, j'ai posé la boîte à chaussures à côté de moi. Pendant le trajet je la repoussais sans cesse de quelques centimètres, puis la rapprochais de moi. À chaque cahot je posais ma main sur le couvercle.

À Tulcea, j'ai loué un petit meublé et appelé à l'usine, pour prendre un congé sans solde. J'ai posé la boîte sur la table, puis dans une armoire, puis sur le balcon.

Pendant les semaines qui m'ont été nécessaires pour prendre une décision, la boîte a changé tous les jours de place. Quelquefois la colère me prenait, je traversais la rue d'Isaccea, la boîte sous le bras, j'apportais les cendres au bord du fleuve. Mais je n'allais jamais plus loin. Je rentrais ensuite à la maison, et l'errance de la boîte dans le petit appartement reprenait de plus belle. Au bout de trois semaines, j'ai acheté un bocal de cornichons et, un peu après, le billet d'avion pour New York.

Le lendemain, mon audace et mon esprit d'entreprise se sont affermis. J'ai pris la Dixième Avenue et suis tombée sur un homme posté près d'une vieille Cadillac qui proposait des tours de ville sur les traces des vedettes. Son offre comprenait des vedettes vivantes et mortes du cinéma, du sport et de la musique.

Plus loin sur l'avenue, un sosie de Marilyn Monroe m'a expliqué qu'on était juste à l'endroit où se trouvait, avant, le Madison Square Garden où Marilyn avait chanté « *Happy Birthday* » pour le président américain et troublé ainsi, outre celui du président en question, le sommeil d'une tripotée d'hommes. Je n'en avais jamais entendu parler. Elle m'a proposé un tour des lieux d'adultères célèbres de la ville. Un autre voulait me vendre des crimes célèbres.

Serrant mon sac à main contre moi, je me suis enfuie comme si on m'avait fait des propositions malhonnêtes.

Un peu plus au sud, je suis aussi tombée sur de vieux immeubles d'habitation bas qui hébergeaient, si je me souviens bien, des magasins aux noms étranges : un *Happy Joy – Chinese Food*, un *Happy Pet* et un *Happy Lamb — Prime Choice Meat*. Je me rappelle avoir ri de tant de bonheurs inespérés. Au-dessus des vitres d'un *deli* on déchiffrait encore une bribe de mot : *Fact*. Il venait d'une époque où, à Hell's Kitchen — le quartier que, sans le savoir, j'étais en train de parcourir — se trouvaient des *factories*, des usines qui faisaient fabriquer des vêtements bon marché. À des ouvriers qui, à quarante ans, étaient déjà usés, vieillis, voués à une mort prochaine, c'est toi qui me l'as appris.

Sur la 50e Rue je suis tombée sur une église bulgare qui ressemblait aux nôtres ; depuis des heures la première chose familière. Mais alors que, chez nous, l'après-midi les églises s'animent, assaillies par un flot ininterrompu de fidèles qui viennent y prier, celle-ci était comme orpheline. Sur sa droite et sur sa gauche elle était flanquée de deux minces immeubles de briques qui la soutenaient comme une vieillarde. Ou un ivrogne chancelant.

J'ai continué à descendre la Dixième Avenue, mais toujours sans apercevoir les tours. Plus je m'approchais d'elles, plus elles reculaient. D'ailleurs je ne me dirigeais plus droit sur elles maintenant, je leur tournais autour comme une flâneuse qui se serait égarée dans l'ouest de la ville. À Hell's Kitchen on ne bâtissait pas de gratte-ciel, il n'y avait que quelques tours d'habitation isolées, au milieu d'immeubles de briques délabrés et barricadés, qui dataient du XIXe siècle.

J'avais le temps. C'était la première et la dernière promenade de ma vie en compagnie de maman. Comme si nous entreprenions ensemble un voyage dans un lieu inconnu.

Je me suis risquée dans les rues adjacentes que j'ai suivies jusqu'à l'Hudson, pour me reposer un peu et réfléchir.

Sur la 43ᵉ Rue, dans une petite annexe à côté d'un entrepôt j'ai avisé un *market diner*. Le vieux comptoir dont la surface avait été polie par nombre de verres, de bouteilles et de coudes était éclairé d'en haut par des boules de verre orangé. Dans les niches, les coussins des sièges étaient en simili peau de serpent noire et blanche. N'est-ce pas là où tu as passé des nuits entières dans les années 1970, à divertir en chantant pour quelques pennies les noctambules de la ville, policiers en patrouille, truands du New Jersey et chauffeurs de taxi fatigués ?

— *Lady*, qu'est-ce que vous venez faire ici ? m'a demandé le vieux serveur fripé. Il n'y a pas beaucoup de touristes qui viennent se perdre chez nous.

— Je ne suis pas une touriste. J'ai quelque chose à faire ici.

— Croyez-moi, avec ce grand sac à main et vos airs perdus, vous êtes la proie rêvée. Ce n'est pas écrit dans votre guide de voyage qu'on ne se promène pas toute seule à Hell's Kitchen ?

Sans attendre de réponse, il a poursuivi.

— Quoique ce ne soit plus aussi terrible qu'avant, dans les années 1970 et 1980. Pour nous c'était le bon temps. Francis Featherstone et sa bande étaient ici jour et nuit. Les gangsters donnaient de bons pourboires, et quand ils avaient un compte à régler, ils sortaient sur le parking pour ne pas nous faire d'ennuis. Policiers, meurtriers, putains, on les avait tous ici, je les servais tous. On peut dire de nous tout ce qu'on veut, mais il fut un temps où, passé minuit, nous étions le centre de la ville. Pas comme maintenant où j'ai trois clients à servir dans la journée, a dit l'homme, le regard brumeux. C'est ici que Featherstone buvait son gin, après avoir dépecé les gens qui n'avaient pas remboursé leurs dettes.

Il s'est mis à rire en voyant ma tête.

— Mais comme je vous disais, de nos jours c'est un peu plus calme. Vous voyez la photo, là, au mur ? Vous le reconnaissez ? Exactement, j'ai servi Sinatra, dans la pièce de derrière qu'on lui réservait toujours. Tout le monde ne peut pas en dire autant. Et on a eu le maire Giulani, regardez ! Et un tas de travestis. Mais aujourd'hui je passe des heures ici à regarder par la fenêtre.

Il a eu l'air d'hésiter à continuer. Il ne s'était même pas soucié de savoir si je le comprenais.

— Vous m'avez l'air d'avoir besoin d'un peu de compagnie. J'aime les silencieuses, les autres me donnent mal au crâne. Il leur suffit d'un gin pour vous saouler aussi sec de paroles. Alors qu'entre un homme et une femme il n'y a pas tant de choses à dire. Toutes ces phrases ne servent qu'à faire un petit détour avant d'atterrir au lit ou à vous faire périr d'ennui. Mais, vous, vous avez l'air différente.

— Attendez un peu que j'aie bu le premier verre !

— S'il vous reste un peu de temps… J'ai bientôt fini mon service et je ne loge pas loin d'ici.

J'ai laissé mon repas sur la table, je me suis levée et j'ai payé. Avant de refermer la porte derrière moi, j'ai entendu la voix du serveur une nouvelle fois :

— Faites-moi confiance, ce n'est pas un endroit pour une dame comme vous. Ça se sent à des lieues à la ronde, que vous avez peur. Les chiens du coin flairent ça de loin, c'est magique, ça les attire. Retournez sur la Dixième Avenue ou poussez encore plus loin. Là où vous serez à votre place.

Je suis revenue sur le seuil de la porte.

— Vous appelez ça un repas, ce que vous servez ? Pas étonnant que votre baraque soit vide. Votre gangster à la noix aurait pu empoisonner ses victimes avec.

J'ai claqué la porte derrière moi et pris le large en vitesse.

En dépit de ses avertissements, j'ai pris cette fois la Onzième Avenue, longé des parkings vides, des voies de chemin de fer, des entrepôts et des usines désaffectées. C'était un monde à l'écart de l'agitation et du grouillement de la métropole plus à l'est. Je ne m'y sentais pas menacée, au contraire j'y trouvais l'apaisement. Je me suis rappelé mon intention d'aller jusqu'à l'Hudson, et l'ai gagné par une rue adjacente, en passant devant des dépôts de wagons, des garages, des parkings et des rampes de livraison en ruine.

Une fois parvenue à la rive du fleuve, je me suis penchée par-dessus le garde-fou et j'ai contemplé au-dessous de moi le vieil Hudson fatigué qui n'en avait plus que pour quelques milles jusqu'à la mer. J'ai sorti le bocal de mon sac, j'en dévissais et revissais le couvercle, perdue dans mes pensées. Mais le sombre fleuve étranger dont je ne savais rien ne voulait pas de mes cendres. Le Danube, en revanche, je lui aurais confié maman sur-le-champ, mais elle en avait décidé autrement.

Je suis revenue sur la Dixième Avenue où j'ai trouvé une deuxième église fermée qui se blottissait contre les immeubles voisins. La foi ne risquait pas de déborder hors de ses murs, après l'église venaient des boutiques et des sacs d'ordures, tout le bazar de la vie. Les bâtiments voisins serraient l'église de près, la protégeaient. On lui accordait encore un peu l'hospitalité.

En prolongeant mon incursion vers le sud, j'ai passé un dépôt de chemin de fer long de deux blocs, et un reste de vieux pont ou d'ancienne route surélevée, suspendu au-dessus de l'avenue. Là où cette structure noire se perdait dans les profondeurs d'une rue adjacente, deux hommes noirs surveillaient un tas de chaises de bureau remisées. Assis sur deux d'entre elles, ils pivotaient constamment sur leur axe. Puis venaient des terrains en friche, des décharges clôturées, des hangars avec des fourgons de livraison sur leurs rampes, des immeubles de briques abandonnés datant de la nuit des temps, dont les portes et les fenêtres étaient condamnées.

Au-dessus d'un *deli* était inscrit *Open soon*. Mais on sentait que le quartier restait figé entre deux époques. D'étroits immeubles délabrés alternaient avec de gros hangars à plusieurs étages. Un homme courbé en deux, aux mains enflées, poussait un caddie qui contenait tous ses biens. Une femme aux cheveux tout blancs, coiffée d'un chapeau à large bord, fixait les ruines industrielles.

J'avançais lentement, comme retenue sur place par une force mystérieuse. Je cherchais des raisons de différer mon périple. Il faisait chaud, trop chaud pour la saison, la ville semblait comme pétrifiée sous une coupole de lumière éblouissante. Chaque banc, chaque bar, chaque espace vert m'était prétexte à faire halte et différer encore l'instant de me séparer de maman.

Pour quatre-vingt-dix-neuf *cents* j'ai acheté une part de pizza, que j'ai mâchée le plus lentement possible. Je laissais le temps s'étirer comme d'autres font durer un chocolat qui fond dans la bouche. J'allais remettre mon porte-monnaie dans mon sac, mais il est tombé par terre et quelques pièces ont roulé sur l'asphalte. Un homme aux cheveux hirsutes qui sentait mauvais a tout ramassé. Comme les escargots, il portait tout sur lui : sur sa chemise il avait enfilé un pull-over, et par-dessus, une veste légère et un manteau d'hiver. Il était paré pour toutes les saisons.

Nos regards se sont croisés. Je tenais fermement mon sac, j'aurais plutôt cédé mon argent que les cendres de maman. Il a fourré les pièces dans sa poche, mais m'a tendu le porte-monnaie.

— C'est encore loin, les tours ? ai-je demandé pour dissimuler ma nervosité.

— Des tours, il y en a un paquet ici.

— Je veux dire les tours jumelles.

— Ah, celles-là ?... Vous me donnez combien ?

Sa bouche édentée a grimacé un sourire.

— Vous vous êtes déjà servi, ai-je objecté.

— C'était juste pour une tour. Deux, c'est plus cher.

J'ai ri.

— La deuxième est à côté de la première !

— Vous croyez ? Bon, de toute façon je ne peux pas vous renseigner. Mon territoire, c'est ici. Ça fait des années que je n'ai pas vu les tours. Peut-être que c'est juste un bruit qui court, ces tours.

J'ai changé d'avenue et erré dans un quartier où les rues n'étaient pas asphaltées. Sur le pavé desquelles les calèches du XIXe siècle et les premiers camions de livraison du XXe semblaient être passés à l'instant. Des fourgons frigorifiques stationnaient devant les grandes gueules noires de bas hangars vétustes. On écartait sans cesse de lourdes bâches de plastique pour décharger de pleines cargaisons de morceaux de viande proprement découpés et bien emballés. Des moitiés de porcs et de bœufs étaient ainsi sorties des camions et poussées dans les trous noirs. Comme pour nourrir un monstre invisible.

Sur un mur, une pancarte détaillait tous les produits bovins que pouvait livrer l'entreprise Zucker. De temps à autre un ouvrier sortait, chaudement empaqueté, avec bonnet, gants, pull-over, chaussures de montagne, tablier blanc, et fumait une cigarette. Luis Zucker était spécialisé dans la viande de porc et de bœuf ; John Williams, dans l'agneau ; et London Meat, dans la volaille. C'est à partir de là qu'on nourrissait la ville. Chacun connaissait exactement la sorte de viande dans laquelle il enfonçait le couteau.

Ce jour-là, je ne suis parvenue qu'à l'angle de la Sixième Avenue et de la 13e Rue. Je me suis arrêtée là, envoûtée par le gigantisme et la puissance des tours que je venais enfin d'apercevoir au loin. En regardant sur ma gauche vers la 13e Rue, j'ai découvert quelques arbres qui dispensaient de l'ombre. Mais je n'y suis pas allée, sinon j'aurais découvert, à peine à une centaine de mètres du carrefour, le théâtre en sous-sol dans lequel tu devais te préparer pour le spectacle du soir. Un jour et demi allait encore s'écouler, avant que nous nous croisions.

Une fois rentrée à ma chambre, j'ai posé les cendres sur la table. J'ai vérifié la fermeture du bocal qui s'était un peu relâchée. J'ai allumé le téléviseur fixé au plafond. On annonçait des orages pour le lendemain. Sans m'en rendre compte, j'ai commencé à parler à maman. Avant de m'endormir j'ai marmonné : « Demain je le ferai sûrement. Demain j'exaucerai ton souhait. »

Le troisième jour, un peu avant l'heure du déjeuner, je me suis arrêtée au Rudy's où une petite affiche sur la vitre promettait un hot-dog pour chaque bière. Dans la pièce obscure il y avait des Noirs, des Blancs, des Chinois assis ou debout qu'une grande soif réunissait, unissait, un groupe hétéroclite rassemblé par le hasard. Quand débarquait un client qu'ils connaissaient, celui-ci était salué bruyamment, mais ma présence passa inaperçue. Avant même que le nouveau venu ait pu s'asseoir, son verre plein était sur le comptoir. Rudy — ou disons l'homme qui œuvrait au comptoir — racontait lui aussi que Sinatra était venu chez lui, ainsi qu'une douzaine d'autres célébrités dont je n'avais jamais entendu parler. Et je n'avais aucune idée non plus de ce qu'était la prohibition sur laquelle l'homme tenait également de grands discours.

— Du temps de la prohibition, on avait ici l'alcool le plus infect, mais la meilleure clientèle, a-t-il lancé à quelques-uns des buveurs matinaux.

— Ça veut dire que tu étais déjà ici à l'époque ? Incroyable ! s'est exclamé l'un des hommes, et les autres se sont moqués de lui.

— Moi, non, mais mon père, oui. Allez, vas-y, bois un coup. C'est quand t'es bourré que tu dis les choses les plus sensées.

— On n'est pas assez chic pour toi, c'est ça ? Tu rêves du bon vieux temps ? l'a apostrophé un autre. Faut qu'on passe au bordeaux et qu'on se mette à parloter en français ?

— Chic ou pas chic, le principal c'est que vous picoliez.

— Très juste !

Ils ont trinqué.

J'étais enfin décidée à mettre mon projet à exécution. J'ai cherché la station de métro la plus proche et suis descendue à Chambers Street. Mais au lieu d'aller directement à la tour sud, j'ai tourné autour des jumelles. Je leur faisais la cour. Je savais pertinemment à quoi je jouais. Je ne voulais pas me séparer des cendres comme ça.

J'ai parcouru les rues transversales de Downtown en épiant les tours à chaque coin de rue. Souvent on les voyait très bien, encore qu'à partir du tiers supérieur. Parfois, d'autres immeubles de bureaux se glissaient devant et me bouchaient la vue.

Je me suis repliée sur West Broadway et Greenwich Street, je me suis même éloignée jusqu'à ce qu'elles n'esquissent plus dans le ciel qu'une silhouette fantomatique. À l'approche de Washington Market Park, de nouveau on les voyait mieux. Malgré tous ces buildings, il subsistait quelques immeubles de briques dont les escaliers extérieurs remplaçaient les ornements présents sur les façades d'immeubles cossus. C'était la seule parure des domiciles des pauvres. Dans mon pays, les barres, elles, étaient nues, on n'avait pas plus prévu d'ornements que d'escaliers de secours.

Au débouché de la South Street je me suis engouffrée dans le ventre de la ville, les profondeurs de Downtown. Dans l'Ann Street qui remontait, on émergeait de ces profondeurs utérines et voyait le jour peu à peu. Les rues voisines étaient elles aussi sombres et encaissées, bordées de palais de verre à structure d'acier, dénudés, comme hostiles à la vie. J'explorais les entrailles de la ville. En me dirigeant vers Broadway tout proche, j'ai chuchoté : « Je ne vous vois pas, où êtes-vous passées ? »

Mais dans le ventre de Manhattan aussi on vivait. Il y avait un spa, *7 Eleven*, un barbier et une *smoke shop*, une manucure avec gel pour vingt dollars, Ricky's Halloween : le plus grand magasin de costumes de la ville — *Holiday with Personality – Shop now*. Même là, dans de petites boutiques mal aérées, un dénommé Salomon réparait les chaussures et promettait de les faire reluire. Je découvris le salon de coiffure de Daniela, la boutique de tailleur d'Alex et quelqu'un qui achetait de l'or et des diamants. Depuis la rive de l'East River les tours de bureaux semblaient se dévisser le cou pour trouver une brèche entre celles de devant et accéder à un peu de vue. Pouvoir enfin respirer à l'air libre.

Après avoir laissé derrière moi les gorges profondes de Downtown où le soleil ne pénétrait pas, je me suis aperçue que le ciel s'était beaucoup assombri. Quand j'ai demandé dans Liberty Street où était l'entrée de la tour sud, il a tonné une première fois. Quand j'ai traversé la place à l'angle sud-est des jumelles, un deuxième coup de tonnerre a éclaté, et il s'est mis aussitôt à pleuvoir, de grosses gouttes lourdes et luisantes pareilles à du métal liquide.

Je me suis réfugiée « Chez Charly » qui proposait des burgers, des steaks et des burritos. C'était, m'as-tu dit, l'une des rares maisons qui ait échappé à la destruction, à fin des années 1960, de ce quartier où l'on voulait construire quelque chose de grand, de monumental. Une chose susceptible de sauver Downtown que magasins et firmes désertaient de plus en plus : les tours jumelles.

Je t'imagine à seize ans, poussant chaque jour dans Radio Row le fauteuil roulant de ton grand-père qui voulait encore voir le quartier, avant qu'il ne soit rasé.

Au bout d'un moment la pluie a diminué. J'ai pénétré dans le hall de la tour sud par l'entrée de Liberty Street. Cette fois, c'est l'orage qui m'a empêchée de monter au cent dixième étage où se trouvait la plateforme panoramique et d'accomplir enfin ma tâche. La terrasse *Top of the World* avait été fermée pour le reste de la journée.

Lorsque Manhattan s'est obscurci de nouveau en début de soirée, j'étais déjà sur le chemin du retour. Le lendemain matin, j'aurais une dernière chance, à condition que la terrasse panoramique soit ouverte. Sinon un des deux fleuves devrait peut-être réellement reprendre le flambeau. Mais je ne pouvais m'en représenter aucun comme dernière demeure pour maman qui avait vécu toute sa vie au bord d'un fleuve aussi puissant que le Danube.

Ça ne m'aurait guère coûté plus de quelques secondes, et j'aurais certainement trouvé sur l'un des quais un endroit favorable où je n'aurais pas été dérangée. Mais je trouvais que c'était tout de même trop peu, trop banal, trop expédié. La plus haute plateforme d'un des plus hauts bâtiments du monde, avec rien d'autre que le ciel nu au-dessus de soi et l'agitation humaine au-dessous, aurait été, elle, le couronnement d'une vie dans laquelle les rêves ne s'étaient pas réalisés.

Quand je me suis retrouvée à l'angle de la Sixième Avenue et de la 13e Rue comme le soir précédent, une tempête encore plus violente s'est levée. J'ai aperçu de nouveau la rangée d'arbres qui se dressaient à quelques pas du carrefour et pensé aller m'y protéger de l'orage. Mais le couvert des arbres n'étant pas de taille face à un tel déluge, j'ai cherché un autre abri, avisé l'étroite marquise d'un théâtre et je me suis postée dessous. Cependant la pluie et les rafales m'y ont poursuivie.

J'ai descendu les quelques marches, et en regardant par l'unique fenêtre de verre teinté, j'ai vu une salle en sous-sol, qui était le foyer du petit théâtre. À l'autre extrémité, une porte qui menait sans doute à la salle de spectacle fut refermée. À côté de l'entrée j'ai découvert dans une vitrine une affiche où, dans un visage d'homme, deux yeux bleus d'enfant rayonnants vous dévisageaient. L'homme soulevait légèrement son canotier, comme pour saluer les passants.

Ce soir chez nous : L'homme qui apporte le bonheur. *Ne le manquez pas !*

C'est exactement le genre d'homme dont j'ai besoin aujourd'hui, me suis-je dit. Je me suis essuyée dans le foyer du petit théâtre, j'ai ouvert doucement la porte du fond et je me suis assise dans la salle obscure, au dernier rang. J'ai posé avec précaution mon sac à main sur le siège voisin. Au-dessus de moi, sur une estrade de bois à laquelle menait un petit escalier j'ai entendu des pas et un léger raclement de gorge. Puis un projecteur s'est allumé, et ce que j'ai entendu après, c'était ta voix.

Septième chapitre

Quand j'ai entendu la porte s'ouvrir doucement, je m'occupais de l'éclairage sur la plateforme. Un spectateur de plus, me suis-je dit, ce n'est pas de refus.

— Mesdames et messieurs, ai-je lancé, il est le prince des imitateurs, un magicien du comique, un danseur à faire pâlir Gene Kelly. Il s'est produit devant des salles combles à Orlando, Atlantic City, Las Vegas, et il est enfin de retour en ville !

Les trois faisceaux de lumière des projecteurs que je manipulais ont balayé la scène comme pour le chercher.

— Voici l'homme que toute l'Amérique s'arrache, et qui, ce soir, bravant les éléments déchaînés, amènera comme par magie le rire sur vos lèvres. Que les hommes tiennent solidement leurs femmes, il conquiert tous les cœurs. Ne craignez pas d'applaudir maintenant vigoureusement *l'homme qui apporte le bonheur* !

J'ai réglé les projecteurs de façon à ce que l'un des faisceaux de lumière éclaire le milieu du rideau qui séparait l'arrière-scène des coulisses. Qu'un autre tombe sur un radiocassette et une pile de cassettes, et le troisième sur un portant chargé d'accessoires. En descendant le petit escalier, je suis passé devant toi — mais je distinguais à peine ta silhouette au dernier rang. Je me rappelle avoir pensé que tu me devais encore l'entrée. L'état de mes finances ne me permettait pas de renoncer à un seul dollar.

J'ai gagné l'arrière-scène par un petit passage dérobé, et de là commencé à parler de différentes voix, comme si plusieurs artistes s'agitaient derrière le rideau. Au début je murmurais, puis j'ai haussé le ton progressivement et fini par faire un bruit d'enfer. Les spectateurs devaient avoir l'impression que des artistes imbus d'eux-mêmes se disputaient la faveur d'entrer en scène en premier. Puis j'ai mis mon chapeau de biais et je me suis examiné dans la petite glace murale, en me chuchotant comme toujours : « De la présence, jeune homme, de la présence ! » et j'ai passé la tête par la fente des rideaux.

La maigreur des applaudissements m'avait renseigné sur le nombre des spectateurs qui ne devait guère dépasser les six ou sept, mais le public des soirées précédentes était encore plus clairsemé. La chaleur d'un été indien avait réduit mes espoirs à néant, tout comme le faisait maintenant l'orage.

— Il s'en passe des choses dans les coulisses ! monologuai-je. Rien que des vedettes, et toutes elles veulent passer au meilleur moment. Ça fait cent ans que ça dure. Accordez-moi encore une minute, et je suis tout à vous !

J'ai sorti la tête de la fente du rideau, et la dispute a repris dans les coulisses. Tu te souviens ?

— Mais le public peut vous entendre, ai-je dit de ma voix habituelle. Vous êtes comme des enfants gâtés, aussi jaloux que des amoureux de fraîche date et aussi querelleurs qu'une tripotée de belles-mères. Jack, laisse un peu Al en paix. Ton tour viendra, sois tranquille, mais quand le public voudra te voir. Et toi, pareil, Al ! C'est le public qui décide.

— Mais le public veut toujours me voir, moi ! a répliqué la voix d'Al. Le clou du spectacle, c'est moi !

— Ah, ferme ton clapet ! lui a intimé Jack.

Le calme est revenu lentement dans les coulisses, je me suis fendu de nouveau de mon plus beau sourire et suis passé sur l'avant-scène, tout en trébuchant sur un obstacle invisible. Puis je me suis avancé au bord de la scène et j'ai commencé à parler :

— Mesdames et messieurs, je sais que ce n'est pas très original d'entrer sur scène en trébuchant. Milton Berle, qui est aussi dans les coulisses, entrait souvent sur scène en trébuchant, autrefois. C'est un truc que sa mère lui avait conseillé, pour obtenir d'un seul coup l'attention du public. L'homme qu'on appellerait plus tard « Mr. Television » est d'abord passé pour un imbécile. Mais ils étaient pugnaces, sa mère et lui. Et dans les années 1950, pas mal de gens ont acheté un téléviseur rien que pour le voir. Mon grand-père le surnommait « le voleur de mauvaises blagues », car il usait volontiers du matériau des autres. Ah, mon grand-père ! Il en aurait, des histoires à vous raconter !

J'ai tourné le dos à la salle.

— Milton, es-tu là ? Tu ne veux pas dire bonjour au public ?

— Bonjour, public !

— Public, un grand bonjour à Milton, s'il te plaît !

— Bonjour, Milton ! crièrent les spectateurs.

— Est-il vrai que tu volais des blagues ?

— Moi, voler ? J'ai juste exhumé ce qui se serait perdu sans moi.

— N'est-il pas incorrigible ? (Je me suis retourné vers le public.) Mesdames et messieurs, il y a un peu plus d'un siècle, le divertissement est né, et il est né ici en Amérique. Ou plus exactement : ici à New York. On l'a appelé *vaudeville*. On a construit des théâtres comme on n'en avait encore jamais vu, pour des milliers de spectateurs, et du matin au soir le spectacle ne s'arrêtait pas. Proctor, l'un des grands imprésarios de l'époque, inventa la formule : « Après le petit déjeuner, va au Proctor's ; après le Proctor's, va au lit. » Le célèbre Hippodrome Theatre sur la Sixième Avenue avait une scène escamotable et un réservoir d'eau à parois de verre qui permettait de voir des nageurs sous-marins. C'est là qu'Houdini fit disparaître quelques éléphants — avec leur dompteur. Houdini se faisait même immerger dans l'East River ou pendre à une grue par les pieds. Il s'en sortait toujours indemne. Mais il est finalement mort du coup de poing d'un admirateur qui l'a touché à l'estomac. Il voulait toujours montrer qu'il était superbement entraîné, mais ce fut une fois de trop. En dépit de la douleur il est monté une dernière fois sur scène pour ne pas décevoir son public. Quelques heures plus tard il était mort. Le grand Houdini que mon grand-père chérissait. Ah, mon grand-père ! Il en aurait, des histoires à vous raconter !

J'ai tourné de nouveau le dos à la salle et suis allé jusqu'au rideau.

— Ça suffit, maintenant, mon gars ! ai-je dit avec la voix de Jack. On ne va pas se gâcher la soirée avec Houdini. Nous voulons être enfin sous les feux de la rampe !

Je suis revenu à l'avant.

— Ne les écoutez pas, ils sont si capricieux. Encore qu'ils aient raison. Ce n'est pas par la mort des vedettes que nous allons commencer, mais par leurs vies, si éblouissantes. Car, à vrai dire, ils ne meurent pas. C'est simplement une pause. Ils ont fait rire des générations. Ils se sont battus pour la meilleure place sur l'affiche, et à l'époque, c'était toujours au milieu du programme. Aux variétés le début du spectacle était un prélude, un moment de gêne jusqu'à ce que les retardataires aient enfin pris place. Quant au dernier acte, il fallait qu'il soit mauvais : pour que les gens repartent. En fin de compte je ne me souviens que d'un seul mauvais acte qui ait été un succès. Les Cherry Sisters. Elles chantaient si mal que les imprésarios distribuaient des œufs et des tomates au public. Les sœurs s'enrichirent beaucoup en se faisant siffler. Mais ce que convoitaient les artistes, c'était toujours la place du milieu dans le programme. Et que leur fallait-il pour que l'illusion soit parfaite ?

J'ai désigné le portant aux accessoires.

— Un petit talent de danseur et de chanteur. Une nature engageante. De l'excentricité. De l'enthousiasme. Car, si l'on ne savait pas faire grand-chose, mais qu'on était plein d'enthousiasme, le public vous pardonnait presque tout. Olga Petrova…

Je me suis retourné.

— Ferme ton clapet, qu'on commence enfin, dis-je, cette fois-ci avec la voix d'Ed Wynn.

— C'était Ed. Encore un instant de patience ! Nous commençons dans une seconde ! (J'ai continué en chuchotant :) Olga Petrova, qui était anglaise à vrai dire, mais se faisait passer pour une grande chanteuse russe, a dit un jour : « Aux variétés il n'y a que les imposteurs bruyants qui réussissent. » Et Eddie Cantor, lui, disait : « Ce qu'il vous faut en tout cas, c'est un costume, des cartes de visite et un bon numéro. » Quoi qu'il en soit, il vous fallait une chose qui fasse de vous quelqu'un d'unique. Charlie Chaplin avait sa moustache et sa canne ; Groucho Marx, ses sourcils broussailleux et sa démarche de poulet, les mains dans le dos ; Buster Keaton, son *pork pie hat* en feutre et son visage de marbre. Ed Wynn, son minuscule chapeau et ses lunettes rondes et Al Jolson, ses gants blancs. Il vous fallait un détail, ne serait-ce que l'habitude de trébucher. Mais j'en ai assez dit. Laissons la parole aux vedettes en personne, maintenant. Elles attendent toutes, là derrière, et elles ont autant le trac qu'un tas de débutants. Ne les laissons pas attendre plus longtemps. *Sir*, vous, là, au premier rang. Comment vous appelez-vous ?

— Doug.

— D'où viens-tu, Doug ?

— Du Missouri.

— Et que viens-tu faire à New York?

— M'amuser.

— Alors, tu ne pouvais pas tomber mieux. Doug, tu as trouvé une liste de noms célèbres sur ton siège. Jettes-y un coup d'œil. Qui voudrais-tu voir en premier?

— Al Jolson, évidemment!

— Voilà qui va faire plaisir à Al. Jusqu'à sa mort, en 1950 il fut la grande vedette américaine du divertissement. Sa notoriété s'est sûrement répandue jusqu'au Missouri, n'est-ce pas, Doug? Mesdames et messieurs, il y a une centaine d'années de cela, des milliers d'émigrants qui avaient choisi l'Amérique et vivaient dans le ghetto ont réappris à rire et à rêver. Ce sont les artistes qui vont se produire devant vous dans un instant qui le leur ont réinculqué. Beaucoup d'entre eux étaient aussi des immigrants ou des enfants d'immigrants. Ils ont adopté un nom qui collait mieux avec leur nouvelle vie américaine. Al Jolson s'appelait en réalité Asa Yoelson. Mais que nous importe, puisqu'ils réussissent si bien à nous divertir? Jolson était un phénomène. Voyez vous-même.

Je suis repassé derrière le rideau, j'ai retroussé les jambes de mon pantalon pour exhiber mes chaussettes blanches. Je me suis passé du noir sur la figure et du blanc autour de la bouche. J'ai enfilé des gants blancs, puis je suis vite revenu sur scène et resté un instant au bord, bras écartés. D'une jambe, je battais la mesure d'une chanson inaudible. Pour les dix minutes qui allaient suivre j'étais devenu Al Jolson.

— Mon apparence vous surprend sans doute, mais en 1900 elle n'avait rien d'extraordinaire. J'étais populaire même chez les Noirs. Le 20 mars 1911 je me produisis au Winter Garden Theatre, le visage noirci. Je dansais, tapais du pied, criais, pleurais, chantais. Six mois plus tard j'étais une vedette. Un Blanc qui se fait passer pour un Noir et qui est juif en réalité, c'est ça, l'Amérique. De temps à autre je lançais aux gens du public: « C'est moi que vous voulez voir ou le reste du spectacle ? » Et tous, c'est juste moi qu'ils voulaient voir. J'avais de l'électricité dans les veines, je sillonnais la scène en courant, tombais sur un genou, mettais une main sur mon cœur et chantais *Mammy*. Le public pleurait. Les gens se levaient en criant mon nom : « Jolson ! Jolson ! » J'ai eu jusqu'à trente-sept rappels au 59th Street Theatre. Je vibrais, j'électrisais. J'étais au jazz des débuts et au ragtime ce qu'Elvis fut plus tard au rock'n'roll. En 1909 je chantai au Colonial Theatre *Hello, Ma Baby*. Ils disent que la chanson est la première histoire un peu chaude de téléphone rose. S'ils le disent…

Al a mis la cassette de l'accompagnement instrumental et commencé à chanter :

Hello, ma baby!
Hello, ma honey!
Hello, ma ragtime gal!
Send me a kiss by wire,
Baby, my heart is on fire
If you refuse me, honey, you'll lose me
Then you'll be left alone
So telephone and tell me, I'm your own.

— J'ai incarné l'époque comme nul autre. À fond de train, toujours en mouvement, à cent à l'heure. Le tempo de la ville moderne, le tempo de New York. Sans moi Gershwin n'aurait pas percé. Un Juif qui a changé de nom, lui aussi. Un jour dans une réception, un jeune homme encore complètement inconnu m'a pris à part. Il m'a mis dans les mains la partition de *Swanee*. La chanson s'est vendue à deux millions d'exemplaires, après que je l'ai chantée. Il faut le faire, tout de même !

Mon père me fourrait des allumettes dans la bouche pour m'apprendre à chanter à voix haute et intelligible. Il rêvait de me voir chantre à la synagogue. Et je le suis devenu, mais à ma façon. Quand je chante, je prie. J'ai toujours eu peur avant d'entrer en scène. Pour que je puisse vomir, en cas de malheur, on laissait toujours un seau derrière la scène. Et pour que je me détende, on m'envoyait souvent une danseuse dans ma loge. Il y a plus désagréable. Je suis mort en jouant aux cartes à San Francisco. Mes dernières paroles furent : « Oh, je m'esquive. » Et ils ont éteint les lumières dix minutes sur Broadway, ils savaient ce qu'ils me devaient. N'espérez pas trop me voir disparaître à jamais, je ne fais peut-être vraiment qu'une petite pause. La dame, au dernier rang, qui souhaiteriez-vous voir, après moi ? Mais ne vous faites pas trop d'illusions, ils sont tous minables.

— Moi ? as-tu dit du dernier rang, incrédule. Je ne connais personne de cette liste.

— Eh bien, posez simplement votre doigt dessus au hasard.

Ce soir-là j'ai imité aussi Ed Wynn, qui se surnommait *The Perfect Fool*, parce qu'il incarnait toujours des personnages de balourds. Ce chapeau minuscule, il le portait en mémoire de son père qui voulait faire de lui un modiste. Quand il l'a appris, Ed s'est sauvé. Il a dit un jour : « Je n'ai jamais voulu être une personne réelle. » Moi, dès l'enfance, c'est le parti que j'ai pris.

Ensuite j'ai incarné Joe Frisco et dansé le *Frisco shuffle*. Le père de Frisco avait jeté les chaussons de danse de son fils, sur quoi Joe avait pris le premier train en partance et n'avait revu le vieux qu'à son enterrement. J'ai été aussi Jack Benny, célèbre pour son timing. Avant d'en arriver à la chute d'une blague, il laissait toujours passer quelques secondes. « La bourse ou la vie ? » lui demanda un jour un brigand dans un numéro de revue. Jack prit son temps.

— Alors ?

— Je dois réfléchir.

Jack Benny se produisait pour la NBC. Je connaissais même les slogans du sponsor de son show : *Fly Eastern!*

Number one to the sun. Quiet as a library. Americas favorite way to fly[1].

Jimmy Durante, lui, était surnommé le « grand Schnozzola » à cause de son nez en patate. Il blaguait là-dessus : « Mon pif est un monument, on devrait l'exposer dans les musées. » Quand on lui demandait pourquoi il avait voulu être un comique, il répondait : « Avec le pif que j'ai, c'était gangster ou comique. » On le voyait chaque samedi soir à neuf heures trente sur NBC. On passait d'abord les réclames : *Halo, the shampoo that glorifies your hair !/ Colgate cleans your breath ! Cleans your teeth !/ Palmolive, for smoother, comfortable shaves*[2] !

On m'a aussi demandé Buster Keaton. Je me suis enfoncé le *pork pie hat* de Buster sur le crâne et suis allé prendre à l'arrière des pancartes que j'ai levées les unes après les autres.

Applaudissement, s'il vous plaît !/ Espèces de fainéants ! Plus fort !/ C'est un film muet, mais ça ne m'empêche pas de vous entendre ! Plus fort !/ C'est déjà mieux./ Je m'appelle Buster./ Applaudissements !/ Mon père me lançait dans le public quand j'étais petit./ C'était notre numéro, les gens adoraient./ J'étais l'enfant-chat, je retombais toujours sur mes pattes./ Sauf quand papa était à contretemps./ Ça lui arrivait souvent, il était irlandais, buvait assidûment./ Mais ça ne me faisait rien./ Nous étions dans le show-business./ C'étaient les risques du métier./ Applaudissements !/ Jusqu'à ce que je passe au film./ Là, j'ai fait mes cascades moi-même./ Je suis devenu célèbre sans prononcer un mot./ Sur ce terrain-là Al Jolson ne me battra pas de sitôt./ Applaudissements !/ Plus fort !/ Là, ça me va !/ Si vous me faites la bise, je dis un mot à voix haute.

1. « Volez avec Eastern ! Le numéro 1 vers le soleil. Aussi paisible qu'une bibliothèque. La manière de voyager préférée des Américains. »

2. « Halo, le shampoing qui glorifie vos cheveux !/ Colgate nettoie votre haleine ! Nettoie vos dents !/ Palmolive, pour un rasage plus doux et agréable ! »

Je suis descendu de la scène et j'ai embrassé l'homme du Missouri, puis deux-trois autres spectateurs. J'ai levé encore une pancarte : *Moment historique. Buster parle.* J'ai entrouvert les lèvres. *Vous avez entendu ?/ Non ?/ Dommage pour vous.*

J'ai été tous ces artistes et bien plus encore. Ils vivaient avec moi et ils vivaient par moi. Ce fut l'une de mes meilleures soirées, j'ai tenu le public en haleine pendant deux heures. J'ai aussi un peu raconté comment sont morts certains artistes de variétés. L'acrobate du vélo Joe Jackson mourut sur scène après cinq rappels du public, qui voulait absolument revoir son numéro. Ses dernières paroles furent : « Mon Dieu, ils applaudissent toujours. » Le culturiste Eugene Sandow eut une attaque cérébrale en tirant une voiture d'un fossé. Le magicien Chung Ling Soo, en réalité un Irlandais pur jus nommé W. E. Robinson, fut abattu malencontreusement sur scène par un fusil qui partit trop tôt.

Bert Savoy qui imitait les femmes fut frappé par la foudre en se promenant sur une plage, juste après avoir dit en repérant un front de nuages sombres : « Dieu va nous jouer un mauvais tour, aujourd'hui. » Et, gravement malade, Nora Bayes qu'on avait oubliée depuis longtemps pria l'imprésario du célèbre Palace d'exposer toute une nuit les photos anciennes d'elle sur la baie vitrée du théâtre et de laisser les lumières allumées. On l'y conduisit en voiture, elle regarda les vieilles affiches publicitaires par la vitre ouverte, quelques jours plus tard elle était morte.

J'étais tellement remonté que j'ai failli ne pas entendre la voix d'un garçon dans la salle : « Pourquoi est-ce que vous n'imitez que des morts ? » Une main plaquée sur la poitrine, j'ai porté l'autre à ma joue comme l'aurait fait Jack Benny. J'ai laissé passer les quelques secondes de rigueur. « Parce que les morts ne peuvent pas m'attaquer en justice. »

On a beaucoup ri et beaucoup applaudi ce soir-là. Peu avant la fin, tu t'es levée et, aussi discrètement que tu étais entrée, tu t'es éclipsée. Je me rappelle que j'ai pensé : « Et encore vingt dollars d'envolés ! » Si on m'avait dit que j'allais faire ta connaissance un jour plus tard !

Une fois les derniers spectateurs partis, j'ai fermé la porte à clé, je me suis lavé dans la loge minuscule, j'ai achevé les restes du frigo et je me suis allongé sur le matelas. Un jour de plus se terminait, j'avais gagné cent quarante dollars, après déduction du prix de location du théâtre il m'en resterait la moitié. Je pourrais tout de même m'offrir quelques repas chauds et quelques bières les jours suivants.

Aucun bruit de la rue ne filtrait jusqu'à la salle en sous-sol. Comme si la ville n'existait pas, qu'il n'y avait rien que la scène, les rangées de sièges, moi, et le sentiment d'avoir donné un bon show.

Quand ton show s'est terminé et que je me suis retrouvée dans la rue, la tempête s'était calmée, mais j'avais les jambes si lourdes, chaque parcelle de mon corps réclamait tant le sommeil que je me suis encore offert un taxi. Dans la petite chambre étouffante — plutôt une sorte de cellule carcérale — je me suis écroulée sur le lit et endormie. Les cendres de maman ont veillé sur moi toute la nuit.

Le matin suivant, au Columbus Circle, quand j'ai mis le cap sur la station de métro, la lumière était extrêmement pure, on aurait pu la boire. J'allais passer maman en douce sous le nez des gardiens, monter en haut des cent dix étages avec les cendres et les disperser enfin. Les flocons s'envoleraient, le vent les porterait jusqu'aux deux fleuves ou même jusqu'à Brooklyn. Et quelques-uns iraient jusqu'au New Jersey.

Le souffle du vent pousserait maman dans les rues de Downtown, elle irait s'échouer dans le ventre de la ville, sur les quais, les boucles des enfants et les crânes nus des vieillards. Un chien tenterait de la happer et maman s'engouffrerait dans sa gueule. Un couple de touristes prendrait le ferry pour Staten Island, et maman s'insinuerait dans l'étui ouvert de leur appareil photo. Elle partirait au Japon ou s'arrêterait dans le Colorado.

Elle tourbillonnerait dans l'air frais du matin de septembre et se poserait, minuscule tache grise, sur le visage hâtivement fardé d'une femme allant retrouver son amant. Elle se déposerait sur le veston croisé d'un agent de change, l'habit des policiers, des gardiens d'immeuble et des femmes de ménage. Dans l'habitacle d'un taxi elle parcourrait la ville et arriverait ainsi dans les logements exigus des pauvres du Bronx ou aux adresses huppées de Murray Hill.

Elle tomberait sur le sol et s'y enfoncerait toujours plus profond. Elle mettrait des siècles à traverser les quelques mètres qui la sépareraient de la couche de schiste qui constitue l'île. Là elle se déposerait sur la roche grise et s'y installerait pour l'éternité. Mais, un jour, elle entendrait des bruits de perceuses et de marteaux-piqueurs. Bientôt de la lumière filtrerait jusqu'à elle, et peu après, on érigerait sur maman une nouvelle tour, avec une pointe au sommet. Comme si on voulait piquer dans le ventre du ciel pour en protéger la terre.

Cette ville a dompté le vent. Elle l'a canalisé dans ses voies à elle. Elle a dompté les fleuves, leur a arraché cette terre de marais et a comblé leurs rives pour pouvoir croître. Enfin, elle dompte quotidiennement la terre dans le ventre de laquelle on ne cesse de creuser, pour bâtir un nouveau tunnel, un nouveau parking souterrain, un nouvel immeuble. Seul le ciel se dérobe encore. Mais s'il lui prenait un jour l'idée de se rapprocher, il pourrait reposer sur tous ces dos qui se présentent à lui.

La tour sud a cédé un peu avant dix heures du matin. En sortant de la bouche de métro, je me suis retrouvée dans un champ de ruines. Le sol était jonché d'acier, de verre, de béton, de plâtre et de bouts de papier, de plastique et de morceaux de tapis, de pans de façades, d'éléments de bureaux et d'ordinateurs. Ça empestait le brûlé, et le kérosène dégoulinait le long des façades. Des voitures explosaient. J'ai vu des sièges et des roues d'avion, un réacteur, un torse humain tordu, une main calcinée. Au-dessus de moi, tout en haut, d'énormes trous béaient dans les deux tours, des murs de flammes s'élevaient.

J'ai vu ce que je n'aurais jamais dû voir. J'ai vu que d'autres voyaient ce qu'ils n'auraient jamais dû voir : les gens qui tombaient pendant dix longues secondes. Dix secondes d'une dernière, définitive, irréversible liberté. J'ai entendu les corps se fracasser. C'est une chose qu'on ne peut pas se représenter. Un bruit fort, sourd.

Machinalement j'ai ouvert mon sac et touché le bocal de verre, comme pour m'occuper les mains. Comme pour me cramponner à maman. Puis un craquement sec a parcouru la tour, des fissures se sont ouvertes dans les murs, et quelqu'un a crié : « Elle s'écroule ! Partez vite ! » Dans ma fuite j'ai emporté une dernière image : le verre qui s'effondrait en cascadant comme de l'eau. La seule chose à laquelle j'ai pensé était d'en sortir vivante. On ne pense tout simplement qu'à ça. Tout le reste vient après. J'ai essayé de courir le plus vite possible, mais je ne suis pas allée bien loin.

Au coin de rue suivant j'ai été rattrapée par les cendres. C'était un mur gris, silencieux, qui avançait dans mon sillage. Il talonnait les gens, s'insinuait de toutes parts. J'ai voulu monter les marches d'une église, m'abriter à l'intérieur, mais je n'étais pas assez rapide. Juste avant que le nuage ne me submerge, mes jambes se sont dérobées, je suis tombée. Un homme m'a tirée derrière un véhicule de pompiers et s'est couché sur moi, me faisant un rempart de son corps. J'ai prié. C'était la première fois de toute ma vie.

Même après que l'homme a disparu, je suis restée là un moment, essayant de reprendre mon souffle. Je me souviendrai toujours de son poids. Je me suis redressée, j'ai eu un haut-le-cœur et failli vomir. J'avais de la cendre jusqu'aux chevilles. Des éclairs rouges et bleus déchiraient constamment l'air, et j'entendais des sonneries d'alarme stridentes. Je me souviens que le soleil brillait d'un faible éclat laiteux à travers la poussière du béton.

J'ai levé mes mains et je les ai examinées. Elles étaient gris clair, comme tous mes vêtements et mes jambes. Une sensation d'oppression me serrait la poitrine, et mes yeux ont commencé à brûler. Un homme est passé à côté de moi, soutenant une femme épuisée. Un vieillard qui tenait un morceau de vêtement devant son nez palpait le sol précautionneusement, comme s'il avait perdu quelque chose. Ça m'a rappelé mon sac à main, je ne le retrouvais plus, je me suis agenouillée, prise de panique, et me suis mis à le chercher.

Il avait glissé sous le véhicule de pompiers, je l'ai tiré et je me suis aperçue que le bocal avait roulé et que le couvercle avait sauté. Les cendres de maman s'étaient déversées dans la rue. J'ai fixé bocal à moitié vide, ne sachant quoi faire. Un policier m'a crié « Ne restez pas là ! » et j'ai sursauté, je me suis arrachée à l'hébétude. J'ai fait rouler le bocal là où je l'avais ramassé et j'ai commencé à y verser à la main des cendres de la rue.

Serrant le bocal contre ma poitrine, j'ai marché jusqu'au bout de Chambers Street, mais la police m'a refoulée, parce que là-bas tout était barré. J'ai vu des gens sales, harassés, se diriger en silence vers le nord, et me suis jointe à eux, sans savoir où j'allais. Une incandescence orange, la lueur du soleil, perçait la fumée qui se dissipait légèrement.

Plus au nord, des gens s'étaient regroupés autour des voitures et écoutaient la radio. À Union Square beaucoup s'étaient arrêtés pour regarder les écrans du *Virgin*

Megastore; comprenant visiblement d'où je venais, ils se sont écartés sans mot dire pour me laisser passer. Un chauffeur de taxi m'a tendu une bouteille d'eau. Arrivée comme la veille à l'angle de la Sixième Avenue et de la 13e Rue, j'ai regardé machinalement vers la droite et reconnu la marquise du théâtre.

J'étais exténuée comme je ne l'avais jamais été de ma vie. Il fallait que je me repose dans un endroit sûr, et je ne voulais plus rester dehors. Je me suis retournée une dernière fois, comme pour m'assurer que les tours n'étaient plus là. Même pour moi qui n'avais pas vécu dans leur ombre, qui n'étais pas passée devant elles tous les jours, cette brèche béante dans le ciel était bouleversante. Ce n'était pas mon pays, ce n'était pas ma ville, ce n'était pas mon histoire, mais j'étais tout de même devenue partie prenante de tout ça.

Le bocal de verre dans les mains, je me suis de nouveau dirigée vers le théâtre et son petit foyer. C'était une retraite idéale. Je trouverais bien une bonne raison pour expliquer ce que je venais y faire.

Ce jour-là de septembre, quand tu es entrée une deuxième fois dans le théâtre pour t'abriter et te reposer, j'étais sur la scène et je répétais un show que je n'avais pas joué depuis un certain temps.

Je dois t'avouer que le rôle d'imitateur me plaît beaucoup plus que celui de chanteur. Je pourrais imiter une pierre attendant d'être broyée par le temps. Dans mon enfance, j'imitais tout ce que je voyais à la télévision. C'étaient les seuls moments où grand-père riait, et ça me tenait en action jusqu'à ce que je tombe de fatigue. J'ai fait ça pour lui jusqu'à sa mort, en 1967.

J'aime me mettre dans la peau de quelqu'un d'autre, incarner un nouveau personnage. Lorsque j'y parviens vraiment, ça me fait l'effet d'une drogue, comme si j'avais deux, trois, plein de vies. Et si cet autre est une vedette, mes nombreuses vies s'emplissent alors de magie et de grandeur.

Dans les années 1990, j'ai monté un show que j'ai appelé « Les prêches de *l'homme qui apporte le bonheur* ». Un titre doit être clair, simple, accrocheur, mais je n'avais rien trouvé de mieux. Pendant mes soirées libres j'ai donné ce show à Orlando, puis dans une demi-douzaine d'autres villes où j'ai habité, avant de revenir définitivement à New York. Richard Burton était mort récemment, mais Burt Lancaster et Karl Malden vivaient encore. C'est pour eux que j'ai enfreint ma règle de n'imiter que des morts. Ils ont tenu les meilleurs prêches du cinéma que je connaisse.

Avec ce show je me suis produit dans des bars, des cafés, de petits théâtres, en laissant le public décider de ce qu'il voulait entendre. Tantôt je montais sur le comptoir, tantôt je tombais à genoux, et mes représentations marchaient très bien. Pendant un moment, le silence complet régnait dans ces lieux habituellement si bruyants, et chaque fois, je récoltais des salves applaudissements.

Burton m'avait impressionné en prêtre alcoolique dans *La Nuit de l'iguane.* De la chaire il lançait à ses auditeurs venus exprès pour le voir échouer : « Ligotez-moi au poteau ! Aiguisez vos couteaux et scalpez-moi. Je ne veux ni ne peux ni ne vais plus dire ici de messe en l'honneur de ce vieux pédant furieux auquel vous vous obstinez à croire. Vous avez tous renié le dieu de l'amour et l'avez remplacé par ce vieux délinquant sénile et sans cœur qui rend l'homme responsable de ses propres erreurs. Fermez vos fenêtres, fermez vos portes, fermez vos cœurs au seul Dieu véritable ! »

Mais mon prêche préféré était celui d'*Elmer Gantry, le charlatan.* Elmer fut le meilleur rôle de Burt Lancaster. C'était l'imposteur le plus charmant, le plus scandaleux, le séducteur le plus fantastique que j'aie jamais vu au cinéma. Quand tu es arrivée au théâtre, j'étais juste en train de répéter cette scène. Je n'étais plus aussi mince et souple qu'avant, je n'avais plus le cheveu aussi dru, mais une fièvre semblable à la sienne. J'étais encore capable de l'incarner correctement, après avoir un peu répété. Car l'aptitude à l'imitation est comme un muscle qu'il faut entraîner constamment.

« Vous croyez que la religion n'est faite que pour les inconscients, les imbéciles, les bigotes ? Vous croyez que Jésus était un dégonflé ? Vous n'avez rien compris ! Jésus serait entré dans ce bistrot ou tout lieu de divertissement pour y prêcher l'Évangile. Jésus n'était pas lâche. Vous croyez que cet avant-centre, là, au mur, est un type formidable. Eh bien, moi, je vous le dis : Jésus serait aujourd'hui, et de très loin, le meilleur avant-centre du monde. Il amasserait une fortune sur le ring, aujourd'hui. Et pourquoi, mes amis ? Par amour. Jésus avait de l'amour plein les poings… Écoutez-moi bien, pécheurs que vous êtes. Vous ne pouvez pas prier "Pour que Ton règne vienne" et passer votre temps à jouer au poker dans les bistrots. Et toi, la mère, tu ne peux pas réciter tes psaumes en contemplant Dieu dans le fond d'un verre de bière. Ou en trafiquant je ne sais quelles combines louches. Nous irons à Toi, Seigneur, nous trouverons le chemin de Ta maison ! Nous retrouverons le chemin de notre maison ! Alléluia ! »

Après avoir joué la scène jusqu'à la fin, j'étais à bout de souffle. Je ne t'avais pas entendue entrer. Quand j'ai jeté un coup d'œil dans la salle faiblement éclairée, je n'ai distingué qu'une silhouette dans la pénombre, mais j'ai vu que tu étais, des pieds à la tête, couverte d'une couche de gris. On aurait dit une ressuscitée émergeant d'un cauchemar ou qui était encore en plein cauchemar. Tu te cramponnais au bocal des cendres de ta mère.

— Le théâtre est fermé. Si vous voulez me voir, venez à sept heures. Vous ne le regretterez pas, t'ai-je crié.

Tu n'as pas dit mot.

— *Lady*, vous ne m'avez pas entendu ?

Tu as continué à te taire.

— Bien, si vous voulez rester, vous n'avez qu'à rester. (J'étais résolu à ne plus faire attention à toi, mais soudain une idée m'est venue :) On dirait qu'un bon show ne vous ferait pas de mal. Je vais jouer rien que pour vous. Un spectateur, c'est mieux que pas de spectateur du tout. Je suis *l'homme qui apporte le bonheur*. Je vais sûrement réussir à amener un sourire sur votre visage à vous aussi.

J'ai donné le meilleur de moi-même, mais tu n'as pas cillé, toujours pas. J'ai enchaîné les chansons, puis les rôles, les uns après les autres, rien à faire. Ton silence piquait mon amour-propre, je me suis pris au jeu. De loin j'ai entendu des sirènes, mais ne leur ai pas prêté attention. Il n'était pas encore né le spectateur dont je ne réussirais pas à trouver le point faible.

J'allais abandonner tout espoir que tu réagisses jamais, lorsque tu t'es mise à tousser, puis à geindre et enfin à crier, un cri insupportable, presque inhumain. C'est ainsi que doivent crier les femmes quand elles accouchent. Ou quand elles perdent leurs enfants à la guerre. Qu'on crie, quand on s'aperçoit qu'on perd la raison.

Je me suis interrompu, suis descendu de la scène et me suis approché de toi. J'ai vu l'horreur sur ton visage, tes yeux dilatés. Je suis allé te chercher un verre d'eau.

— Je peux vous aider ?

— Moi ?

— Il vous est arrivé quelque chose ?

— À moi ? Vous n'entendez pas les sirènes ?

— Si, mais on est à New York. Il se passe toujours quelque chose. Le spectacle ne peut pas s'arrêter à cause de ça.

— Vous ne savez vraiment rien ?

J'ai haussé les épaules.

— Vous n'êtes pas encore sorti aujourd'hui ?

— Je suis allé m'acheter à manger, très tôt ce matin. Maintenant je répète pour ce soir.

— Il n'y aura pas de spectacle.

— Il y aura bien quelques personnes. Ça ne peut pas être si grave.

— Vous ne voulez pas comprendre.

— Comprendre quoi ?

— Que tout s'effondre.

— Ce n'est pas parce que vous avez des difficultés que le monde entier s'écroule.

— Si, c'est ce qu'il fait.

Je suis sorti peut-être une heure, peut-être plus ; je me suis mêlé aux gens qui étaient dans les rues et discutaient, incrédules, sidérés. J'avais beau fermer les yeux et les rouvrir sans cesse, les tours n'étaient tout simplement plus là. Après avoir passé quelques blocs d'immeubles vers le sud, je décidai de revenir sur mes pas, me souvenant que j'avais laissé le théâtre sans surveillance. Juste au coin de rue suivant en direction du nord l'avenue avait été barrée.

Je suis revenu au théâtre, persuadé que tu étais repartie, mais tu étais toujours assise à la même place, tu avais l'air trop effrayée et trop confuse pour aller où que ce soit. Je t'ai dit que tu pouvais rester là aussi longtemps que tu voulais et t'ai montré où tu pouvais te laver et faire du café.

J'avais loué le théâtre pour quatre jours, et personne n'était censé y passer sauf les quelques spectateurs que j'espérais en soirée. Les trois premières représentations n'avaient pas été décevantes. Une chose n'est décevante que lorsqu'on la voit comme telle, m'avait un jour déclaré grand-père. Il m'avait dit une fois : « Mon garçon, je me suis souvent produit devant des gens qui continuaient à applaudir longtemps après la fin du spectacle, et devant d'autres qui ne s'étaient même pas rendu compte que je chantais. Mais je n'ai jamais été déçu, car j'ai toujours aimé faire ce que je faisais. »

On met sur pied un bon show Off-Off-Broadway, on passe une annonce dans le journal *The Village Voice*, on est fin prêt à l'heure dite, et voilà que le ciel s'ouvre et qu'il pleut à seaux. On refait l'impossible, on est de nouveau fin prêt, et de nouveau quelqu'un fiche tout en l'air. Quelques dingues vont se ficher avec leurs avions dans les tours jumelles. J'avais payé trop cher la location de la salle pour ne pas espérer une poignée de spectateurs quoi qu'il arrive.

Beaucoup de personnes voulaient fuir le sud de Manhattan, m'avait dit un policier. Mais il y en aurait tout de même bien quelques-unes qui resteraient et chercheraient le soir un lieu où se divertir. Un jour comme celui-là précisément. Qui se réjouiraient de la diversion que je pouvais offrir. J'étais fermement décidé à rester.

Je t'ai laissé un sandwich et suis remonté sur la scène. Dans le théâtre il n'y avait pas de téléviseur, et aucun de nous deux n'avait l'air de le regretter. Nous ne nous sommes plus parlé jusqu'à ce que j'aille voir ce que tu devenais, en fin de journée. Si ça se trouve, tu étais partie, me dis-je, mais je m'étais trompé. Tu dormais, recroquevillée sur un canapé. Je suis repassé dans la salle, j'ai installé le portant et le radiocassette, réglé les projecteurs et le micro, enfilé mon costume, coiffé mon chapeau et je me suis assis au bord de la scène pour épier le foyer par la porte ouverte.

C'est ainsi qu'a commencé ma longue attente du public. Je n'étais plus à quelques minutes ou à une demi-heure près. Ce soir-là j'étais prêt à tout pardonner à mon public. En dépit de ce qui venait d'arriver, en dépit du nombre de gens qui avaient péri à seulement quelques milles au sud, il y aurait tout de même bien quelqu'un pour se refuser à manquer un bon show. Mais au bout d'une heure je n'avais toujours personne.

Enveloppée d'une couverture, tu es apparue sur le seuil de la salle et tu as fait quelques pas vers moi.

— Personne ?

— Je parie qu'aujourd'hui il n'y a eu personne non plus à l'opéra.

— J'ai raté mon avion.

— Aucun avion ne décollera de New York d'ici un bon moment.

— Je n'ai presque plus d'argent.

— Vous avez encore la vie.

Nous nous sommes tus.

— Où vouliez-vous aller ? ai-je demandé.

— Chez moi.

— C'est où ?

— En Roumanie. Vous connaissez ?

— Pas vraiment. Je crois qu'Edward G. Robinson venait de là. En fait il s'appelait Emanuel Goldenberg. Il disait : « Quand je suis arrivé en Amérique, ç'a été pour moi une seconde naissance. » Vous l'avez déjà vu jouer ? À Two Bridges où j'ai grandi, James Cagney et lui étaient nos héros. Vous voulez que je vous joue quelque chose d'eux ?

— Non, je vous en prie, ne jouez rien.

— Vraiment pas ? Je pourrais vous improviser quelque chose. De toute manière il faudra bien passer la nuit. Tout Manhattan est bouclé.

Tu as eu comme un sursaut, tu as laissé choir la couverture et couru te réfugier de nouveau au foyer.

— Mes cendres ont disparu ! as-tu crié.

— Vos cendres ?

— Le bocal avec les cendres. Qu'est-ce que vous en avez fait ?

— Je l'ai posé sur la table derrière le canapé, pour qu'il ne tombe pas. Qu'est-ce que vous voulez en faire ?

Tu es revenue devant et tu t'es assise au premier rang, le bocal sur tes genoux.

— Je voulais disperser les cendres, du haut de la tour sud.

— Vous tenez le bocal avec tant de précautions, on croirait qu'il contient votre mère en personne.

— C'est bien le cas.

Nous nous sommes tus.

— Quel âge avait-elle ?

— Elle était malade.

— Qu'est-ce qu'elle avait ?

— Elle était malade, c'est tout, as-tu insisté.

— Vous l'avez ramenée de là-bas ?

— Exactement.

— Mais pourquoi faire tout ce chemin ?

— C'est une longue histoire.

— Nous avons toute la nuit.

— Une longue histoire, je vous dis.

— Vous aimez vous répéter.

— Et vous, vous êtes trop curieux pour quelqu'un qui ne révèle rien de lui-même ! Vous ne dites absolument rien de vous, vous ne parlez que de je ne sais quelles vedettes, toujours, comme si c'était la seule chose qui comptait pour vous.

— Mais ça compte !

— Vous voulez que je vous raconte ? Mais je ne sais absolument pas à qui je parle… (Tu t'es interrompue.) Je suis désolée, je suis impossible parfois. Vous m'accueillez ici, et je me conduis comme ça. J'ai assisté à votre spectacle hier soir. Je vous dois encore l'entrée. Voici quinze dollars, c'est tout ce qu'il me reste. Je pensais que ça suffirait pour le billet de train jusqu'à l'aéroport.

— Laissez.

Nous nous sommes tus.

— Où avez-vous appris l'anglais ?

— Dans mon pays, beaucoup de femmes veulent aller gagner de l'argent à l'étranger, on y cherche des femmes pour s'occuper des vieux. On m'a dit qu'il fallait apprendre l'anglais, c'est donc ce que j'ai fait, ces dix dernières années. Et chaque année je m'occupe d'une vieille dame pendant un mois dans le Sussex, pour que sa fille puisse partir en vacances.

— Mais vous avez appris à faire ça ?

— Entre-temps, oui. Je sais donner à manger aux gens, les laver, leur couper les ongles, les rassurer, les apaiser, quand ils se réveillent la nuit et qu'ils ne savent plus où ils sont. À supposer qu'ils soient encore conscients de perdre la mémoire.

Tu as jeté un coup d'œil au bocal sur tes genoux :

— Je ne sais même plus si c'est maman, là-dedans. Ou combien d'elle il reste. Quand la tour s'est effondrée et que je me suis enfuie, je suis tombée et le couvercle s'est enlevé. J'ai ramassé les cendres, mais la rue en était pleine.

— Vous ne savez plus ce qu'il y a dans votre bocal ?

Tu m'as dévisagée, médusé.

— Et je ne sais pas trop quoi en penser.

— Au moins, votre mère n'est plus seule, maintenant.

— Vous avez raison. Qui sait qui j'ai emporté avec moi maintenant ?

Ton visage s'est détendu.

— Dites-moi quelque chose sur vous.

— Il n'y a pas grand-chose à dire, mais sur mon grand-père, ça oui. Ce qu'il a vécu suffirait à plusieurs vies.

— Racontez tout simplement, pour que je pense à autre chose.

— Pour lui, le siècle dernier n'a pas commencé en 1900, mais le 25 mars 1911. Ce jour-là il s'est passé à New York quelque chose qui ressemblait à ce qu'il s'est produit aujourd'hui. Vous êtes sûre de vouloir que je vous le raconte ? Il faut que je revienne loin en arrière. Je dois raconter l'histoire de grand-père depuis le début…

En 1902 grand-père avait dix-sept ou dix-huit ans, lui-même ne le savait pas exactement. Après avoir épargné la vie du nain qui avait volé son argent, il est revenu à son logis de l'East Side. Le capitaine n'était pas là. Grand-père tremblait encore, il avait éprouvé de la peur et du plaisir. Il a fixé longuement ses mains avec lesquelles il avait déjà tué d'innombrables enfants.

Grand-père est allé à la fenêtre et a regardé son quartier : les pointes des mâts sur le port, la fumée des cheminées et des bateaux à vapeur, tout ce grouillement affairé dans les rues où les marchands ambulants vantaient leurs marchandises ; un vieillard courbé criait « J'achète les vêtements ! » et des douzaines d'enfants jouaient sur les marches des porches. Il a regardé le ciel où rien ne se passait, puis de nouveau le sol où un cheval mort gisait au bord de la rue.

Les ménagères se ruaient hors des maisons avec des couteaux bien affûtés pour s'assurer les meilleurs morceaux. Elles faisaient concurrence au boucher qui tenait boutique à quelques pas de là. Les buveurs sortaient des *saloons* pour se repaître du spectacle, ainsi que les commerçants qui vendaient des chapelets, des images pieuses ou des menoras. Et les enfants retenaient la leçon de leurs mères. Nul ne paraissait savoir comment le cheval avait atterri là, mais une demi-heure plus tard il ne restait de l'animal qu'une flaque de sang, la peau et quelques os.

Grand-père prit une décision, mais pour la mettre en œuvre, il dut attendre jusqu'en 1903. Cette année-là il y eut un nouvel afflux de morts à cause d'une épidémie, et les services du capitaine cessèrent de trouver preneurs. Ce dernier s'absentait de plus en plus souvent et de plus en plus longuement et, un beau jour, il disparut complètement. Grand-père ne trouva qu'un mot sur la table : *À partir de maintenant tu seras seul à t'occuper de toi.* Comme s'il avait jamais rien fait d'autre. Il s'assit, attendit deux ou trois jours, puis il prit son courage à deux mains et commença à mettre son plan à exécution.

Il se lava soigneusement et se rendit à Orchard Street, où il retrouva vite la maison qu'il avait habitée pendant six mois. Il n'eut qu'à pousser un peu la porte pour qu'elle cède. À sa grande surprise, la petite bourse était encore dans sa cachette sur le toit. En comptant ce qu'il avait gagné avec le capitaine, il avait là une jolie somme. Et à Delancey Street, il entra dans le magasin de vêtements où il s'était procuré son premier costume. Quelques années avaient passé, mais le vieux vendeur le reconnut, effrayé.

— Vous venez encore me dévaliser ?

— Cette fois-ci j'ai assez d'argent. Il me faut un bon costume. Le genre de costume que doit porter un jeune homme ambitieux.

Il se changea sur place et vendit pour quelques *cents* ses vieilles affaires à un fripier. Puis il se mit en route en sifflotant et ne s'arrêta qu'au carrefour de la 28e Rue ouest, entre la Cinquième et la Sixième Avenue. C'était la rue des éditions musicales. Il demanda à un garçon aussi bien vêtu que lui si l'on cherchait quelque part un chanteur de qualité.

Le gars se rengorgea et lui fit face, les poings sur les hanches.

— Ici on n'a plus besoin de personne. C'est moi qui y suis, maintenant. Tu peux aller chercher ton bonheur à l'autre bout de la rue.

— Il faut savoir lire les notes ?

— Non, il faut juste savoir les vendre. Et chanter aux endroits où la meute fait la fête à grand bruit, bien imbibée.

— Je pensais qu'un chanteur ne présentait les chansons nouvelles qu'à une clientèle triée sur le volet.

Le garçon se mit à rire, mais grand-père le plaqua contre le mur.

— Du calme ! Pour qui tu te prends ? Le bon boulot, c'est pour les chanteurs qui ont du métier. Nous, on fait le sale boulot. Avec un peu de chance et du talent, dans cinq ou six ans, toi aussi tu pourras chanter les tubes des vedettes.

— Là, tu peux me faire confiance !

Grand-père ne mit que deux ans à devenir le chanteur attitré de la maison d'édition musicale Fischer & Sons ; une des dernières qui n'avaient pas encore déménagé. Ce coin de la partie ouest de la 28e Rue avait connu des jours meilleurs, à l'époque où les sons de piano s'envolaient de douzaines de fenêtres ouvertes. Des compositeurs remplis d'espoir cherchaient des éditeurs pour leurs nouvelles chansons. Avec leurs gains ils se saoulaient, jouaient et forniquaient à deux pas de là, dans le Tenderloin.

Sous la ligne aérienne de la Sixième Avenue où grand-père trouva une chambre, ça fourmillait de bistrots mal famés, de salles de jeu et d'établissements pour hommes à la bourse bien garnie ou pas. C'était la tour de Babel des pécheurs. Les messieurs respectables de la Cinquième Avenue n'avaient à parcourir qu'un bloc en direction de l'ouest. Ou quelques stations du métro aérien.

Quand grand-père a commencé à y travailler, le coin était déjà plus calme. On avait refoulé les Noirs vers le nord, à Harlem, et banni les jeux d'argent du quartier. Les temps où les policiers eux-mêmes travaillaient pour la pègre et cherchaient carrément le client devant les salles de jeu étaient déjà presque révolus. On avait construit la Penn Station ainsi que la nouvelle poste, en rasant à ces fins des blocs d'immeubles entiers. On était en train d'arracher le cœur du quartier rebelle, mais il en restait encore assez pour grand-père.

On commença par l'envoyer démarcher les clients dans la rue. Il s'y trouva en concurrence avec les garçons des autres maisons, se battit avec eux, les intimida et fut intimidé. Il criait comme tous les autres : « Venez écouter les nouvelles merveilles musicales de notre maison ! » Il réussissait régulièrement à attirer des clients dans le magasin, quelquefois même des célébrités comme Eva Tanguay ou Billy Murray.

Il avait une méthode bien à lui. Il ne harcelait pas les gens, il attendait le moment où — exaspérés par l'insistance des autres — ils prenaient le large, et se joignait alors à eux. Il tentait de les convaincre par la douceur et, la plupart du temps, n'avait qu'à les accompagner une centaine de pas pour qu'ils acceptent de passer chez Fischer & Sons. Grâce à lui la maison augmenta spectaculairement ses ventes de partitions et de cylindres phonographiques de chansons qu'on écoutait, le dimanche, dans les salons des braves gens, mais aussi aux théâtres Victoria et Olympia ou à celui de la Cinquième Avenue.

Puis il accompagna les compositeurs de la maison, pour présenter leurs chansons dans les *saloons* et les bordels du coin. On l'avait compris, à présent : quand les catins commençaient à pleurer, on allait avoir un tube. Les cœurs solitaires de ces femmes étaient un baromètre infaillible.

Les filles étaient tellement touchées par le chant de grand-père qu'elles lui ouvraient leur cœur — et leur corsage. Grand-père prospérait comme au temps où les filles enceintes l'avaient mis au sein. Grâce à ses divers talents il menait la belle vie.

C'étaient maintenant d'autres petits marchands de journaux qui criaient les nouvelles du jour. Le début du XXe siècle était paisible, mais grand-père n'en avait cure, il n'avait qu'un but en tête : entamer enfin sa carrière de chanteur.

Quand le vieux chef de la maison Fischer voulut l'accompagner au Haymarket pour s'assurer de son talent, un vrai début sembla se profiler pour lui. Il ne se laissa nullement impressionner par l'aspect imposant de son employeur qui portait toujours un melon onéreux et une canne à pommeau doré.

Il donna le spectacle de sa vie, imposa le silence et arracha des soupirs aux dames de petite vertu et à leurs clients. Le vieux lui paya un gin et lui promit un grand avenir, s'il consentait à chanter quelque temps pour lui. Après quoi il se chargerait de sa carrière aux variétés. Il avait pas mal de relations parmi les imprésarios.

— As-tu seulement des papiers, mon garçon ? Comme chanteur, moi, je dois t'engager légalement.

— J'en ai, répondit grand-père sans hésiter. Il savait que se procurer de faux papiers d'identité dans le Tenderloin était un jeu d'enfant.

— Et tu t'appelles comment, au fait ? demanda l'homme qui, jusque-là, ne lui avait jamais accordé la moindre attention.

— Paddy, *sir*. Je m'appelle Paddy Fowley.

C'est ainsi que grand-père devint le grand-père irlandais que j'ai connu toute ma vie, lequel pouvait parler l'anglais avec une trace d'accent irlandais, italien ou même yiddish. Le grand-père qui me gardait quand maman recevait des clients, qui dormait dans la même chambre que moi et me priait d'ouvrir la fenêtre pendant les nuits d'été étouffantes, pour exiger aussitôt que je la referme — le métro qui passait sur le Manhattan Bridge hurlait tel un monstre de métal se cabrant au-dessus de nous. Le grand-père qui affirmait s'endormir le sourire aux lèvres, tandis que je me jurais, moi, de rester éveillé pour voir ce miracle, ce à quoi, pourtant, je ne suis jamais parvenu.

Paddy était bien trop bon pour que Fischer le laisse partir. Les ventes de la maison doublèrent après son engagement. Chaque fois, l'homme le faisait patienter jusqu'à l'année suivante, puis celle d'après. Les temps étaient durs, on vendait de moins en moins de partitions et toujours plus de cylindres phonographiques ou même de disques. Dans ce commerce-là, d'autres avaient le vent en poupe, M. Edison, par exemple.

Quand Paddy prenait congé de ses clients et leur demandait une recommandation, on lui répondait toujours la même chose : « Reste là où tu es, tu n'es tout de même pas si bon que ça », ou « Tu es drôlement bon. Je ne vais quand même pas faire entrer un loup dans ma bergerie ». Jusqu'en 1910 Paddy resta ce qu'il était depuis un bon moment : le premier chanteur talentueux d'une maison d'édition musicale sur le déclin, promis à un brillant avenir qui ne se décidait toutefois pas à advenir.

Une fois encore, une dernière fois, ce que d'aucuns appellent le destin, et grand-père, pour sa part, « un bon timing », se montra sous un jour clément. Il tomba amoureux. Par un jour de novembre froid et humide de l'année 1909, le col relevé et les mains enfouies dans les poches de son manteau, il passa devant le Cooper Union Hall. Il avait entendu parler des récentes émeutes d'ouvriers du textile mécontents de leur sort. Il était trop jeune pour se souvenir des discours incendiaires de l'activiste Emma Goldman à Union Square. Mais même lui savait qu'une bombe y avait explosé un an plus tôt pendant une grève massive. La nouvelle avait fait la une de tous les journaux.

Les conditions de travail dans les fabriques de vêtements étaient toujours aussi insupportables et les jeunes ouvrières italiennes et juives toujours aussi éreintées, au bout de quelques années on aurait dit de vieilles femmes. Des incendies s'y déclaraient toujours aussi régulièrement, dévorant les monceaux d'étoffe, les vêtements et les corps des ouvrières. Mais tout ça ne le regardait pas, lui, il était dans le show-business. Il n'était pas encore arrivé là où il aurait dû être, mais il ne s'en fallait plus de beaucoup.

Quelques milliers de femmes tenaient une assemblée à l'Union Cooper Hall. Après d'interminables discours qui avaient épuisé tout le monde, une jeune Juive se leva, monta à la tribune et dit d'une voix lasse en yiddish : *Mir iz nimes gevorn fun dem geployder, lomir tsutreten dem shtrayk*[1]. La traduction de ses paroles prit quelques secondes, après

1. « Je n'en peux plus de toutes ces discussions, je propose qu'on se mette en grève. »

quoi un tonnerre d'acclamations éclata. Elles étaient toutes d'accord pour entamer la grève générale. C'est du moins ce que lui rapporta ensuite Giuseppina.

D'innombrables femmes qui débattaient, pleines d'espoir, affluaient dans la rue, bras dessus, bras dessous. Certaines avaient dans les trente ans et étaient déjà fanées, d'autres qui n'avaient pas plus de seize ou dix-sept ans avaient cet optimisme qui vous fait croire qu'on a sa vie en main. Dans l'euphorie générale Giuseppina avait perdu son chapeau et mit quelques minutes à le retrouver.

Grand-père, quant à lui, n'avait pas trouvé tout de suite la maison du client chez qui il devait livrer les partitions commandées. Sans ces petits contretemps, les portes de la Cooper Union ne se seraient ouvertes qu'après son passage. Ou c'est une autre fille qui lui aurait lancé : « Viens avec nous, camarade, nous avons besoin de tout le monde ! » Le hasard voulut que ce fût Giuseppina qui tomba sur grand-père, quand elle remit enfin les pieds dans la rue.

Jusque-là il ne s'était guère intéressé aux camarades et au communisme, mais il savait tout de même qu'on ne gagne rien à contredire une fille dotée de grands yeux vifs qui vous appelle « camarade ». Elle mit son bras sous le sien et l'entraîna dans une vie qui lui était parfaitement inconnue. En cheminant vers Union Square, immergé dans une mer de corps, il lui demanda pourquoi elles manifestaient.

— Mais tu ne le sais pas ? se moqua-t-elle. Pour être traitées comme des êtres humains. (Comme ça ne lui suffisait pas, elle ajouta :) Pour la journée de travail de huit heures. Pour avoir le droit de faire des pauses. Et que les portes restent toujours ouvertes et que nous puissions nous enfuir en cas d'incendie.

À la fin de la manifestation où il s'était époumoné autant qu'elle, il demanda s'il pouvait la raccompagner à son logement.

— Non, tu ne peux pas. Mais demain matin, tu peux m'attendre devant chez moi et m'aider à porter ma machine à coudre à la fabrique. Ce sera mon premier jour de travail, on m'a prise parce que je possède déjà une machine à coudre. Ils paient mal, mais c'est quand même un travail.

À sa propre surprise il le fit. Paddy avait eu les femmes les plus diverses : des putains d'Allen Street ou du Tenderloin ainsi que des compagnes de moralité irréprochable. Des clientes qui avaient succombé en l'entendant chanter. Et pas mal de femmes qui ignoraient elles-mêmes à quelle catégorie elles appartenaient. Mais pour aucune d'elles il n'avait porté ne serait-ce qu'une feuille de papier, sauf pour la lui vendre.

Et voilà qu'à présent, après avoir été juif et être devenu irlandais, il devenait quasiment communiste. Il traîna sa machine à coudre dans les rues enneigées de l'hiver 1910 chaque fois qu'elle était licenciée ou qu'elle avait trouvé un nouvel emploi. Quand elle restait quelque temps sans en trouver, elle faisait la lessive d'un prêtre : seize *cents* les quatorze pièces de linge. Et c'était elle qui devait fournir le charbon, le savon et l'amidon. Le prêtre, pour lequel sa mère avait travaillé avant elle, et sa garde-robe avaient constamment pris de l'ampleur, mais le salaire était resté le même.

— Ça ne fait rien, disait-elle, ma mère était même forcée de trier les ordures, pour gagner sa vie.

Ils se mirent à partager la même fine couverture dans la mansarde de grand-père, dans le Tenderloin.

— Tu sais ce que c'était, mon premier travail ? chuchota-t-elle, quand ils se rapprochèrent l'un de l'autre — en affirmant que c'était juste à cause du froid. J'éteignais la lumière chez une vieille Juive, à shabbat. Comme j'étais trop petite pour atteindre la lampe à pétrole sur la table, il fallait que je monte sur une chaise. En échange elle me donnait des sucreries et quelques pièces. Un jour, je l'ai retrouvée morte, et j'ai été drôlement effrayée. La lumière éclairait sa tête très bizarrement. Elle ne m'a jamais parlé, je ne peux donc pas me souvenir de sa voix. Mais son visage mort, je ne l'oublierai jamais. Et toi ? Tu as déjà vu beaucoup de morts ?

Grand-père éluda :

— Dans le ghetto ce sont les morts qui se demandent s'ils ont jamais vu un vivant.

— Tu vois ! C'est pour ça qu'il faut se battre. Pour qu'il n'y ait pas tant de gens de chez nous qui meurent si jeunes.

Giuseppina était une petite femme robuste bien potelée comme grand-père les aimait. Elle lui apprit que son père s'était jeté à l'eau dans le port de New York par peur des inspecteurs qui étaient montés à bord du bateau. La panique l'avait emporté sur la raison, car il ne savait pas nager et il s'était noyé.

Sa mère, à qui le fonctionnaire de l'Immigration avait ensuite demandé si elle avait déjà un emploi en Amérique, avait répondu oui. Elle pensait qu'on laisserait passer une personne travailleuse qui ne serait à charge de personne. Mais ce n'était pas la bonne réponse, il ne fallait pas prendre leur travail aux travailleurs américains. Elle et sa fille furent renvoyées par le bateau suivant. Six mois plus tard elle était de retour devant le guichet et, cette fois, répondit :

— Non, mais j'ai une famille qui s'occupera de moi.

Le fonctionnaire leva la tête et la regarda dans les yeux.

— Vous mentez, dit-il en italien.

— Je mens simplement parce que j'essaie de survivre pour mon enfant, répliqua-t-elle en désignant Giuseppina.

Elle avait joué le tout pour le tout, et elle est passée.

Cet hiver-là, Fischer & Sons fit faillite, et Paddy, tout à coup, cessa de gagner de l'argent. Giuseppina n'ayant pas d'emploi régulier, ils passaient leur temps la tête posée sur le ventre de l'autre, à écouter la faim gronder dans leurs entrailles.

Ou à fixer le fond des casseroles vides en s'imaginant des plats savoureux. Une joue de porc au chou toute fumante, ce qu'adoraient les Irlandais. Les *tcholent*, les *krupnik* ou les *schav*[1] des Juifs. Les spécialités des Italiens du sud : *ziti al sugo, braciole, cartocci fritti, arancini di riso*. Du jambon de Cincinnati, des huîtres de la baie de Chesapeake. Ou une salade de harengs avec du pain noir, un ragoût de veau aux quenelles. L'odeur du chou, des oignons et des pommes de terre envahissait leurs narines et leur tournait la tête, la faim finissait par leur donner des vertiges.

Giuseppina tartinait alors de saindoux une tranche de pain et la lui tendait. Ou elle faisait tremper du pain rassis dans du lait chaud, étalait un peu de beurre dessus et le roulait dans du sucre. Comme elle trouvait Paddy trop mince, elle l'engraissait avec des mixtures d'œufs crus, de lait, de sucre et de marsala, comme sa mère l'avait fait pour elle.

— Maman réservait chaque dimanche deux cuisses de poulet pour le cas où nous aurions de la visite. Quand on avait de la viande à la maison, c'est qu'on y était arrivés.

Quand il lui fallait parler de lui, Paddy improvisait, assemblant les pièces de récits qu'il avait chopés on ne sait où. Mais souvent son histoire ressemblait à celle du vrai Paddy Fowley, qu'il connaissait par cœur. Il ne voulait pas que Giuseppina le voie comme l'enfant de personne. Il gardait la vérité pour plus tard. Mais il n'avait pas besoin de dissimuler qu'il avait vendu des journaux et ciré des chaussures. Ça, presque tout le monde l'avait fait un jour ou l'autre.

Elle, de son côté, essayait de lui enseigner le communisme, mais il était mauvais élève. Ses seins le séduisaient plus que le règne de la classe ouvrière et la possession des moyens de production. Il lui ôtait sa chemise de nuit, tandis qu'elle parlait de la bourgeoisie pourrie.

— C'est ma propriété privée, soufflait-il, je ne les partagerai avec aucune classe ouvrière.

1. Soupe à l'oseille et aux œufs.

— Espèce de misérable bourgeois, riait-elle. Si nous continuons comme ça, nous allons finir par avoir un enfant.

Et en avril 1910, quand, une fois de plus, il posa sa tête sur son ventre, elle murmura :

— Bientôt tu entendras ton fils se démener là-dedans.

Il retint son souffle. Ce fut une fille. Ma mère.

Un mois après sa naissance, grand-mère Giuseppina retrouva du travail à la Triangle Shirtwaist Factory, à quelques pas de Washington Square. Cette fois il y avait des machines à coudre, mais aussi des propriétaires stricts et rapaces qui faisaient verrouiller toutes les portes pour empêcher les syndicalistes de rentrer et les ouvrières de quitter les salles des machines avant la fin de leur journée.

Grand-père l'accompagnait souvent à la fabrique, et arrivée à l'entrée du bâtiment de dix étages, elle lui tendait le nouveau-né emmailloté. Le soir, Paddy et sa fille allaient attendre Giuseppina. Une voisine qui avait assez de lait pour plusieurs bébés nourrissait à présent la petite.

En fin d'après-midi, le 25 mars 1911, grand-père se mit une fois de plus en route pour aller chercher grand-mère. Mais il avait épuisé tout son lot de chance. Il arriva en même temps que la première voiture de pompiers. D'épais nuages de fumée noire enveloppaient les trois derniers étages du bâtiment, et une puissante langue de feu s'échappait régulièrement des fenêtres soufflées. Celles qui travaillaient tout en haut avaient pu s'échapper par le toit. Pour les autres il n'y avait aucun espoir, parce qu'en plus les escaliers de secours étaient hors d'usage. L'échelle des pompiers n'allait que jusqu'au quatrième et la pression dans les lances à eau ne permettait d'arroser que jusqu'au sixième.

Grand-père qui était posté là, sa fille dans les bras, se mit à prier pour la première fois de sa vie : « Mon Dieu, fais qu'elle ait travaillé tout en haut. Si tu veux te venger de moi, prends plutôt ma vie, car j'ai péché des douzaines de fois, mais elle pas une seule. Fais qu'elle reste en vie pour cette petite fille qui a besoin d'une mère. Mon Dieu, si elle vit, j'irai à la police et j'avouerai tout. Qu'ils me pendent. Mais qu'elle vive, elle. »

Dieu ne l'entendit pas. Un dieu aveugle, sourd, diabolique retira la main protectrice qu'il avait jusque-là étendue sur les quelques cent quarante jeunes femmes. Quelqu'un cria, horrifié : « Elles sautent ! » La foule commença à pousser des cris hystériques, les exhortant à attendre, mais le feu ne leur laissait aucun répit. Grand-père vit des groupes de trois ou quatre ouvrières, parfois de deux seulement, se donner la main et sauter.

Devant ses yeux, des filles et des jeunes femmes apparaissaient à la fenêtre, leurs cheveux flambant comme de la paille, elles se signaient, puis elles sautaient. Mon grand-père, mon merveilleux grand-père qui, ensuite, cessa de parler et ne put plus chanter, les suivit des yeux pendant leur brève et interminable chute. Elles agitaient les bras, comme si elles espéraient se changer en oiseaux.

Un reporter à son côté grommela par-devers lui, en notant : « Ça, ça sonne bien : "Aujourd'hui j'ai entendu un nouveau bruit. Le bruit des corps qui se fracassent sur le sol." » Grand-père haïrait cet homme sa vie durant et n'ouvrirait plus un journal.

Mais d'abord il pleura toutes les larmes de son corps. Quand maman m'a raconté cette histoire après sa mort, je me suis imaginé des fleuves de larmes jaillissant des yeux de grand-père. Ils dévalaient les rues de l'East Side et de Downtown, déferlaient devant les églises et les synagogues, les gratte-ciel et les marchés couverts, les modestes immeubles des pauvres et les palais clinquants des Astor et des Vanderbilt de la Cinquième Avenue, et ils grossissaient, se faisant de plus en plus puissants. Ils emportaient la saleté, la mort, le péché, avant de se jeter dans l'East River.

Les morts que Manhattan rejette atterrissent à Brooklyn. Ils sortent des immeubles de rapport minables de l'East Side ou de Hell's Kitchen ou prennent l'ascenseur dans les immeubles de verre ou art déco de Midtown, arrivent dans la rue, et traversent une dernière fois l'East River, avant d'aller s'étendre au cimetière, à Calvary, Green-Wood ou Cypress Hills. Ils se couvrent de terre, inspirent et expirent une dernière fois, puis ils se reposent.

Seuls les très vieux morts ont une place sur l'île. Quelques Juifs sur de minuscules parcelles au sud. L'une d'elles n'est qu'à un jet de pierre du quartier où j'ai grandi, entre Brooklyn Bridge et le Manhattan Bridge. On appelle ce quartier Two Bridges. Des centaines d'esclaves ont également trouvé le repos éternel à Manhattan. Sur un bout de terrain marécageux qu'on leur avait laissé jadis à l'extérieur des palissades de la ville.

De tous, les esclaves étaient les plus épuisés, car c'étaient eux qui avaient bâti les quais, les rues, les fondations de la ville et déchargé les bateaux. Ils avaient nourri, soigné et enrichi leurs maîtres. Et quand ils mouraient, on portait leurs morts hors de la ville. « Je suis là ! », criait alors chaque fois un des proches qu'ils laissaient. « Êtes-vous là, vous aussi ? — Nous sommes là ! répondaient les autres endeuillés. Nous t'avons connu, maintenant tu es notre aïeul. Il nous faut te laisser seul et repartir. »

Aujourd'hui, les ossements des esclaves soutiennent un gratte-ciel. Ils sont toujours utiles.

La colonie anglaise avait grandi rapidement. Elle s'était hypertrophiée, détruisant tout sur son passage en s'étalant vers le nord. On défricha les forêts, assécha les fleuves et les lacs, aplanit les collines. L'homme œuvra patiemment, bâtissant une parcelle en friche après l'autre. Il érigea des maisons, pava d'anciennes pistes indiennes et construisit de nouvelles routes, imposa l'angle droit au paysage. Puis il laissa de nouveau tout en friche et reconstruisit une deuxième et une troisième fois. Rien ne devait jamais être à l'arrêt.

Mais comme il craignait Dieu, tous les quelques blocs de maisons l'homme planta une église. De temps en temps il observait une pause, attendant de voir si Dieu se laissait soudoyer. Dieu se laissa soudoyer, l'homme continua donc et ne s'arrêta que tout en haut de Manhattan, à Spuyten Duyvil Creek. À Inwood. Il y avait mis presque deux cents ans, mais il avait réussi à modeler toute la région à son image. Il était enfin chez lui.

Les mille morts sous Washington Square — victimes de la fièvre de l'argent — furent, eux, rattachés à la commune. Désormais ils étaient new-yorkais eux aussi. Pour tous les autres morts de la ville il n'y avait plus de place sur l'île, ils passèrent donc à Brooklyn. Une armée invisible de serveurs, propriétaires de *saloon*, tailleurs, cuisiniers, dockers, chômeurs, truands, putains, agioteurs, politiciens et aventuriers. Les immigrants de la première heure, leurs enfants et les enfants de leurs enfants. Pour beaucoup, vivre en Amérique avait été profitable. Pour beaucoup d'autres, ça ne l'avait pas été. L'Amérique leur avait pris ce qu'il leur restait d'argent, la santé, la vie.

Le lendemain, un policier frappait chez grand-père et lui remettait une bague de fiançailles. Giuseppina était morte asphyxiée, on l'avait trouvée derrière une porte verrouillée.

— C'est sûrement allé très vite, dit l'homme, gêné.

— Asphyxiée… murmura grand-père comme pour lui.

Quelques jours après, il amenait Giuseppina de l'autre côté du fleuve, à Brooklyn. Devant sa tombe, avec la bague qu'il tournait désespérément dans sa main, prit fin la vie que grand-père avait menée jusque-là, et une nouvelle époque commença. Pour lui le changement d'époque eut lieu par un samedi après-midi ensoleillé de l'année 1911.

Jusqu'à sa mort il resta persuadé que Dieu avait eu un compte à régler avec lui.

Nous étions depuis longtemps passés au foyer et nous étions installés sur les vieux canapés élimés. À l'exception des lampes des tables, toutes les lumières étaient éteintes. L'aube approchait. Derrière la fenêtre le calme régnait, on n'entendait plus ni voix ni pas précipités ni sirènes. Je suis sorti brièvement dans la rue. J'aurais pu croire que nous avions juste été plongés dans un mauvais rêve passager qui allait bientôt se dissiper comme l'obscurité. S'il n'y avait eu toutes ces fenêtres éclairées, derrière lesquelles les gens avaient veillé toute la nuit. Et cette âcre odeur de plastique calciné. Pour beaucoup, je le savais, cette nuit serait la plus longue de leur vie.

Quand je suis revenu au théâtre, tu avais cessé de pleurer sur le sort de Giuseppina, de mon grand-père, de ta mère et des morts de New York.

— J'ai même pleuré pour vous, as-tu dit.

— Comment ça pour moi ? Il ne m'est rien arrivé, à moi.

— Il faut que quelqu'un le fasse, vous vous efforcez si désespérément d'être drôle.

— Pensez ce que vous voulez, mais j'ai une vie fantastique. On m'a fait un triomphe à Orlando, Las Vegas et Atlantic City, j'y ai joué à guichets fermés. Pas plus tard qu'avant-hier mon agent me disait que ce n'était qu'un petit creux. Saviez-vous que Sinatra est passé par un creux lui aussi ? Je vais remonter la pente. Nul besoin de verser des larmes sur moi ou sur grand-père. Sa vie a été à l'image de son temps.

Nous nous sommes tus.

— Quand vous a-t-il raconté qu'il avait assassiné des enfants ?

— Il ne les a pas assassinés ! m'écriai-je. Ils étaient pratiquement morts.

— Je suis désolée. Je ne voulais pas…

— Ce n'était pas un assassin !

— Calmez-vous.

— Ne redites jamais ça !

— Je ne le ferai plus.

Tu as jeté un coup d'œil circulaire, gênée, et le silence s'est réinstallé entre nous. Je nous ai versé du café et j'ai coupé en deux le dernier sandwich qu'il me restait.

— J'ai vu des gens sauter dans le vide. Je ne l'oublierai jamais.

— Grand-père ne l'a pas pu non plus, m'a dit maman.

— Quand vous a-t-il raconté tout ça, s'il avait arrêté de parler ?

— Entre deux rames de métro. Si l'immeuble dans lequel nous habitions n'a pas été rasé, c'est parce qu'on ne pouvait rien construire à la place, si près du Manhattan Bridge. Quand nous avons emménagé dans l'appartement, nous y avons même trouvé des journaux vieux de dizaines d'années qu'on avait utilisés pour le tapisser. Nous avions deux pièces. Ma mère dormait et recevait ses clients dans celle de derrière, grand-père et moi dormions dans le séjour. À la fin des émissions, je l'aidais à se lever de son fauteuil roulant et à se déshabiller. Il souffrait beaucoup. Il dormait sur le canapé convertible ; moi, par terre sur un petit matelas. Au début des années 1960, j'avais douze ou treize ans, il a soudain commencé à parler. Quand les wagons du métro rugissaient au-dessus de nous, il faisait une pause. Je crois qu'il voulait raconter tout ça à quelqu'un avant de mourir.

— C'est lui qui vous a appris à raconter de manière si vivante ?

Je haussai les épaules.

— Pourquoi est-ce qu'il souffrait, qu'est-ce qui s'est passé ?

— Là-dessus aussi il y a une histoire… Après la mort de grand-mère il n'arrivait plus à chanter comme avant. Il a tenté sa chance comme serveur-chanteur au Feltman's à Coney Island. C'était une brasserie respectable avec une terrasse à l'allemande. Il apportait en chantant les hot-dogs, les rôtis de porc et les bières aux tables des clients. Mais son chant ne faisait qu'attrister des gens qui étaient venus exprès pour se divertir. Sa voix a perdu peu à peu sa force, et à la fin il se faisait constamment huer. Il a donc essayé les bistrots mal famés où quasiment personne ne l'entendait, tant la boisson ou les dames de petite vertu occupaient les clients. Mais même pour ça il n'était plus assez bon. À la fin de la première soirée, les propriétaires des bouges le convoquaient, le payaient et le congédiaient. « Ou tu nous démoralises les clients ou tu les fais fuir », disaient-ils. Il a même essayé un bazar à Washington Square qui s'appelait « Oasis ». Le propriétaire engageait des chanteurs pour attirer le client chez lui, mais grand-père a dû être si mauvais qu'il l'a pris au collet dès le deuxième jour et l'a entraîné dans la rue :

— Jeune homme, qu'est-ce que tu vois là-bas à droite, à l'autre bout de la place ? lui a-t-il demandé.

— Des arbres, *sir*.

— Sais-tu que c'est là qu'on pendait les criminels de la ville autrefois ? Le bourreau vivait précisément ici, dans cette maison. Si tu remets les pieds chez moi, je te pends de mes mains à l'un de ces arbres. Et maintenant, file.

À la fin plus personne ne l'engageait comme chanteur. Mais lui aussi a fini par trouver la tranquillité. Vous voulez savoir où ?

— Avec vous on a aussitôt droit à toute l'histoire, n'est-ce pas ? Une histoire ou rien.

— Pourquoi répondrait-on, sinon ?

— Pour dire quelque chose sur soi ?

— Mais c'est ce que je fais. Vous ne comprenez pas ? C'était mon grand-père.

— Eh bien, racontez.

— En 1930 grand-père alla à Coney Island avec sa fille. C'était un beau dimanche, et ma mère qui n'avait que dix-neuf ou vingt ans rêvait de monter enfin sur le *Cyclone*. Le *Cyclone* était le roi des montagnes russes. Au reste il est toujours au même endroit aujourd'hui. Il fait huit cents mètres de long et vingt-six de haut, il est incliné à cinquante-huit degrés et ses wagonnets vont jusqu'à quatre-vingt-dix-sept kilomètres à l'heure. Grand-père était devant la caisse, indécis, car les temps étaient durs et cinquante *cents*, c'était une grosse somme. Cela faisait des mois qu'il n'avait plus de travail, il vivait au jour le jour. Ils avaient souvent faim, ma mère et lui, mais leurs voisins et tous ceux qu'ils connaissaient étaient logés à la même enseigne. Maman sortait d'un dancing qui cherchait des *taxi dancers*, des femmes qui dansaient avec les clients pour de l'argent. Bien entendu ils savaient tous les deux que ça s'arrêtait rarement à la danse, et grand-père avait tenté de la retenir, mais elle s'était dégagée en criant : « J'en ai assez de crever de faim et de me demander si on ne va pas être jetés à la rue dès demain. » Et elle y était entrée sans hésiter par l'entrée principale. Vous vous souvenez de Pasquale ?

— Le boxeur raté ? Le portier ?

— Lui-même. Donc, grand-père est là en train de se tâter, lorsque quelqu'un qu'il ne reconnaît pas au premier abord s'approche de lui. C'était Pasquale, qui l'a pris dans ses bras robustes comme si la soirée de la Saint-Sylvestre où ils s'étaient vus la dernière fois datait de la veille. Il a reculé de quelques pas et l'a regardé de plus près.

— Ça n'a vraiment pas l'air d'aller, a-t-il dit. Mais comment aller bien par les temps qui courent ? Qu'est-ce que tu fais ici ?

— Ma fille voulait sortir un peu.

— Tu as une fille ? Mais où est-elle ?

— Elle était là il y a deux minutes, a répondu grand-père, gêné.

— Tel que je te vois là, tu n'as pas de travail, a dit Pasquale.

— Pour le moment, non, mais je trouve toujours quelque chose.

— J'en ai un pour toi, mais il ne faut pas que tu aies le vertige.

— Je n'ai jamais rien remarqué de ce genre, a prudemment répondu grand-père.

— Et il ne faut pas que tu boives.

— Ce serait quoi, comme travail ?

— Hier, un contrôleur du parcours est tombé. Il avait picolé toute la nuit.

— Mais je n'y connais rien.

— Je t'apprendrai tout.

C'est ainsi que grand-père est devenu contrôleur de parcours sur le célèbre *Cyclone*, et par la même occasion lui-même une sorte de célébrité. Il l'est resté quinze ans. Il trouvait toujours quelques minutes pour s'attarder là-haut, regarder au loin, fumer une cigarette et être l'un des premiers de la ville à saluer le lever du soleil et l'arrivée des bateaux d'émigrants.

« Mon garçon, à son point culminant, on est à vingt-six mètres de haut, me disait-il. On ne peut pas dire que je sois arrivé bien haut sur le plan musical, mais tout en haut du *Cyclone* j'étais le seul. À ma façon j'étais une vedette. Dans son genre, c'était une chose grandiose et terrifiante entre toutes. »

Grand-père aimait l'exagération.

Au début, Pasquale l'a accompagné chaque jour tôt le matin dans ses longs périples sur toute la longueur du parcours. Ils parlaient peu, car il ne se passait pas grand-chose non plus. Pasquale lui montrait comment reconnaître les traces d'usure et réparer les avaries. Par la suite grand-père a fait le travail tout seul en alternant avec Pasquale. Quand grand-père avait donné le feu vert, la caisse ouvrait aux premiers clients de la journée. Il pouvait faire fermer le *Cyclone* pour des jours, même le propriétaire le craignait.

— Et ensuite il a eu un accident ?

— Oui. Un jour qu'il était en haut du parcours pour une réparation, il a vu sa fille se bécoter avec un client devant tout le monde. Ce qu'elle faisait dans le dancing, il ne pouvait pas le vérifier, mais là dehors, en plein jour, devant tout le monde, ça n'allait pas du tout. À l'époque c'était comme ça. Il était très en colère, et en voulant redescendre, il a glissé sur une flaque d'huile. Il a fait une chute de dix mètres et s'est fracassé le bassin. Dans mon enfance, je me le rappelle, Pasquale venait toujours le chercher chez nous et le poussait jusqu'au fleuve dans son fauteuil. Deux vieillards, l'un penché sur l'autre.

Nous nous sommes tus.

— Le jour se lève, maintenant, as-tu remarqué. Et vous ne m'avez toujours rien dit sur vous.

— Ni vous sur vous… ou sur votre mère.

— Là, il n'y a rien à raconter. Je ne l'ai pas connue.

— Mais vous vous promenez avec ses cendres.

Tu as haussé les épaules.

— Vous vous livrez toujours aussi peu ? t'ai-je demandé.

— Et vous ?

— Moi ? Mais je suis un vrai moulin à paroles.

— Qu'est-ce que je pourrais bien dire de moi ? J'ai vécu sous le communisme. Là, il ne se passe pas grand-chose. Des gens viennent au monde, d'autres meurent. On se fatigue, on se fatigue, et un jour ou l'autre on meurt aussi. On est comme dans une boucle sans fin. Je n'ai pas connu mes parents, et un jour, il y a quelques mois, j'ai appris que ma mère était à l'agonie. Elle s'appelle Elena. Elle s'appelait Elena. Je n'ai aucun souvenir d'elle. L'histoire est finie. Qui plus est, je ne sais pas raconter comme vous. Là d'où je viens c'était dangereux de raconter. On ne savait jamais qui pouvait vous entendre. Vous pouviez vous retrouver derrière les barreaux, à raconter des choses qu'il ne fallait pas. Ici en Amérique vous pouvez inventer ce que vous voulez, ça n'a aucune importance de toute manière. (Tu t'es interrompue.) Je suis désolée. Il faut que je m'excuse à longueur de temps, visiblement. Je suis vraiment impossible.

— Vous avez une famille, des enfants ? Vous avez quel âge ?

— Vous ne pouvez pas demander ça avant d'avoir posé la question qui s'impose.

— Qu'est-ce que c'est, la question qui s'impose ?

— Nous avons passé toute une nuit ensemble, et vous ne connaissez même pas mon prénom.

Dehors il faisait jour, maintenant, j'ai éteint les lampes. Une nouvelle journée commençait, pareille à nulle autre. Une nouvelle ère.

— Eh bien, comment vous appelez-vous ?

— Elena, comme ma mère. Comme la femme que je trimbale avec moi.

— Moi, on m'appelle Ray.

— Qu'est-ce que tu vas faire, maintenant, Ray ?

— Je vais attendre que la tempête se calme. Et toi ?

— Je vais ramener maman à la maison. Je ne peux plus l'enterrer à New York. La ville est comme un charnier pour moi, maintenant, et maman a mérité d'avoir un lieu à elle.

— Mais maintenant tu vas embarquer d'autres personnes. Qui sait à qui sont les cendres que tu as dans ton bocal. Tu t'es demandé si elles seraient d'accord aussi ?

Un sourire timide s'est esquissé sur tes lèvres.

— Je porterai le deuil de tous.

— Nous pourrions trouver un autre endroit pour ta mère ici en Amérique. Nous pourrions parcourir le pays, je jouerais…

— Elle ne voulait pas atterrir quelque part en Amérique, mais à New York.

— Prends ces cent vingt dollars, c'est tout ce que j'ai sur moi. Ça va durer un moment avant que tu puisses quitter la ville. D'ici là il va falloir que tu trouves un point de chute.

— Tu n'as pas besoin de cet argent ?

— J'ai assez d'argent dans mon bas de laine. Et un bel appartement clair et spacieux à Brooklyn. Avec vue sur le port. C'est douillet au possible. En me pressant, dans deux heures, je suis à la maison. Et je pourrai y attendre tranquillement que tout soit rentré dans l'ordre. Je ne suis pas mal loti. Et je le serai bientôt encore mieux. Je vais percer. Mon agent est formel, tout cela s'annonce très bien.

Nous sommes ressortis dans la rue ensemble.

— Je crois qu'il faut que j'aille à gauche, as-tu dit.

— Et moi, à droite. Quand je me réveillerai, peut-être que tout ça n'aura jamais eu lieu.

— Mais je ne vais jamais pouvoir te rendre l'argent !

— Laisse-moi ton adresse. Dès que je pourrai, je viendrai le récupérer.

— Tu es étrange, Ray. Si tant est que tu t'appelles ainsi.

— J'aimerais t'accompagner un bout de chemin.

— Quand nous nous reverrons. Ton grand-père n'a pas pu raccompagner Giuseppina le premier soir, lui non plus. À la maison j'ai une machine à coudre que tu pourrais porter çà et là. Si tu viens vraiment me voir en Roumanie, je te raconterai mon histoire et celle de ma mère. Au fait, la réponse est non !

— La réponse à quoi ?

— À ta question de savoir si j'ai des enfants et une famille. Je suis seule. Aussi loin que remontent mes souvenirs je suis seule.

Huitième chapitre

Je vais te raconter toute l'histoire, *tanti* Maria, même si je ne sais pas bien ce que tu peux encore garder en mémoire.

Après avoir tourné au coin de rue suivant sur la Cinquième Avenue et passé un bloc de maisons, j'ai regretté tout à coup d'avoir accepté son argent. J'ai couru aussi vite que je pouvais à la 13e Rue, en espérant pouvoir le rattraper. Quand je me suis retrouvée devant le théâtre, j'ai aperçu de la lumière à l'intérieur et j'ai regardé par la fenêtre.

Et je l'ai vu déplacer des meubles dans le foyer pour assembler une sorte de paravent et s'aménager un coin pour dormir. Puis il s'est déshabillé, s'est étendu sur un matelas et s'est couvert de sa veste élimée. La dernière image de lui que j'ai emportée à Tulcea fut celle de ses doigts frémissants.

Je ne me lasserai pas de te rapporter mon périple à travers New York, de conter comment le monde s'est écroulé et comment j'ai rencontré Ray, même si tu as entendu tout ça cent fois depuis mon retour. Je nettoierai et panserai tes plaies sanglantes. Je poncerai la corne de la plante de tes pieds et l'enduirai de crème. Je laverai tes mains sans doigts, ton visage auquel manque le nez. Et je te ferai mal, ce n'est pas possible autrement. Et je te raconterai.

Je masserai ta peau fanée et, quand tu auras encore froid, je t'enfilerai un deuxième pull-over et de grosses chaussettes.

Je t'amènerai à la salle à manger, puis je te ramènerai au lit ou t'assiérai sur le banc devant ta maison, pour que tu puisses regarder les massifs de fleurs. Tu es si légère maintenant, je n'ai aucune peine à te porter. J'attendrai le dernier car pour repartir à Tulcea. Tu en as tant fait pour maman, il est temps qu'on fasse quelque chose pour toi à présent.

Tu as beau l'avoir entendu si souvent, tu ne m'entendras jamais assez, dis-tu, raconter comment j'ai cherché un endroit pour maman à New York. Et que j'ai vu le ciel plein de tours gigantesques. Elles poussent là-bas comme de froides et puissantes stalagmites dans des cavernes préhistoriques. Les gens sont empilés dedans et s'entraînent pour la mort. Ils sont déjà à mi-chemin de là-haut, et tout aussi loin d'en bas. Dans cette ville il faut être efficace, ils ne veulent pas perdre de temps. De là-haut on peut monter aussi vite au ciel que descendre en enfer.

Je serai toujours là quand tu auras besoin de moi. N'aie pas peur. Je te parlerai de grand-père Berl-Paddy-Pasquale et de Giuseppina que tu aimes tant maintenant, parce qu'elle était convaincue qu'il fallait faire quelque chose. Depuis mon retour il y a deux ans j'ai appris à raconter, tu ne trouves pas ? Tu peux même tomber amoureuse des personnages de mes récits maintenant, comme je suis tombée amoureuse d'eux, quand c'était Ray qui parlait. Cet homme naïf plein d'illusions, au cœur d'enfant, qui refuse d'être perdant.

Je vais souvent au cybercafé à Tulcea. L'Internet, tu ne sais pas ce que c'est, mais ça permet d'avoir des nouvelles du monde, ce qui ne serait pas possible sans cela, quand on vit dans une ville si reculée. Quand je ne suis pas auprès de toi, en train de te laver, t'habiller, te nourrir, te lire les livres de la petite bibliothèque de la salle commune, et quand je ne travaille pas à la boutique de vêtements, je suis au cybercafé où je lis tout ce qui me tombe sous les yeux sur New York et les vedettes dont j'ai entendu le nom pour la première fois dans les récits de Ray. C'est comme si je le cherchais.

Mais tu n'as pas à craindre que je le suive en Amérique et que tu te retrouves seule de nouveau. Bien qu'il ait les yeux les plus chaleureux que j'aie jamais vus. Quand il rit, il accueille le monde entier. Il rit beaucoup, mais il ne pleure pas assez, c'est pour ça que je ne lui fais pas entièrement confiance. Je n'ai pas connu beaucoup d'hommes, à vrai dire aucun, mais j'ai toujours étudié le rire des hommes. Leurs bouches que j'avais envie d'embrasser et que je me suis toujours interdites.

Il a débarqué il y a deux semaines de cela sur la promenade de Tulcea. Je l'ai vu arriver de loin et n'en ai pas cru mes yeux. Je suspendais du linge sur le balcon, car le soleil avait refait son apparition après une violente tempête. Les gens se promenaient le long du Danube dans la douce lumière du soir. J'ai levé les yeux et vu un spectacle qui, pour notre ville, était tout à fait insolite.

Ray longeait la rive en frac et en haut-de-forme, dans une main il tenait sa valise. Il se frayait un chemin parmi les gens en sautillant avec une légèreté de plume. Alors qu'il a quelques kilos de trop, ça se voit bien. Certains se moquaient de lui, d'autres s'écartaient, étonnés, mais la plupart applaudissaient sur son passage.

De temps en temps il s'arrêtait et chantait, le vent m'apportait parfois à moi aussi des bribes de ses chansons. Puis il lançait sa canne en l'air, ôtait son haut-de-forme et saluait, comme s'il était sur la plus grande scène du monde et s'était produit devant le public le mieux choisi. À la fin, il tendait son chapeau, et les gens jetaient des billets dedans. Les gens l'aiment, il semble sorti tout droit de la télévision.

Il a traversé la rue d'Isaccea, s'est arrêté pile sous mon balcon et a levé la tête.

— Tu vois ? Ça a marché, a-t-il dit, hors d'haleine.

— Qu'est-ce que tu fais là ? ai-je demandé en riant.

— Je viens récupérer mon argent. Et tu me dois encore ton histoire. Descends, allons nous promener au bord de ce bon vieux Danube.

Le soir, on a montré un petit reportage sur lui aux actualités régionales. Il ne se passe pas grand-chose dans notre ville, et on est toujours content d'avoir quelque chose pour la rubrique « Évènements du jour », entre le niveau du Danube et les accidents de la route. « Un Américain à Tulcea », c'est ainsi que la présentatrice a annoncé le reportage, comme on annonçait la venue du cirque, autrefois.

— Il nous apporte l'esprit de l'Amérique. Il se présente comme *l'homme qui apporte le bonheur* et se produira tous les jours par beau temps sur la promenade, a-t-elle dit. Il imite les grandes vedettes, et il en est une lui-même, c'est un chanteur et un danseur de talent. Il nous a donné aujourd'hui un petit aperçu de ce qu'il fait. Les spectateurs étaient enchantés. Il danse comme Fred Astaire, il a la présence de James Cagney et chante comme Frank Sinatra. Nous lui avons demandé s'il imitait aussi des vedettes vivantes que nous connaissons peut-être mieux, il a réfléchi un instant, puis répondu malicieusement : « Les morts, eux au moins, ne peuvent pas m'attaquer en justice. » Dans son pays il faisait toujours salle comble. Nous lui avons demandé ce qu'il était venu faire à Tulcea. Il a répondu : « Chercher une femme. »

— Vous allez en trouver, ici, des femmes prêtes à vous suivre en Amérique, lui a dit la journaliste.

— Qui vous dit que je veux repartir chez moi avec elle ? Je cherche une femme bien précise. Je suis en Roumanie depuis un mois. J'ai dansé de Bucarest à Timișoara, mais elle n'y était plus. Ses voisins m'ont dit qu'elle s'est installée à Tulcea il y a deux ans et m'ont donné sa nouvelle adresse. J'ai donc continué ma route en dansant et en chantant, jusqu'à ce que j'arrive chez vous.

Ray a arraché le micro des mains de la présentatrice.

— Elena, tu me vois ? Je suis ici. Je suis venu !

J'étais sidérée. De New York à Tulcea il y a des femmes bien plus intéressantes que moi, mais il a fait tout ce chemin rien que pour moi. Allez donc savoir ce qui se passe dans la tête des hommes ! Un moment, on se dit « rien du tout », l'instant d'après, « un tas de sottises », et puis, tout à coup, « les plus belles histoires du monde ».

Quand il a vu le reportage, il a bondi et s'est mis à danser avec moi dans la pièce.

— Je commence à aimer ton pays. Ça fait un mois que j'y suis et voilà que je passe à la télé. À New York je n'y suis toujours pas parvenu, après toutes ces années. Mais qu'est-ce que Broadway, quand on peut avoir Tulcea ?

Ray a tenu parole. Chaque après-midi il rassemble ses accessoires, ses moustaches, ses chapeaux, ses cannes, ses gants et ses lunettes dans une valise et se rend sur la promenade. Les mères de famille avec leurs enfants, les couples d'amoureux, les pêcheurs guettant l'occasion de repartir dans leur village du delta, les costauds louches en survêtement vaquant à des affaires très spéciales, les commerçantes du marché, les dockers, les mendiants, les petits Gitans affamés, les chiens errants et les quelques touristes qui se sont risqués au bout du monde, tous ils constituent son public.

Il semble avoir trouvé sa place parmi eux et ne pas regretter le grouillement, la griserie, les possibilités de la métropole dont il est issu. Même les vrais durs l'applaudissent et glissent quelques billets dans son chapeau. Nous n'avons pas l'habitude de voir les Américains venir chez nous, plutôt celle de rêver d'aller chez eux. Avec l'argent qu'il gagne, il achète du pain, du lait, des œufs, bref ce que je lui dis d'acheter. On s'est mis à lui souhaiter joyeusement le bonjour, la ville l'a adopté. Le meilleur hôtel du coin lui a proposé de se produire à l'occasion des mariages, et une société de taxis lui a demandé l'autorisation d'utiliser son image pour faire sa publicité. Depuis peu, on voit le visage au sourire éclatant de Ray collé sur les taxis de la ville, le haut-de-forme de biais sur la tête. *Même* l'homme qui apporte le bonheur *circule dans nos taxis !*

Quand il est auprès de moi, je me sens à la fois légère et déroutée. Un Roumain n'aurait sûrement pas dansé avec moi dans l'appartement : il aurait mangé mes *ciorbe* et mes *sarmale*[1] et se serait tenu tranquille. Comme ç'aurait été plus simple !

Je lui ai montré toute la ville, ce fut vite fait. Nous avons remonté la rue Gloriei jusqu'au monument des héros et contemplé la vaste étendue du delta. Nous sommes redescendus en vitesse par des rues de caillasse cabossées, poursuivis par une meute de chiens que ses chansons ne parvenaient pas à calmer.

J'ai même payé un pêcheur pour qu'il nous mène en bateau à moteur dans les profondeurs du delta. C'est pour ça que je n'ai pas pu venir te voir ces derniers jours et que tu as eu peur que je t'aie abandonnée. Mais tu ne te débarrasseras jamais de moi, autant que tu le saches tout de suite.

Il y a quelques jours je l'ai blessé. Je l'ai tellement blessé qu'il a voulu repartir. Il avait déjà mis ses bagages sur le palier. Il m'avait harcelée, exigeait une étreinte et des baisers. D'autres femmes auraient été flattées, mais moi pas. Il voulait encore fouiller dans ma vie d'avant, dans mon histoire. Il voulait se faire de la place chez moi, s'installer douillettement. Il pensait peut-être que cette petite Roumaine pouvait être un peu reconnaissante qu'un Américain ait traversé la moitié du monde pour elle. Mais tu me connais assez bien maintenant, je n'accepte pas ce genre de marché. Je ne me laisse pas harceler.

— Pourquoi est-ce que tu ne me laisses pas tranquille ? ai-je dit. Je ne te demande pas, moi, ce que tu fais tout seul.

1. La *ciorba* (pluriel *ciorbe*) est une soupe aigre à base de légumes et viandes ; les *sarmale* sont des choux farcis.

Ni ce que tu as fait de ta vie, ni pourquoi tu dors dans le foyer d'un théâtre et donnes ces shows improbables dans une salle presque vide ! Imiter les gens, quelle idée, je te demande un peu !

— Tu n'as pas le droit de dire ça. J'ai une carrière derrière moi.

— Ce n'est pas une carrière. Tu te contentes d'imiter des gens, c'est tout. Mais qui es-tu réellement ? À quoi est-ce que tu crois ? Je l'ignore. Et ce n'est pas parce que tu es dans le creux de la vague que tu n'as pas de spectateurs. Ce que tu fais, tu aimes le faire, mais ça n'intéresse plus personne. Arrête de faire ce que ton grand-père ne pouvait déjà pas faire ! Arrête de vivre sa vie ! Laisse-le mourir. Avance, Ray ! Avance tout simplement.

Il a arpenté fiévreusement mon appartement.

— Ne me parle pas comme ça ! J'ai rempli les salles, à Las Vegas, à Atlantic City.

— Qu'est-ce que c'était, comme représentations ?

— J'ai fait l'ouverture de congrès — de médecins et d'avocats ou de vendeurs d'automobiles. J'ai fait la première de concerts, l'ouverture de parcs à thème, de discothèques, de parkings, de restaurants, d'hôtels. Ce n'est pas à la portée de tout le monde. J'ai joué pour des Juifs à Miami et des Irlandais à Chicago. J'ai vu l'Amérique. J'ai eu une vie.

— Tu étais un bref intermède avant le dessert, Ray. Beaucoup de gens sont un bref intermède avant le dessert dans la vie d'autres gens.

— Et qu'y a-t-il de mal à ça ?

J'ai soupiré.

— Rien. Il n'y a pas de mal à ça. C'est juste que j'ai appris à ne pas me leurrer. Je suis désolée. Je sais que je suis quelquefois trop brusque.

— Tu as remisé ta mère dans le cellier. J'y ai vu le bocal.

— Oui, je sais.

Je suis allée sur le palier et j'ai rapporté sa valise dans l'appartement. Il a posé sa tête sur mes genoux.

— Nous nous querellons déjà comme un vieux couple, ai-je murmuré.

— Qu'est-ce que tu attends de moi ?

— Je veux ton histoire à toi, pas celle de ton grand-père. Qui était donc ton père ?

— D'abord, c'est à toi de me parler de ta mère.

Je lui ai passé la main dans les cheveux, en me disant : Jusqu'ici je n'avais ni homme ni enfant. Maintenant j'ai les deux.

Je me sentais à l'étroit entre les cendres de maman dans le cellier et Ray dans le séjour. Il était temps de ramener maman auprès de son mari, mon père dont je ne savais presque rien. De la ramener chez elle et de l'inhumer enfin ; même si je n'étais pas sûre de savoir quelles cendres se trouvaient dans le bocal et iraient se mélanger à la terre roumaine.

Avant-hier nous avons pris au petit matin le bateau pour Sulina. Je me disais que c'était le meilleur endroit pour lui parler de maman. Pendant toute la traversée il n'a pas dit mot, juste fixé l'interminable rangée de saules et de peupliers sur la rive du fleuve.

Sulina était déjà presque oubliée du temps de ma mère, à présent elle est quasi plongée dans l'oubli. De nos jours on y voit, amarrés sur les quais, des barques et des bateaux rouillés dont on n'a pas levé l'ancre depuis des décennies. Le crépi des immeubles s'effrite, et il faut étayer les églises pour les empêcher de s'écrouler. La foi est dans un corset de fer et de bois, à Sulina.

Nous avons cherché ensemble la maison où maman a habité, mais les dunes de sable l'ont ensevelie. Nous avons aussi cherché l'endroit où Ahile avait son salon de coiffure, mais nous n'en avons vu aucune trace non plus. Nous sommes allés au cimetière où maman s'était cachée. Seuls les morts étaient encore là. Eux sont fiables. Pendant tout ce temps Ray est resté silencieux, attentif, et pas une seule fois ne lui est venue l'idée de divertir qui que ce soit. Encore que les gens qui vivent là aient bien besoin d'être divertis.

J'avais perdu courage, je repoussais de minute en minute le moment de révéler l'histoire de maman. À la fin nous sommes allés nous promener sur la digue d'où maman observait les cailles se jeter contre le phare. Il y avait là une gabare avec une pelle mécanique qui fouillait les entrailles du Danube. Poursuivant la lutte éternelle du fleuve et de l'homme, laquelle ne doit jamais cesser, tant que les hommes veulent vivre à son embouchure.

Je lui ai raconté tout ce que j'ai appris d'elle par toi, et même ce qui, à vrai dire, n'est pas racontable. Ce que je cache à tous — moi y compris — depuis ma jeunesse.

Car j'ai toujours su qui était ma mère, *tanti* Maria, ce n'est pas ta lettre qui me l'a appris. Je ne sais plus qui me l'a dit, parmi les gens chez qui j'ai vécu. Peut-être l'ouvrier, un soir qu'il est rentré ivre à la maison. Ou le professeur, parce que j'étais trop récalcitrante. Je n'ai jamais été particulièrement facile, ni particulièrement reconnaissante, donc on me refilait toujours à d'autres. L'un d'eux m'appelait « la fille du monstre » à la fin. C'est aussi comme ça que je me voyais.

J'aurais pu venir bien plus tôt et je ne l'ai pas fait. Pendant toute ma jeunesse elle m'a manqué atrocement et en même temps elle me faisait horreur. Je l'ai aimée de loin, tout en voulant la punir de m'avoir abandonnée. Pour moi c'était ça : elle m'avait abandonnée. Tu peux le comprendre ?

Je me détestais, je croyais avoir la lèpre en moi, bien que les médecins m'aient toujours assuré que j'étais en bonne santé. Je ne laissais aucun homme m'approcher, j'étais si dure avec eux qu'ils renonçaient vite. Je ne voulais rien risquer.

Quand j'ai reçu ta lettre, je savais qu'il fallait me dépêcher, si je voulais la voir encore vivante. Et qu'elle me voie, moi. C'est pour cela que j'ai différé mon départ. Une partie de moi voulait voler vers elle ; l'autre, la punir. J'ai arpenté mon appartement pendant des heures, pendant des jours, je fumais, je regardais la télé, j'allais travailler, je mangeais, je dormais. Je savourais enfin ma vengeance. Tu entends ? Je savourais. C'est comme ça, et je ne peux pas faire que cela n'ait pas été.

Maintenant Dieu ou le destin ou — comme dirait le grand-père de Ray — « un bon timing » m'a envoyé un homme qui se comporte d'une façon atypique pour son espèce. Il ne se laisse pas décourager. Je voulais qu'il sache tout, faute de quoi il n'y a pas de début possible. Ou je voulais le faire fuir. Qu'il disparaisse, qu'il reparte enfin à toutes jambes en Amérique.

Mais il a tout écouté patiemment jusqu'à la fin et ensuite, au lieu de tourner les talons et de prendre le large, comme je le craignais — ou l'espérais —, il a dit, à voix très basse :

— Et quand est-ce que nous allons faire l'amour ?

Il est comme ça. Il prétend qu'il apporte le bonheur dans le monde et peut-être même qu'il dit vrai. Pour faire diversion et me laisser le temps de trouver la bonne réponse, je lui ai demandé de me raconter notre nuit à Manhattan.

— Je me souviens bien de l'attentat, mais je ne suis plus très sûre de ce que j'ai vécu après. J'étais tellement bouleversée, ai-je dit.

— Tu étais sous le choc. C'est un miracle que tu aies survécu.

— Vas-y, raconte.

— Ça tombe bien, c'est aussi le début de notre histoire commune.

Sur la digue de Sulina ont surgi de nouveau la 13e Rue, le foyer du théâtre et l'image que j'offrais là-bas, couverte de cendres. Il m'a décrite en train de presser le bocal contre ma poitrine et de me mettre à hurler tout à coup. Chaque fois que je voulais l'interrompre dans un geste d'impatience, il disait : « J'arrive juste au moment où je suis tombé amoureux de toi. Encore un peu de patience. » Il est comme ça.

Pendant qu'il racontait, je l'observais attentivement et je me suis rendu compte qu'il m'attirait beaucoup. Du coup nous avons raté le bateau du soir pour Tulcea, mais le moment en question ne m'a toujours pas été révélé. Il me le dévoilera la prochaine fois. Avec lui ça peut prendre quelques décennies.

Te voilà prête à aller au lit, *tanti* Maria. Tu es belle comme la Madone. Il faut encore que je te coiffe et que je t'apporte un verre d'eau pour la nuit. L'infirmière viendra voir un peu plus tard si tu as encore besoin de quelque chose. Il va falloir que je m'en aille, afin d'attraper le dernier car pour la ville. Je reviendrai dans quelques jours et je l'amènerai, lui. Il lui reste encore aussi à vivre ça.

Hier soir j'ai cuisiné pour Ray dans toutes les règles de l'art. Jamais un homme n'a savouré de tels plats chez moi. Jamais je n'avais cuisiné pour un homme, d'ailleurs. Alors qu'il marchait sur la promenade à côté de moi, repu, satisfait, et que nous goûtions tous les deux — comme la moitié de la ville — la fraîcheur du soir après une chaude journée d'été, je lui ai parlé de mon projet de l'amener à la léproserie. Une fois de plus il a réagi autrement que je ne m'y attendais.

— Je commençais à me dire que tu ne me le proposerais pas.

— Tu n'as pas peur ? Ça ne te répugne pas ?

— Je vais leur offrir le meilleur show qu'ils aient jamais vu.

— Ils n'ont encore jamais vu de show.

— Eh bien, le mien sera le premier. Ils ont bien mérité de rire un peu.

— Ce sont des gens simples, Ray. Ça leur suffirait que tu racontes qui tu es, comment on vit en Amérique, la vie que tu as menée. Ils se contentent de peu.

— Pourquoi se contenter de peu quand on peut avoir beaucoup ?

Je regardais l'eau.

— Tu n'as pas besoin de te donner tant de mal.

— Tu veux dire… pas de show du tout ? a-t-il demandé, désappointé.

— Un petit show, si tu veux.

— Qu'est-ce qu'ils pourraient bien me trouver d'intéressant ?

— Tout.

— Je ne saurais même pas par quoi commencer.

— Commence par ton vrai nom, Ray. Est-ce ton vrai nom, « Ray » ? Ça fait plus de deux semaines que nous vivons pratiquement ensemble, et je ne sais toujours pas comment tu t'appelles en réalité. As-tu aussi deux, trois prénoms, un pour chaque situation, comme ton grand-père ? As-tu des gens sur la conscience comme lui ? Est-ce que tu attends seulement de pouvoir me…

À l'expression de son visage j'ai vu que j'avais dit ce qu'il ne fallait pas et je l'ai aussitôt regretté.

— Ce n'était pas un assassin, je te l'ai déjà dit. Il avait quatorze ou quinze ans, quand le cauchemar a commencé.

— Et dix-sept ou dix-huit quand il s'est terminé. Il aurait pu aller à la police… Ou s'enfuir pour ne plus jamais revenir.

— Non, ça, il ne le pouvait pas ! Tu ne comprends pas ! Il s'est tu, luttant avec lui-même. Ça fait deux semaines que je suis ici, a-t-il poursuivi enfin. Tu me plais, je n'ai encore jamais rencontré quelqu'un comme toi. Nous ne sommes plus jeunes, je ne veux pas me conduire à la légère et tout simplement repartir. Je suis resté, bien que tu ne me facilites pas précisément les choses. Bien que tu m'aies raconté ton histoire en pensant sûrement que j'allais prendre mes jambes à mon cou. Mais je suis resté et j'attends toujours de pouvoir te prendre dans mes bras.

Que répondre à cela, *tanti* Maria ? Il est comme ça, voilà. Il est allé dans la chambre et a tiré fermement la porte derrière lui. J'ai posé ma main sur la poignée, attendu un instant, mais je n'ai pas rouvert la porte. Jusqu'à ce que je m'endorme enfin, j'ai entendu ses pas nerveux à côté. Minuit devait être passé depuis longtemps, quand je me suis réveillée en sursaut. Il était debout à côté de mon lit, un oreiller sous le bras, et me regardait.

J'ai pensé : Si je meurs maintenant, je n'aurai pas accompli ma tâche. Il se cramponnait à l'oreiller comme s'il allait tomber. À la lueur diffuse du réverbère dans la rue il ressemblait à un personnage sorti d'un de ses films. Il a dû s'apercevoir de ma frayeur, car il a chuchoté :

— Ce n'est que moi.

Mais c'est justement ça qui me faisait peur. Il s'est assis au bord du lit.

— J'ai souvent demandé à grand-père pourquoi il ne s'était pas enfui, mais il a toujours éludé. Un jour, alors qu'il était déjà très faible et se rendait compte qu'il allait bientôt mourir, il a envoyé ma mère me chercher. Il a soulevé un peu la tête et m'a chuchoté : « C'était mon père. »

Ray a fait une pause.

— Tu comprends, maintenant ? Le capitaine n'était pas n'importe quelle crapule, c'était son père. Quand il était sur le port autrefois, ce n'était pas n'importe quel bateau qu'il observait, mais un bateau que son père commandait. Voilà.

— Mon Dieu, son propre père ?... C'était un mensonge, tout ça ?

— Un mensonge ? Non. Pour lui c'était vrai. Dans le souvenir tout est toujours vrai. Qui veut la véritable histoire, quand il y en a aussi une autre, bien plus palpitante ?

— Moi. Je la veux.

— Fais-moi de la place à côté de toi.

J'ai soulevé la couverture et me suis poussée. Nous avons chuchoté comme des enfants qui se confient des secrets, la nuit, sous les couvertures, quand le monde s'absente et dort.

— Quel est ton plus vieux souvenir ? lui ai-je demandé.

— La télévision ! La télévision est née à peu près en même temps que moi. Nous avons tous les deux le même âge : cinquante ans. La télévision a peut-être un ou deux ans de plus. Les artistes que grand-père avait vus sur les scènes de la ville au début du siècle, je les voyais à la télé, transformés en vieillards et en vieillardes. À peine né j'étais déjà devant la télé, à rire face à l'écran. Et l'écran riait avec moi.

Je devais avoir cinq ou six ans, et même si je ne comprenais pas grand-chose à ce qui se déroulait là, j'étais immergé dans une atmosphère d'insouciance et de gaieté. Grand-père ne sortait de sa léthargie que pendant la *Colgate Comedy Hour* ou le *Ed Sullivan Show*. Il saluait les vedettes à voix haute, joyeusement, comme de vieilles connaissances. Avant et après il était emmuré dans son silence.

Jimmy Durante ouvrait toujours son show par les mêmes paroles : *Good evening, folks!* Grand-père dans son fauteuil et moi, nous répondions en chœur : « Bonsoir, grand Schnozzola ! » Les premières chansons que m'apprit grand-père furent les *songs* de Durante. Aujourd'hui encore je me souviens de quelques strophes :

Say hello to dear old Coney Island
If there you chance to be
When you're at the Waldorf, charge it up to me
Wish you'd call on my gal
Old pal, when you get back home
Give my regards to Broadway and say that I'll be there ever long…

La télévision dispensait la paix et la tranquillité, mais aussi une joyeuse excitation. Grand-père disait :

— Mon garçon, qu'importe la journée abominable que tu as passée, le soir tu peux allumer cet appareil, et tu as Durante, Eddie Cantor ou Milton Berle chez toi. Tu t'endors toujours le sourire aux lèvres.

— Mais tu souris à peine, grand-père, objectais-je.

— Si, juste avant de m'endormir, je souris toujours. Mais à ce moment-là tu dors depuis longtemps.

Maman était souvent occupée dans l'autre pièce, mais parfois, quand elle n'avait pas de visite, elle venait se joindre à nous. Nous avions un petit appartement dans un immeuble de briques juste au pied du Manhattan Bridge. C'était un vieil immeuble de rapport, un des rares de son enfance qui fût encore debout. Les rues, elles, étaient encore là et portaient les mêmes noms qu'autrefois, mais le plus gros du bâti ancien avait été démoli, comme s'il n'avait été qu'un décor de films. À sa place on avait construit Two Bridges, un quartier de hauts blocs d'immeubles bruns à l'ombre desquels nous vivions.

La différence entre nous et les autres était que nous n'avions pas réussi à déménager dans un appartement neuf ou une coquette maison de la périphérie, dans le Queens ou à Long Island. Nous n'avions pas de voiture, nous n'allions pas à la mer le week-end. Nous étions restés coincés au beau milieu de Manhattan. Mais nous avions un téléviseur, qu'un de ses clients avait offert à ma mère. Maman avait des clients qui pouvaient s'offrir ce genre de choses. Nous restions devant en battant du pied en mesure, comme tous les autres. Nous étions devenus un peuple de gens qui battaient du pied en mesure.

J'ai passé mon enfance à me figurer grand-père en train de sourire au moment de s'endormir. Pendant ce temps-là, le métro fonçait vers Brooklyn en rugissant au-dessus de nous, entre les rames le quartier était tranquille, et à quelques centaines de mètres de là, l'East River coulait discrètement.

Je me souviens aussi que j'ai sept ou huit ans et que maman me met debout sur une table dans la cuisine, parce qu'elle reçoit un de ses clients. Elle s'est aperçue que je chantais bien et que j'aimais ça. Elle me menace : « Tu restes là et tu chantes aussi fort que tu peux. Si je ne t'entends plus, je sors et je te mets une trempe. » C'est ton tour, maintenant.

— J'ai six ou sept ans et je me confectionne un bateau. J'écris mon nom à la proue : *Elena*. Je l'apporte au Danube et le mets à l'eau. J'espère qu'il va aller jusqu'à l'autre rive. Là où je m'imagine qu'habitent mes parents. Maintenant c'est encore à toi : Qui est ton père ?

Il se tut un bout de temps.

— Un client de ma mère. Celui du téléviseur. Il n'a jamais réapparu ensuite. Mais il ne m'a pas manqué non plus. J'avais grand-père. Et maintenant à toi : De tous les endroits où tu es passée, où est-ce que tu t'es sentie le mieux ?

— Chez la paysanne. Elle n'avait pas les mots. Elle pouvait rester une semaine, un mois, un an sans parler. Ça me plaisait, parce que moi aussi je savais bien me taire. Comment a continué ta vie ?

— La deuxième moitié des années 1960 — à partir de quinze ou seize ans — et une bonne partie des années 1970, je les ai passées à Washington Square. Grand-père disait toujours : *When you go to Washington Square, don't forgeta watta mess you walk on*[1], en me rappelant les nombreux morts qui sont enterrés là-bas. Je me mêlais aux gens et tentais ma chance avec mes chansons et mes imitations au milieu des joueurs de banjo, de guitare ou de flûte et des musiciens de folk et de blues.

1. « Quand tu vas à Washington Square, n'oublie pas que t'arrives dans le chaos. »

Je draguais les filles hippies, mais j'avais peu de succès, car je portais des costumes que mon grand-père aurait pu porter aussi, et avec ça un feutre et des gants blancs. La guerre du Viêt Nam, les droits civiques, les chansons de Joan Baez, Pete Seeger, The Clancy Brothers ou Bob Dylan ne faisaient pas partie de mon répertoire, ce n'étaient pas les droits des Noirs ou la colère contre Nixon qui me poussaient, mais les chansons de Tony Bennett, Perry Como ou Nat King Cole. Les choses qui parlaient au cœur.

Je me postais devant les bancs ou les couples allongés dans l'herbe et demandais : « Quel est l'acteur des années 1950 que vous préférez ? Et votre chanteur préféré ? » Il y en avait qui se moquaient de moi, et d'autres qui me retournaient des questions : « Tu n'es pas un peu jeune pour les années 1950 ? »

— Il faut bien commencer quelque part, je répondais.

— Alors, tu ferais mieux de commencer par The Kinks ou Jefferson Airplane !

J'esquissais un petit sourire ironique, car c'était *leur* monde, pas le mien. Je voulais commencer exactement là où mon grand-père s'était arrêté. Et c'était bien, bien plus tôt. Je pense qu'à l'époque déjà j'étais démodé.

Les années 1970 ont été terribles à New York. Chaque nuit des maisons brûlaient et il y avait des morts, des montagnes d'ordures jonchaient les rues. L'East Side était comme déserté. On pensait la ville irrémédiablement perdue. Ceux qui pouvaient se le permettre la quittaient. Pour beaucoup l'époque était excitante, mais je ne manifestais pas contre le Viêt Nam, je ne pestais pas contre Nixon, les droits des femmes m'étaient indifférents, je n'occupais pas d'université, je ne traînais pas mes guêtres sur Bleecker Street ou MacDougal Street, au Bitter End ou au Cafe Wha ? Grand-père était mort, nous n'avions plus sa pension. Maman était trop âgée pour avoir encore beaucoup de clients.

Je m'étais inscrit à une école de théâtre, mais au bout d'un an on m'avait dit que je n'étais pas doué pour l'interprétation, seulement pour l'imitation. Nous étions pauvres, je devais gagner de l'argent. J'ai d'abord travaillé dans la chambre froide d'une boucherie du Meatpacking District. De deux à sept heures du matin je découpais de la viande. Aujourd'hui encore je pourrais le faire, les yeux fermés.

Ensuite j'ai trouvé du travail comme serveur-chanteur à Times Square. Times Square, à l'époque, était un dépotoir, il y traînait de vraies épaves. Globalement j'y faisais ce que je fais aujourd'hui. J'habitais sur la Sixième Avenue, en face de la prison Jefferson pour femmes, et chaque matin, quand je rentrais chez moi, mort de fatigue, les hommes qui voulaient parler à leur femme incarcérée faisaient la queue le long de la maison.

À six heures pile les femmes paraissaient aux fenêtres, et c'était parti. Couché dans mon lit, j'écoutais leurs voix. Espagnoles, italiennes, chinoises, anglaises. Le monde entier se rassemblait sous ma fenêtre. Je ne comprenais pas grand-chose de ce qu'ils se disaient. Les hommes devaient parler des enfants qui étaient à la maison, de leur travail, de leur famille. Les femmes, de leur envie d'être auprès d'eux. Mais le plus étonnant est que, malgré les cris et un bruit indescriptible, ils réussissaient à isoler la voix qui leur importait.

Je me souviens d'un couple qui s'échauffait la nuit. De la fenêtre de sa cellule elle lui lançait tous les mots d'amour imaginables, lui répondait de l'autre côté de la rue. Ils étaient comme un couple de chats en chaleur. Tout le coin était réveillé et profitait de leur jeu amoureux. Combien de fois ne me suis-je empoigné et excité avec eux ! Et avec moi sans doute cent autres dans le voisinage. Eh oui, c'était une autre époque.

— Et après ? Qu'est-ce que tu te rappelles encore ?

— Après ? Dans les années 1980, je me suis produit comme chanteur-serveur à Orlando, dans un restaurant à thème. Le thème de mon restaurant était la nostalgie, et il était situé entre un autre, dédié au Far West, et un troisième qui promettait un voyage sur le Mississippi. Les clients prenaient place à de longues tables, et j'apparaissais sur un balcon au-dessus d'eux. De là je me balançais, encordé, en chantant au-dessus de leurs têtes, et j'atterrissais sur l'une des tables. Je chantais je ne sais quelle chanson, quelque chose comme ça peut-être :

Catch a falling star and put it in your pocket
Never let it fade away
Catch a falling star and put it in your pocket
Save it for a rainy day
For love may come and tap you on the shoulder some starless night
Just in case you feel you want to hold her
You'll have a pocket full of starlight.

J'avais un peu plus de trente ans, la plupart des clients avaient le double de mon âge, mais je mettais tant de sentiment dans mon chant que j'en faisais pleurer plus d'un. Je chantais la meilleure époque de leur vie, les années 1950 dans lesquelles j'étais né. Une époque à laquelle ils ne pouvaient pas seulement rêver d'une bonne petite vie cossue, mais aussi l'avoir. À laquelle, comme grand-père, maman et moi autrefois dans notre minuscule appartement de Two Bridges, ils pouvaient entendre Perry Como, Tony Bennett ou Bing Crosby chanter à la télévision.

Les années 1980 furent une époque faste. Je vivais dans une petite maison à l'extérieur d'Orlando, sur la rive du St. John's River. Quand je ne chantais pas, je pagayais des heures dans le dédale du fleuve. Et maintes dames d'un certain âge qui m'écoutaient chanter dans mon show se joignaient volontiers à moi. Maintenant à toi : Pourquoi gardes-tu les cendres de ta mère dans le cellier ?

— Parce que je n'ai pas encore réussi à me séparer d'elle. Mais là j'ai pris une décision.

Ce matin, la brume ne s'était pas encore dissipée, quand nous avons attendu le car pour la léproserie à la gare routière. Nous avons roulé en silence, j'avais passé un bras sous le sien et, de l'autre main, je tenais fermement le sac avec le bocal. Il avait la valise aux accessoires avec lui. Le chauffeur du car nous a laissés descendre au carrefour. Nous nous sommes éloignés de la route, et progressivement le bruit de la circulation a diminué, puis fait place au silence. La dernière averse avait laissé de profondes flaques d'eau impossibles à éviter, nous avons bientôt renoncé à tenter de les contourner et barboté en plein milieu. Des oiseaux sursautaient parfois, effrayés, dans les buissons, mais parfois nous-mêmes sursautions.

Le chemin de caillasse monte un peu, avant de descendre abruptement. La rosée de la nuit nimbait encore les plantes. On fait un bout de chemin dans un bois assez touffu auquel succèdent des buissons d'épineux remplis de baies acides. On marche, on marche, et à force on a un peu l'impression de s'être égaré : on n'entend plus que le bourdonnement des insectes, le monde existe-t-il encore réellement ?

Tu ne te souviens pas du chemin qui va de la route à la léproserie, n'est-ce pas ? Tu m'as dit une fois que tu n'avais plus jamais quitté la vallée. Même quand tu en aurais eu le droit, lorsqu'il fut établi que vous n'étiez plus contagieux.

Ray et moi avons passé le portail ouvert, et j'ai observé ses réactions. Allait-il hésiter ou même vouloir rebrousser chemin ?

Mais il a examiné très attentivement la petite place sommairement pavée, les massifs de fleurs devant les maisons basses tout en longueur, la cuisine, et il a même fait quelques pas dans la salle commune. Il est comme ça.

L'infirmière nous a dit :

— Ils sont tous très excités. Ce n'est pas tous les jours qu'ils reçoivent ce genre de visite. Ils se sont mis en frais pour l'Américain. J'ai disposé des chaises là-bas derrière, devant l'église. Neuf ou dix suffiront, les autres préfèrent rester couchés dans leur chambre, mais ils laisseront leur porte ouverte pour pouvoir l'entendre. *Tanti* Maria fait partie de ceux qui restent au lit, elle est trop faible pour se lever. Vous pouvez passer la voir en y allant, ça lui fera plaisir.

Donc me voici. J'ai dit à Ray de partir devant, je te l'amènerai après. J'ai prié l'infirmière de lui faire un peu visiter les lieux pour pouvoir rester quelques minutes seule avec toi. Qu'est-ce que tu veux ? Ta voix est si faible que je te comprends à peine.

Je les vois tous, ici, d'en haut ; les derniers habitants de la vallée, les derniers de ceux qui ont passé leur vie ici. Ils portent leurs plus beaux habits et ont cet air un peu solennel des jours de fête. Peut-être les morts soulèvent-ils leur tête, eux aussi, de leurs collines toutes proches, pour mieux voir.

J'aperçois Ray, mais il n'a pas l'air révulsé, même pas étonné. Il fouille dans sa valise et en sort son frac à présent. Il l'y remet, l'en ressort.

Maintenant ils se sont tous installés, Pascu se lève, c'est le plus jeune et le plus robuste de tous. On lui voit à peine les stigmates de la maladie. Il pourrait flâner sur la promenade de Tulcea un dimanche après-midi, personne ne s'en apercevrait. On peut aussi perdre quelques doigts autrement. Il ôte son chapeau et s'incline solennellement.

— Nous souhaitons la bienvenue à Ray ! Nous nous réjouissons qu'il apporte un peu de l'Amérique dans notre vallée.

Maintenant il remet son chapeau et balaie l'assistance du regard.

— Ça va nous changer les idées, à nous qui ne savons trop que faire de notre temps et le passons à fixer la forêt.

Ray peut nous raconter comment on vit chez lui, dans son pays. Il n'a pas besoin de se dépêcher, nous avons beaucoup de temps. Nous sommes patients. Nous sommes peut-être les gens les plus patients du monde. (Pascu observe une courte pause.) Nous n'avons jamais voyagé, nous n'avons pas vu le monde. Je suis allé une fois jusqu'à Tulcea ; d'autres, même pas aussi loin. Mais il vaut mieux que je me taise maintenant et que je lui laisse la scène. Nous ouvrons tout grand nos oreilles. (Le public rit. Pascu est gêné, il s'essuie la sueur du front.) À condition d'avoir encore des oreilles.

Il faut que je te laisse et que j'y aille, *tanti* Maria, j'ai promis à Ray de traduire ce qu'il dirait. Il a besoin de moi, sans quoi il n'y arrivera pas. Avant que je vienne te voir, il m'a demandé ce qu'il devait dire, et je lui ai répondu : « Tu as le choix : ta vie ou le show. »

Il voulait repousser la décision et a proposé qu'on amène d'abord maman et tous ceux qui sont dans le bocal au cimetière auprès de papa. Mais on peut aussi bien le faire plus tard. Ils ont pu attendre quelques années, ils ne sont plus à une heure près.

Ray referme sa valise. J'y vais maintenant, mais ne t'inquiète pas, je ne vais pas filer, je ne vais pas disparaître, plus maintenant. Tu peux compter sur moi désormais. Je reviendrai, c'est sûr. Si tu veux de moi, tu auras une fille.

Entends-tu ce bruit qui déferle sur la vallée ?

Les applaudissements des mains sans doigts sont assourdissants.

La littérature étrangère aux éditions des Syrtes

Mark Aldanov, *Suicide*
Radu Aldulescu, *L'Amant de la Veuve*
Ivo Andrić, *La Chronique de Belgrade*
Gabriele d'Annunzio, *Le Feu*
Lorina Bălteanu, *Cette corde qui m'attache à la terre*
Andreï Biely, *Kotik Letaïev*
Andreï Biely, *Pétersbourg*
Vladimir Tan Bogoraz, *Récits de la Perdition*
Ivan Bounine, *Coup de soleil et autres nouvelles*
Ivan Bounine, *La Nuit*
Ivan Bounine, *Les Pommes Antonov*
Ivan Bounine, *Soukhodol*
Irinarkh Chemanovski, *Journal de Sibérie*
Boris Chiriaev, *La Veilleuse des Solovki*
Ivan Chmeliov, *Le Soleil des morts*
Kate Chopin, *Une nuit en Acadie*
Vassili Choulguine, *Les Jours*
Collectif, *L'Ombre du mur. Chroniques du mur de Berlin*
Gueorgui Demidov, *L'Amour derrière les barbelés*
Gueorgui Demidov, *Doubar et autres récits du Goulag*
Théodora Dimova, *Adriana*
Théodora Dimova, *Les Dévastés*
Théodora Dimova, *Mères*
Ariadna Efron, *Marina Tsvetaeva, ma mère*
Georgui Efron, *Journal (1939-1943)*
Oleg Ermakov, *Le Cantique du Toungouse*

François Fejtö, *Voyage sentimental*
Sacha Filipenko, *Croix rouges*
Sacha Filipenko, *La Traque*
Nándor Gion, *Le Soldat à la fleur*
Irina Golovkina, *Les Vaincus*
Paul Goma, *Profil bas*
Gorki et ses fils, *Correspondances (1901-1934)*
Andreï Guelassimov, *La Rose des vents*
Andreï Guelassimov, *Purextase*
Andràs Hevesi, *Pluie de Paris*
Éva Heyman, *J'ai vécu si peu*
Florina Ilis, *La Croisade des enfants*
Florina Ilis, *Le Livre des nombres*
Florina Ilis, *Les Vies parallèles*
Vsevolod Ivanov, *Les Merveilleuses Aventures du tailleur Fokine*
Vladimir Jabotinsky, *Les Cinq*
Vladimir Jabotinsky, *Samson, le nazir*
Sandra Kalniete, *En escarpins dans les neiges de Sibérie*
Frighyes Karinthy, *La Ballade des hommes muets*
Maria Kassimova-Moisset, *Rhapsodie balkanique*
Søren Kierkegaard, *Correspondance*
Natalia Kim, *Mon quartier*
Alexandre Kouprine, *Clair-obscur*
Alexandre Kouprine, *La Fosse aux filles*
Mariana Kozyrieva, *La Petite Fille devant la porte*
Piotr Krasnov, *De l'aigle impérial au drapeau rouge*
Gyula Krudy, *Sept hiboux*
Andrej Kušniewicz, *Eroica*
Florin Lăzărescu, *Notre envoyé spécial*
Nikolaï Leskov, *À couteaux tirés*
Nikolaï Leskov, *Hugo Pectoralis ou une volonté de fer*
Alexeï et Valentina Lossev, *La Joie pour l'éternité, correspondance du Goulag (1931-1933)*
Nikolaï Lvov, *Souvenirs d'antan*
Pavel Melnikov-Petcherski, *Dans les forêts*
Michel Ossorguine, *L'Histoire de ma sœur*
Boris Pahor, *Arrêt sur le Ponte Vecchio*
Camil Petrescu, *Dernière nuit d'amour, première nuit de guerre*

Dinu Pillat, *En attendant l'heure d'après*
Alexandre Pouchkine, *Poltava. Le Cavalier de bronze*
Nelly Ptachkina, *Journal (1918-1920)*
Valentin Raspoutine, *L'Honneur de Tamara Ivanovna*
Alexeï Remizov, *Koukkha*
Iouri Riabinkine, *Le Siège de Leningrad*
Vassili Rozanov, *Dernières feuilles*
Alexeï Salnikov, *Les Petrov, la Grippe, etc.*
Alexandre Schmemann, *Journal (1973-1983)*
Marek Šindelka, *La Fatigue du matériau*
Grigori Sloujitel, *Les Jours de Saveli*
Martin Šmaus, *Petite, allume un feu…*
Luan Starova, *Le Chemin des anguilles*
Anton Tchekhov, *Des larmes invisibles au monde*
Nikolaï Tchernychevski, *Que faire ?*
Iouri Tchirkov, *C'était ainsi…*
Nadejda Teffi, *Souvenirs*
Tatiana Țîbuleac, *L'Été où maman a eu les yeux verts*
Tatiana Țîbuleac, *Le Jardin de verre*
Léon Tolstoï, *L'Argent et le Travail*
Léon Tolstoï/ Sofia Tolstoï/ Léon Tolstoï fils, *La Sonate à Kreutzer, À qui la faute ?, Romance sans paroles, Le Prélude de Chopin*
Sofia Tolstoï, *Ma vie*
Marina Tsvetaeva, *Le Cahier rouge*
Marina Tsvetaeva, *Les Carnets*
Marina Tsvetaeva, *Lettres à Anna*
Marina Tsvetaeva, *Lettres du grenier de Wilno*
Marina Tsvetaeva, *Poésie lyrique* (1912-1920), (1921-1941), bilingue
Marina Tsvetaeva, *Grands Poèmes*
Marina Tsvetaeva/ Nicolas Gronski, *Cet été-là*
Marina Tsvetaeva/ Boris Pasternak, *Correspondance*
Evgueni Vodolazkine, *Brisbane*
Evgueni Vodolazkine, *L'Aviateur*
Evgueni Vodolazkine, *Histoire de l'Île*
Evgueni Vodolazkine, *Soloviov et Larionov*
Varujan Vosganian, *Le Livre des chuchotements*
Boris Zaïtsev, *L'Étoile bleue*

Boris Zaïtsev, *Le Mont Athos et Valaam. Pèlerinages d'un écrivain russe*
Boris Zaïtsev, *Une maison à Passy*
Lajos Zilahy, *Printemps mortel*
Alexandre Zviaguintsev, *Sélection naturelle*

MIX
Paper from responsible sources
FSC® C174775
FSC
www.fsc.org

Dépôt légal : août 2024

ISBN : 9782940701902